海外中国思想史研究前沿译丛

主　编
彭国翔

编委会（按姓氏首字母排序）

启真馆 出品

海外中国思想史研究前沿译丛

重读鲁迅

荣格的参照视角

［美］鲍凯琳 著　董铁柱 译

Reading
Lu Xun through
Carl Jung

 ZHEJIANG UNIVERSITY PRESS
浙江大学出版社

图书在版编目（CIP）数据

重读鲁迅：荣格的参照视角 / （美）鲍凯琳著；董
铁柱译. —杭州：浙江大学出版社，2023.8
（海外中国思想史研究前沿译丛）
书名原文：Reading Lu Xun through Carl Jung
ISBN 978-7-308-23537-2

Ⅰ.①重…　Ⅱ.①鲍…②董…　Ⅲ.①鲁迅著作研究
Ⅳ.①I210.97

中国国家版本馆CIP数据核字（2023）第027034号

重读鲁迅：荣格的参照视角

[美] 鲍凯琳 著　董铁柱 译

责任编辑	孔维胜
责任校对	汪　潇
装帧设计	罗　洪
出版发行	浙江大学出版社
	（杭州天目山路148号　邮政编码310007）
	（网址：http:// www.zjupress.com）
排　　版	北京楠竹文化发展有限公司
印　　刷	河北华商印刷有限公司
开　　本	635mm×965mm　1/16
印　　张	16
字　　数	230千
版 印 次	2023年8月第1版 2023年8月第1次印刷
书　　号	ISBN 978-7-308-23537-2
定　　价	69.00元

总序

"思想"与"历史"之间的"中国思想史"

彭国翔

2012 年夏天，我应邀在位于德国哥廷根的马克斯·普朗克宗教与民族多样性研究所（Max Planck Institute for the Study of Religious and Ethnic Diversity）从事研究工作时，有一天突然收到浙江大学出版社北京启真馆公司负责人王志毅先生的邮件，表示希望由我出面组织一套"海外中国思想史研究前沿译丛"。如今，这套书就要正式出版了，出版社要我写个总序。在此，就让我谈谈对于"思想史"和"中国思想史"的一些看法，希望可以为如何在一个国际学术界的整体中研究"中国思想史"这一问题，提供一些可供进一步思考的助力。

"思想史"（intellectual history）、"哲学史"（history of philosophy）、"观念史"（history of ideas）等都是现代西方学术分类下的不同专业领域，既然我们现代的学术分类已经基本接受了西方的学术分类体系，那么，讨论"思想史"的相关问题，首先就要明确在西方专业学术分类中"思想史"的所指。虽然我们在中文世界中对"思想史"这一观念的理解可以赋予中国语境中的特殊内涵，但毕竟不能与西方学术分类中"思想史"的意义毫无关涉。比如说，"中国哲学"中的"哲学"虽然并不对应西方近代以来居于主流的理性主义传统尤其是分析哲学所理解的"philosophy"，但却也并非与西方哲学的任何传统毫无可比性与类似之处，像皮埃尔·阿多（Pierre Hadot）和玛莎·努斯鲍姆（Martha C. Nussbaum）所理解的作为一种"生活方式"（way of life）、"精神践履"（spiritual exercise）以及"欲望治疗"（therapy of desire）的"philosophy"，尤其是"古希腊罗马哲学"，就和"中国哲学"包括儒、释、道三家的基本精神方向颇为一致。再比如，儒学固然不是那种基于亚伯拉罕传统（Abrahamic tradition）或者说西亚一神教（monotheism）模式的"宗教"，但各种不同宗教传统，包括西亚的基督教、犹太教和伊斯兰教，南亚的印度教、佛教以及东亚的儒学和道教，尽管组织形式不同，但同样都对一些人类的基本问题，比如生死、鬼神、修炼等，提供了自己的回答。事实上，不独历史及其各种分支，对于"哲学""宗教""伦理"等学科，这一点同样适用。

那么，在西方的学术分类体系中，"思想史"是怎样一个研究领域呢？"思想史"诚然一度是"一个人文研究中特别模糊不清的领域"，但是，就目前来说，"思想史"所要研究的对象相对还是比较清楚的。换言之，对于"思想史"所要处理的特定课题，目前虽不能说众口一词，却也并非毫无共识。正如史华慈（Benjamin I. Schwartz）所言，"思想史"所要处理的课题，是人们对于其处境（situation）的自觉回应（conscious responses）。这里，处境是指一个人身处其中的社会文化脉络（social and cultural context）。这当然是历史决定的，或者说根本就是一种历史境遇（historical situation）。而人们的"自觉回应"，就是指人们的"思想"。进一步说，"思想史"既不是单纯研究人们所在的外部历史境遇，也不是仅仅着眼于人们的思想本身，而是在兼顾历史境遇和主体自觉的同时，更多地着眼于两者之间的互动关系，即"思想"与"历史"的互动。并且，这里的"人们"，也不是泛指群体的大众意识，而往往是那些具备高度自觉和深度思考的思想家。

其他一些专业领域，比如"社会史""文化史"，与"思想史"既有紧密的联系，也有相对比较明确的区分。比如，按照目前基本一致的理解，较之"思想史"通常指重要的思想家们对于社会历史的各自反思，"文化史"往往关注较为一般和普遍的社会历史现象，以及作为群体的社会大众而非社会精英在一个长程的社会变动中扮演的角色。从作为"文化史"这一学科奠基人的雅各布·布克哈特关于意大利文艺复兴的研究，以及彼得·伯克（Peter Burke）、菲利普·普瓦里耶（Philippe Poirrier）等人对于"文化史"的直接界定，即可了解"文化史"这一领域的特点。因此，"文化史"不但常常整合"人类学"的方法和成果，就连晚近尤尔根·哈贝马斯（Jürgen Habermas）关于"公共领域"（public sphere）的论述和克利福德·格尔茨（Clifford Geertz）关于"深度描述"（thick description）的观念，由于同样注重人类社会的整体与共同经验，也成为支持"文化史"的理论援军。至于"社会史"，则可以说是史学与社会科学更进一步的结合，甚至不再被视为人文学科（humanities）的一种，而是一种从社会发展的角度去看待历史现象的社会科学（social science）。像经济史、法律史以及对社会其他方面的研究，都可以包括在"社会史"这一范畴之下。最能代表"社会史"研究取径的似乎是法国年鉴学派（French Annales School）了，不过，在史学史的发展中，社会史可以被视为发生在史学家之中的一个范围更广的运动。无论如何，和"文化史"类似，"社会史"最大的特点也许在于其关注的对象不是精英的思想家，而是社会大众。正是在这个意义上，"社会史"通常也被称为"来自下层的历史"（history from below）或者"草根的历史"（grass-roots history）。

其实，在我看来，至少在中文世界的学术研究领域，"思想史"是介于"哲学史""观念史"与"文化史""社会史"之间的一种学术形态。以往我们的"中国哲学史"研究，基本上是相当于"观念史"的形态。"观念史"的取径重在探究文本中观念之间的逻辑关联，比如一个观念自身在思想内涵上的演变以及这一观念与其他观念之间的逻辑关系，等等。站在"哲学史"或"观念史"之外，从"思想史"的立场出发，当然可以说这种取径不免忽视了观念与其所在的社会环境之间的互动；从"文化史""社会史"的立场出发，当然可以说这种取径甚至无视其所探讨的观念之外的文化活动的丰富多彩，无视观念所在的社会的复杂与多变。但是，话又说回来，"哲学史"或"观念史"的基本着眼点或者说重点如果转向观念与其所处环境之间的互动，转向关注文化的多样与社会的复杂多变，那么，"哲学史"和"观念史"也就失去了自身的"身份"（identity）而不再成为"哲学史"和"观念史"了。

事实上，学术的分门别类、多途并进发展到今天，仍然为"哲学史"或"观念史""思想史""文化史"以及"社会史"保留了各自的地盘，并未在"物竞天择，适者生存"的法则下造成相互淘汰的局面，就说明这些不同的取径其实各有其存在的价值，彼此之间虽然不是泾渭分明，没有交集，但确实各有其相对独立的疆域。站在任何一个角度试图取消另一种研究范式（paradigm）的存在，比如说，站在"中国思想史"的角度批评"中国哲学史"存在的合理性，恰恰是"思想"不够清楚的结果。"思想史""哲学史""文化史""社会史"等，其实是研究不同对象所不得不采取的不同方法，彼此之间本来谈不上孰高孰低、孰优孰劣。恰如解决不同问题的不同工具，各有所用，不能相互替代，更不能抽象、一般地说哪一个更好。打个比方，需要用扳手的时候当然螺丝刀没有用武之地，但若由此便质疑后者存在的合理与必要，岂不可笑？因为很简单，扳手并不能"放之四海而皆准"，需要用螺丝刀的时候，扳手一样变得似乎不相干了。这个道理其实很简单，我经常讲，各个学科，包括"思想史""哲学史""文化史""社会史"等，分别来看都是一个个的手电筒，打开照物的时候，所"见"和所"蔽"不免一根而发。对此，设想一下手电筒光束的光亮在照明一部分空间的同时，也使得该空间之外的广大部分愈发黑暗。通过这个比喻，进一步来看，对于这些不同学科之间的关系，我们也应当有比较合理的理解。显然，为了照亮更大范围的空间，我们不能用一个手电筒替换另一个手电筒。再大的手电筒，毕竟只有一束光柱。而我们如果能将不同的手电筒汇聚起来，"阴影"和"黑暗"的部分就会大大减少。医院的无影灯，正是这一原理的运用。事实上，不同的学科不过是观察事物的不同视角而已。而这里"无影灯"比喻的意思很清楚，"思想史""哲学史""社会史"等，甚至人文学科和社会科学之间、文理科之间，各个不同学科应当是"相济"而不是"相非"的关系。否则的话，一方面，仅仅狭隘地从自己学术训练的背景出发，以己之所能傲人所不能，正应了《庄子》中所谓"以天下之美为尽在己"的话。另一方面，却也恰恰是"以己之所仅能而掩饰己之所诸多不能"的缺乏自信的反映。

一个学者有时可以一身兼通两种甚至多种不同的学术取径。比如说，可以兼治哲学与史学，同时在两个不同的领域都有很好的建树。不过，哲学与史学的建树集于一身，却并不意味着哲学和史学的彼此分界便会因此而不存在。打个比方，一个人可以"十八般武艺，样样精通"，但是很显然，这个人只有在练习每一种武艺时严格遵守该武艺的练习方法，才能最后做到"样样精通"，假如这个人以刀法去练剑法，以枪法去练棍法，最后不仅不能样样精通，反倒会一样都不通，充其量不过每样浅尝辄止而已。这里的关键在于，一个人十八般武艺样样精通，绝不意味着十八般武艺各自的"练法"因为被一个人掌握而"泯然无迹"，尽管这个人在融会贯通之后很可能对每一种武艺的练法有所发展或创造出第十九种、二十种武艺。落实到具体的学科来说，在经过"哲学史""观念史""思想史""社会史""文化史"其中任何一种学术方法的严格训练之前，就大谈什么打破学科界限，无异痴人说梦，在学术上不可能取得大的成就，这是不言而喻的。很多年前就有一个讲法叫"科际整合"，即加强不同学科之间的互动与互渗，这当然是很有意义而值得提倡的。但"科际整合"的前提恰恰是学科之间的多元分化，只有在某一学科里面真正深造有得之后，才有本钱去与别的学科进行整合。

本来，"思想史"并不是一个很容易从事的领域，好的思想史研究是既有"思想"也有"史"，而坏的思想史则是既无"思想"也无"史"。比如说，对于一个具体的思想史研究成果，如果治哲学的学者认为其中很有"思想"，而治历史的学者认为其中很有"史"，那么，这一成果就是一个好的思想史研究。反之，假如哲学学者看了觉得其中思想贫乏，观念不清，而历史学者看了觉得其中史料薄弱，立论无据，那么，很显然这就是一个并不成功的思想史研究。因此，"思想史"这一领域应该成为"哲学"和"历史"这两门学科甚至更多学科交集的风云际会之所，而不是沦为那些缺乏专长而又总想"不平则鸣"的"自以为无所不知者"（其实是"学术无家可归者"）假以托庇其下的收容站。

徐复观曾经说："对于中国文化的研究，主要应当归结到思想史的研究。"对于这句话，在明了各种不同研究取径及其彼此关系的基础上，我是很同意的。因为较之"哲学史"，"思想史"在"思想""观念"之外，同时可以容纳一个"历史"的向度，换言之，"中国思想史"可以做到既有"思想"也有"史"。而这一点，刚好符合传统中国思想各家各派的一个共同特点，即一般都不抽象地脱离其发生发展的历史脉络而立言。因此，我很希望越来越多的学者加入"中国思想史"的团队之中，只要充分意识到我们前面讨论的问题，不把"思想史"视为一个可以无视专业学术训练的托词，而是一个和"哲学史""观念史""文化史""社会史"等既有联系甚至"重叠共识"，同时又是具有自身明确研究对象和领域而"自成一格"的学科视角，那么，广泛吸收各种不同学科训练的长处，宗教的、伦理的、哲学的，都可以成为丰富"思想史"研究的助力和资源。

西方尤其美国关于中国思想史的研究，以狄培理（William T. de Bary）、史华慈、列文森（Joseph R. Levenson）等人为代表，在 20 世纪 70 年代一度达到巅峰，但随后风光不再，继之而起的便是前文提到的"文化史""社会史"以及"地方史"这一类的取径。这一趋势与动向，令中文世界不少学者"闻风而起"。无论是可以直接阅读西文的，还是必须依靠翻译或者借助那些可以直接阅读西文文献的学者的著作的，都在不同程度上受到这一风气的影响。但是，如果我前文所述不错，各种取径不过是"横看成岭侧成峰，远近高低各不同"的不同视角，彼此之间非但毫无高下之别，反而正需相互配合，才能尽可能呈现历史世界与意义世界的整全，那么，"思想史"的研究就永远只会被补充，不会被替代。如果不顾研究对象的性质，一味赶潮流、趋时势，则终不免邯郸学步，难以做出真正富有原创性的研究成果。事实上，西方从"思想史"的角度研究中国，迄今也不断有新的成果出现。而且，如前所述，"思想史"和"哲学史""观念史""文化史""社会史"之间，也是既互有交涉，又不失其相对的独立性，越来越呈现出五光十色的局面。因此，真正了解西方中国研究（Chinese studies）的来龙去脉及其整体图像，尤其是西方学术思想传统自身的发展变化对西方中国研究所起的制约甚至支配作用，而不是一知半解地"从人脚跟"转，对于中文世界人文学术研究如何一方面避免坐井观天和夜郎自大，另一方面在充分国际化（"无门户"）的同时又不失中国人文研究的"主体性"（"有宗主"），就是极为有益的。

　　中国思想史是我多年来的研究领域之一，而我在研究中所遵从的方法论原则，正是上述的这种自觉和思考。也正是出于这一自觉和思考，我当初才感到义不容辞，接受了启真馆的邀请。我的想法很简单，就是希望这套丛书的出版，能够为推动国内学界对于"中国思想史"的研究提供些许的助力或至少是刺激。这套丛书首批的几本著作，作者大都是目前活跃在西方学界的青壮年辈中的一时之选。从这些著作之中，我们大致可以了解西方中国思想史研究的一些最新动态。当然，这里所谓的"思想史"，已经是取其最为广泛的含义，而与"文化史""社会史"等不再泾渭分明了。这一点，本身就是西方"中国思想史"研究最新动态的一个反映。至于其间的种种得失利弊，以及在中文世界的相关研究中如何合理借鉴，就有赖于读者的慧眼了。

　　是为序。

2015 年 8 月 18 日

于武林紫金港

献给我的父母：弗兰克·莱斯利·汤普森（1903—2000）和玛莎·路易丝·汤普森（1907—2008）

中译本自序

我从 20 世纪 70 年代中期开始研究鲁迅现代短篇小说，当时我是华盛顿特区美利坚大学文学系文学专业的研究生，该系的主要研究范围是西方文学，这对于对中国文化深感兴趣的我来说，似乎是个奇怪的选择。我那时已经获得了康奈尔大学中国文学硕士的学位。当时的国际形势使大多数美国人无法前往中国，也不可能去中国的大学学习。虽然我可以去一个以中国文学系著称的美国大学学习，但当时我并没有作此考虑。

那个时代的女性与当今许多年轻女性不同，我认为我的主要职责是在家照顾丈夫和孩子，从未想过离家去读研究生。尽管如此，我仍需要在照顾孩子的日常家务中得到休息，我极度渴望激发思想的动力，并真切地希望加深对中国文学的了解。我在想如何把继续读书作为一项光荣而严肃的课外活动"挤进"繁忙的家务中。

现在回想起来，就读美利坚大学是一个偶然的选择。该大学有一个创新型博士学位，使学生能够将文学研究与历史、音乐等诸如此类的学科研究结合起来。当我提出把"中国文学"作为我的第二学科时，教师们同意了我的选择，但他们可能更多是出于好奇而不是基于良好的判断。我计划把当地另外两所大学提供的中国文学高级课程并入我的学分课程。简言之，这个计划还算合理。当我被录取并获得奖学金时，我把握住了这个机会。

在研究生院，我选择了西方文学理论课，这是我学术生涯中最有成效和最具启发性的课程。当时文学理论的主要任务是解释文本，即便是抽象的理论，也经常被用来完成这个任务，这在当时是占主导地位的学术潮流。但由于我对理论的兴趣是为了更好地理解作品，因此我不确定我是否会对研究理论本身感兴趣。我研究鲁迅的短篇小说是为了探索其产生的时代背景。

当时我对几种文学研究方法已有所了解，其中人们熟悉并已很成熟的传统方法是根据历史背景或作者传记来阅读文本。我在高中和大学时，接触到一种反潮流的方法，即强调仔细阅读文本，而无需过多关注作者、读者、时代背景等文本之外的事情。这种方法用于小说，则表现为作者为达到某种效果而采用一些写作技巧，如运用叙事手法中的情节、人物、背景、声音、隐喻、传说等。

到研究生院后，我又进一步了解了其他几种文学流派。当时的主流派别之一是结构主义，即认为无数人类活动是构建起来的，而非出于自然。基于这种观点，结构主义通过文学作品产生时的文化及社会背景，或政治结构诠释这些作品。另一种流派是原型批评理论，即注重产生于人类心灵深处，并在许多文化和时期的文学中反复出现的模式，比如英雄故事。精神分析批评者认为，原型批评流派的文学作品在方法、形式，及内容等方面在某种程度上受到西格蒙德·弗洛伊德著作的影响。现象学的批判方法尤其打动了我，它试图克服主体与客体之间的分歧，并根据人类的阐释去理解外部世界。该流派还提出了读者反应批评理论，即注重作品对读者的影响。当时，解构主义刚刚进入批判的舞台，还有正在形成和发展中的女权主义、后殖民主义等重大理论。

这些主张各异的流派深刻揭示了读者对文学提出的何为文学作品的多种预设，以及他们根据评论家对重要性和趣味性的判断提出的一系列问题，同时也清楚表明了文学文本的复杂和艰深。能够分析各流派的优点和局限性，并且避免混淆不同的预设，都大大有助于清晰和准确地诠释文学文本。

当我进入中国文学研究领域时，西方在这方面的研究仍囿于探究历史和传记的传统。（据我所知，中国的文学研究也是如此，除此之外还极为关注语言学。）当西方在该领域还处于早期发展阶段，还需对作者、作品、类别等确立最初准则的时候，专注外部条件或许在所难免。尽管建立这个基础很重要，但也容易使人认为，文学作品理解起来要相对直接和简单些。缺乏良好的中文学习条件是探索未知世界的另一个障碍。当时即使在美国顶尖大学，语言教学也远没有如今这么发达，而能找到一个中文环境学习语言更非易事，并且从多方来说仍为时尚早。尽管如此，我在学习如何解析文学作品中可能出现的各种问题时，发现了一套虽不完整但令人意外的可用于中国文学研究的分析方法。

我对文化的了解使我直观地认识到，人们提出的问题在很大程度上受到他们所处文化环境的影响，而那些问题极大限制了将会产生的见解。从西方视角提出的问题很可能和基于中国世界观提出的问题不同。然而那些问题或许向中国读者揭示了阅读文本的其他角度，这使他们感到意外但却很有价值。尽管如此，谨慎行事还是必要的。虽然问题可以跨越不同的文化，但答案无法强加于人，它们需要通过读者和文本的对话或与文本之外更广的语境接触形成。

当我开始批判性地接触鲁迅现代短篇小说时，我的问题很清楚：为什么这些故事深深吸引了我，并且对我的生活和学习如此重要？直觉告诉我，为了回答这个问题，我必须全过程跟随故事情节的发展，置身故事情景，敞开心扉，全身心地投入，然后等待结果的出现。只有这样做，才能利用我新发现的分析方法总结直观感知到的东西。随着上述过程的展开，我的另一个问题是，鲁迅对治愈中国社会和文化是否有不曾言明的见地？通过各种分析方法，就可以找到以上两个问题的满意答案。

我根据内心中这两个问题和鲁迅小说之间的对话对方法论进行了选择。构成这一研究的理论范围之广出乎意料，其中主要包括现象学、原型批评理论、贯穿一至四章的细读法，以及在序言、结论和结束语中尤为重要的读者反应批评理论。另外还要提及的是，我的研究还得益于心理分析、史学和传记学。

然而，罗列这些研究方法或许会产生误导，因为我无法真实地重建近五十年研究的全过程。以往的心路历程能否重建值得怀疑，因为其中可能会有记忆的缺失和潜意识里存在的神秘感。

然而，无可置疑的是，用西方理论概括鲁迅小说模式的成功或许部分是由于小说本身。很显然，鲁迅接受了中国良好的传统教育，但他同时还精通 19 世纪欧洲的小说和思想。在鲁迅被称为"现代短篇小说"的作品中可以看到欧洲的思维模式，这标志着他与传统的割裂和受到的外来影响。写作方法受文本的影响是西方理论的体现。总之，这些推测表明了一个显而易见的事实，即以不同的方法解读同一时期其他中国作家的作品可能更有成效。

20 世纪 80 年代，我发表了几篇结合本研究的学术文章。20 世纪 90 年代初，我由于一些个人原因正式离开中国文学研究领域，到美国国会图书馆任职，在之后的二十四年里，我一直协助其他学者开展学术研究。然而，那些年轻时曾激发我思考的问题仍不断困扰着我。因此，我在 2014 年退休后的第一个星期就开始重温中文，并最终写完这本书，完成了拖延已久的工作。

西方理论在中国文学研究中的运用在不断发展，比如中西方文学的比较研究。最近学者们在寻求建立跨文化诗学理论基础的可能性，跨文化诗学承认不同文化的深层语言表达方式，尊重任何一种传统的独特性。

我的研究目的比较起来微不足道：只是为了回答最初的两个问题。希望我在加深对鲁迅作品理解的同时，也在某种程度上论证了方法论自我批判的重要性，以及理论对文学阐释工作的帮助。

鲍凯琳

2023 年夏

致　谢

任何学术研究都会受惠于很多他人的帮助。因为我的这项研究跨越了数十年，从开始着手到最终完成相隔甚久，所以我想要感谢那些在伊始就帮助我的人，那些在最后给予我不可估量的帮助的人，以及极少数在整个研究过程中都陪伴着我的益友。

首先，我希望感谢那些在很久以前带领我踏上学术征程的老师：毕乃德（Knight Biggerstaff）、谢迪克（Harold Shadick）和哈丽雅特·米尔斯（Harriet Mills）；那些教我如何阅读文学作品的老师，特别是鲁道夫·冯·阿贝勒（Rudolph Von Abele）和贝利·沙巴（C. Barry Chabat）；我在霍华德大学（Howard University）的阅读小组"第一手稿俱乐部"（First Draft Club）成员：伊夫林·霍桑（Evelyn Hawthorne）、帕特里西娅·杰克森（Patricia Jackson）、安·克里（Ann Kelly）和克劳迪娅·塔特（Claudia Tate）；以及在这一研究项目的初期帮助过我的研究助理（以下简称"助研"）们：道格拉斯·敖（Douglas Ngo）和魏敏祥（Wei Min-hsiang）。其他在本书的撰写初期给我以鼓励的包括：泰隆·布朗（Tyrone Brown）、普罗瑟·吉福德（Prosser Gifford）、白露（Tani Barlow）、舒衡哲（Vera Schwarcz）、李欧梵和罗威廉（William Rowe）。在初期，我也获得了来自霍华德大学教员科研基金的大力支持，还有来自伍德罗·威尔逊国际学者中心（Woodrow Wilson International Center for Scholars）的一笔研究经费。

如果没有我在美国国会图书馆的同事和朋友们，如果我无法在该项目的后期不受限制地使用其丰富的馆藏，那么我的这项工作就不可

x 能实现。我特别要感谢国会图书馆的前馆长詹姆斯·比灵顿（James H. Billington），在我从克鲁格（Kluge）中心主任的职位上退休后，他依然让我在中心内保有研究室。对于克鲁格中心的杰出员工们，我也要致以谢意，他们总是对我的研究大开绿灯。包括孟絜予（Jeffrey Moser）、曼纽尔·卡斯特尔斯（Manuel Castells），特别是包括梅尔清（Tobie Meyer-Fong）在内的很多克鲁格中心的学者都极大地丰富了我的想法。我也要向亚洲部的工作人员表达我深深的谢意，尤其是部主任邵东方，他的慷慨和智慧一直远超我所有的预期。我还要感谢图书馆中为我提供各种方便条件的非洲和中东部主任玛丽·简·迪波（Mary Jane Deeb）和她的员工们；并感谢流通和借阅管理部门，他们总能迅速而热情地给我寄送研究材料。华盛顿的荣格学会也给我许多帮助，让我使用他们的图书馆。有一些同事阅读了手稿并提出了建议，对此我要向詹姆斯·霍利斯（James Hollis）、塔拉－玛丽·林内（Tara-Marie Linné）、彭国翔表示深深的感谢。我要特别地感谢杜小亚的敏锐双眼和慷慨精神，她是我优秀的助研，而其能力则远在助研之上。我也要感谢我书稿的匿名评审们，他们给了有用的建议；以及卡姆布里亚（Cambria）出版社，他们回应迅速，并给予了出色的建议和表示出了极大的耐心。

我要特别感谢那些从始至终伴随着我的人，我亲爱的朋友维多利亚·阿拉娜（R. Victoria Arana）。作为"第一手稿俱乐部"的一员，她阅读了最早的一些版本，并极其细致地编辑了整部书稿近乎最后的版本；还有我的姐姐朱迪丝·海默（Judith Hamer），她阅读了最初的版本，也在最后做了校读。在我的这项研究看起来要无疾而终时，我的孩子克里斯托弗·莱斯利·布朗（Christopher Leslie Brown）和迈克尔·亚瑟·布朗（Michael Arthur Brown）给予了无可比拟的支持。最终，我深深的感谢要献给我的丈夫蒂莫西·伊斯特曼（Timothy Eastman），他也是我的思想伴侣。在本书的写作过程中，我们之间有着不计其数的思想交流，他给予我敏锐的批评和中肯的编辑意见，并且在我们为了这个项目而同呼吸共命运的过程中进行了各种慷慨支持。

对于董铁柱博士出色的中文翻译，友人邵东方先生和杜小亚女士又进行了细致的校对。他们的帮助，为该书的中文表达益发增色。在此，我要向他们一并致谢。

自 序
本书的缘起

鲁迅（1881—1936）是 20 世纪中国伟大的知识分子之一，也常被誉为现代中国文学的奠基人。在一门研读英译现代中国文学的课程上我第一次读到了他的短篇小说，那时候我在康奈尔大学读大二。他的几篇代表作是我们的必读篇目，毫无疑问，它们包括了《狂人日记》和《阿 Q 正传》。对此我的记忆有些模糊。但是其中有一篇小说特别让我震惊。当我读到《祝福》的结尾时，我全身为之一颤。我知道小说制造了某种情绪，让我陷入了加倍的痛苦之中，但是不知道究竟为何。我之前读过的短篇小说从未这样撞击到我的心灵深处。

在随后的几十年里，我不断地问自己，为什么我这样一个来自纽约皇后区的黑人女子，会发现鲁迅的小说如此引人入胜；为什么在这些年里我会反复地重读它们；为什么在我的人生低谷时，对我来说它们的重要性会增加，而我会用更多的时间关注它们；为什么在我的学术生涯之中，我会做关于它们的著述；为什么在我离开学术之后，我依然发现有必要实现我的夙愿，写下这部书呢？ xii

当初我到康奈尔大学的课堂上课有些不可思议，因为刚上大学时，我对中国一无所知。根据我所能做的回忆，我也从来没有遇到过任何来自中国或是在中国生活过的人；我也没有特别想亲自去中国旅游，当然我也不能去，因为当时美国人被禁止去所谓的"红色中国"旅游。然而在高中的时候，我在"文明史"的课程中受过严格的训练，这门课讲述的是西欧和美国那些伟大白人的英雄历史。尽管我的心智尚未成熟，但是从我家庭的历史中我知道黑人是美国历史的重要一部分，即使课本中忽略了这一事实。从我母亲中国风的家庭装饰和我家庭图书馆的一些书中，我还知道"文明"包括中国，她和欧洲一样具有悠久（或是更久）的历史和文化——艺术、文学、哲学等，而在质量上也不相上下，甚至更为出色。我觉得学校教我的是"谎言"。出于逆反心理，一进入大学我就转向了中国。当时的我过于年轻，也缺乏经验，不知道所有的国家在一定程度上都会就它们的历史制造谎言。我想要的则是真相！

因此，在那里我学习了中国历史、语言和文学，并阅读了在 20 世纪大部分时间内那位被视为现代中国最伟大的作家的小说。作为那个世纪动荡的几十年里的中心人物，他既是其时代的产物，也塑造了他的时代。至今人们依然赞赏他对于中国社会性质的深邃见解，他为了结束其国人的苦难而作的奉献，他深层的道德正义感，以及他就自我反省所作的未曾懈怠的承诺。尽管他对成功并不抱希望，然而对于那些妨碍中国变得更人道的力量，他做了不屈不挠的斗争。不管我最初的目的是什么，现在我坐在那个教室里，被这些来自不同时空的小说深深地打动。这是为什么呢？

xiii 　　我深深地沉浸在鲁迅的两部现代短篇小说集《呐喊》（1923）和《彷徨》（1926）的文本之中。[1] 这些小说对中国的社会习俗与状况有着清醒的批判。在他以及同时代众多改革派的眼中，中国被迫与西方帝国主义势力相遇，却无法回应这样的冲撞所造成的灾难，其根本原因就是这些社会习俗与现状。它们也证明了鲁迅具有敏锐的思想、诗人的眼光，以及对人心复杂而细致的理解。小说探索了人们生活的表面之下所隐藏的内容，从而揭示了带来如此多不必要苦难的行为模式。他选取了为人所知的、熟悉的且被人接受的内容，并表明它们是残忍而非人道的，以此让他的读者睁开双眼，以看到并理解新的方

---

[1] 从 20 世纪 60 年代开始，也许至今已有不可胜数的英文读者通过杨宪益和戴乃迭（Gladys Yang）的翻译阅读了鲁迅的小说，也因此知道了这两部小说集的名字。在最近的几十年里，出现了其他的全译本，例如赖威廉（William Lyell, Jr.）和蓝诗玲（Julia Lovell）的译本；而就一些单篇小说，学者也提供了不同的或是更好的译本。我在此使用杨宪益和戴乃迭的译名，是因为它们广为人知。我没有讨论他的第三部小说集《故事新编》，因为这些小说是对早期神话传说的重新诠释，与现代短篇小说的体裁不尽相同。

式。我感受到了这种视角扭转的影响力，却不完全知道对我产生影响的究竟是什么。

在随后的岁月里，在我自己的低谷时期，我探寻自己的精神世界以试图理解我自己创造的不幸的模式，它们塑造了我的生活，给我带来了相当多的痛苦。同时在我作为学者的职业生涯里，我也和这些短篇小说一起生活着，在它们的表面之下寻求塑造了它们的模式。随着我重新思考我生活的叙述模式，我发现自己更加完全地被鲁迅吸引，原因不但在于他对其当时的中国现状所作叙述的重新书写，而且在于他对传统所留下来的内在产生的文化模式的找寻。在他看来，它们对中国在与外部势力和事件相互交往过程中功能失调的情况负有责任。在研读其文本的过程中，我发现自己在找寻内涵的结构，它们所阐明的是一个和我在自己的生命中所履行的任务相同的过程。在这一过程中的某个时刻，我遇到了卡尔·荣格（Carl Jung）的作品。随着时间的流逝，我开始注意到他的作品、鲁迅的分析与我生命旅程之间的联系。

我在 1990 年离开了中国文学这一行，转行从事另一个行业。出乎意料的是，尚未有人对鲁迅小说的研究可以回答我的问题，回答为何它们对我来说有着如此大的魅力。因此就由我自己来解决了。当然，在最后的分析中，对于鲁迅的文本为何对我产生了如此强大的影 xiv 响，我并不能够得出明确的结论。人心——即使是自己的心——最终都是一个谜。然而，该书是这一探寻过程的结果；对于这些短篇小说为何有着如此深深打动我的力量这一疑问，它也是我所能得出的最佳答案。

目　录

导　言

邂逅文本

　　鲁迅之名在中国可谓妇孺皆知。在中国现有几个鲁迅纪念馆，向人们展示他的生活和工作。他的墓地则位于上海的鲁迅公园内。截至 21 世纪初，鲁迅的文章是学校教材的常客。他的作品启发了各种创意性的艺术创作，包括素描、油画、戏剧、歌剧以及电影等。关于其作品的各种学术研究和评论足以填满一座小型图书馆。在他所处的时代，鲁迅因其对说真话的道德责任以及犀利的社会批判而闻名。他的小说不管是在内容还是形式上都开风气之先，他的杂文中深刻的洞见对当下大家所关注的问题依然有效。在其葬礼上，人群跟随在其灵柩之后，上面覆盖着写有"民族魂"三个字的旗帜。20 世纪 40 年代，毛泽东赞美他是"中国文化革命的主将……最正确、最勇敢、最坚决、最忠实、最热忱的空前的民族英雄"[1]，这为鲁迅的名声奠定了基调。在 20 世纪 80 年代后，人们也依然借用着鲁迅的名声，不过现在多少出于商业原因——北京就有一个鲁迅主题公园。这些对鲁迅的神化行为简化并曲解了历史的真实性。

　　鲁迅的作品在外国也日益为人所知。它们被翻译为世界上的各种 2 主要语言，关于其生活和作品的研究不时出现在美国和其他西方国家的出版物上。在现代中国的文学经典中，他永远占有一席之地。在某种意义上，追寻历史上的鲁迅并不困难，因为他本人对此描写颇详，而别人对他的描述更是不胜枚举。

---

[1] Lyell, in *Lu Hsün's Vision of Reality*, vii.

然而，就像所有复杂的人物一样，在阐释鲁迅生活和作品的过程中也产生了许多复杂的问题。鲁迅是一个重要的知识分子、天才的作家，他发出了坚定的道德之声，这些都是无可争议的。他的作品之中充满了鲜明的道德观与罕见的真诚，洞悉社会思潮与行为模式的巨大才能，对人类心灵的深刻洞见，以及对揭示残酷与拒绝逃避苦难的坚持。鲁迅用一支尖刻的笔将上述一切融合在一起，同时也展示了诗人传达意象的敏锐性。他被卷入了20世纪早期中国政治与文化的崩溃之中——几千年的传统似乎到了垂死的边缘，但新的传统还没形成。他直面了这一灾难，并且描绘了中国从一个古老帝国过渡到现代国家这一痛苦转型期间的各种暗流。

鲁迅属于中国知识分子中十分特殊的一代——他既是其中的一员，同时又参与塑造了这一代人的形象。当时的中国，在内因国民政府政权因各种原因而变得衰弱，在外又有技术上更为先进的西方国家的步步紧逼，鲁迅这一代知识分子正是在这历史的转折点中成长起来的。自19世纪40年代被外国列强强行"打开"国门之后，中国便面临着日益庞大的来自欧洲帝国主义军事、商业、经济、宗教以及外交的入侵及挑战。这期间还伴随着包括太平天国运动（1851—1864）在内的各种内乱，使中国失去了相当于数个省份的人口，朝廷的权力也因此被削弱。应对西方世界的威胁对中国来说尤为困难，因为这对中华文明是否能成为共同的、高级的、为他人所尊敬的文明提出了根本的存在论上的挑战。

中国突然面临着在世界之林中重新定义自己的诉求。中国的精英统治阶层为中国在全球影响力、地位以及国力上的"落后"而感到深深的焦虑，他们确信必须迎头赶上，以避免更大的灾难发生。最初，朝廷只在军事以及技术的层面上感到了威胁。他们逐渐意识到，西方国家的力量来源于其制度，包括治理模式，最终他们将西方国家的优越性归因于西方的思想文化。朝廷在军事、政治、经济以及社会改革方面做出的尝试似乎完全无法满足完成高速转型的巨大任务所需的规模与速度。

这至少是中国城市知识分子中坚的观点。这批知识分子随着改革的失败而逐渐失去了耐心，同时坚信中国内部产生的思想及行为模式是产生这些问题的原因所在。他们的结论是，必须用文化与社会领域的激进改革来代替他们所继承的旧有方式，以更好地适应当下的挑战。这一知识阶层塑造了当时的知识话语，某种程度上也影响了之后的数十年。他们万万没有料到的是，他们开辟了一条对中国社会与文化价值的批判甚至是偶像破坏的道路。他们呼吁吸收西方的知识与观点，是为了创造一个新的中国——一个有能力统一国家，复兴中华文化，并把不受欢迎的外国势力驱逐出去的新的中国。

　　鲁迅这一代知识分子长于新旧社会变革之际，而他们走向成熟时 4
的世界与童年时的世界大相径庭。他深受中国古代的经典文本和研究方法的熏陶，对中国的文学传统也造诣颇高。在快二十岁的时候，他转而投身到"西学"的大潮中。这一潮流主要是从欧洲经由日本进入中国的，它为中国人的思想和行动打开了富有想象力的新天地。

　　历史学家们在回顾这一历史阶段时，发现虽然那是一个鼓吹激进改革的时代，主张与传统断绝联系，但是由过去一直延续下来的中国文化与社会遗产也参与着对未来的塑造——尽管这一点不容易被察觉。即使对只占人口极少部分的激进分子来说，他们的思想也难免被最基本的文化预设影响。实际上，中国广阔的内陆地区并没怎么接触到他们的思想。另外，就算是那些受到西方现代性熏陶的城市知识分子，也不一定都会参与他们的事务或加入他们的争论。很大一部分的城市居民觉得"西潮"所带来的经济机会以及商业消遣更有吸引力。尽管如此，正如胡志德（Theodore Huters）在不同背景下所指出的那样[2]，这个时期的知识分子在提及过去时总是强调对抗，这一事实证明了他们的确感到这将是中国与过去断裂、走向各种可能性并改变当下与未来的重大时刻。更进一步地说，由改革领袖和知识分子所组成的这一小群人，的确对中国的文化及知识生活产生了超越时代的巨大影响。在整个 20 世纪，不管是在他生前还是身后的时代，鲁迅都被认为

---

[2] Huters, "Blossoms in the Snow," 60. 胡志德描述的是鲁迅前四篇小说的叙事声音，但这一观点可以被更广泛地运用。

是这个精英群体中的领袖人物。对今天中国的知识分子而言，鲁迅依然
5　是一个绕不过去的重要角色，不管他们对其是持否定还是肯定的态度。

概要：历史与人物背景

鲁迅是周树人的笔名。他出生于浙江绍兴一个家道中落的士绅家庭。其祖父在科举考试中获得了最高一等的功名，这在当时是获得财富与权力的常规途径，但后来他卷入了政治丑闻中。将其赎出免其死罪的贿金直接导致这个家族陷入了经济困难的窘境。鲁迅的父亲也是一位有学问的人，他既没有能力也没有机会让家道中兴。鲁迅作为下一代中的长子，接受了教育以继承家族的学者传统。有别于家族传统，鲁迅也被允许阅读神话与民间传说，对古代通俗文学的兴趣将会影响他日后的学术研究。他成功地通过了县试，这说明他已很好地掌握了传统的文言文写作，但那时他已经决定他的未来不在于此。他辗转来到南京，进入了讲授西方科技的学堂，在闲暇时间沉浸于西方思想著作的中文译本之中。四年后，他离开南京负笈东瀛。

在 19 世纪中叶，日本还是一个与中国实力相仿的国家。然而，在 1868 年明治维新之后，日本专注于吸收西方知识，到了 20 世纪初，它已经成为亚洲第一个实现现代化的国家，凭借着自身的努力在世界舞台占有了一席之地。日本以帝国的名义实行中央集权，出台了宪法并建立选举议会制度，推动工业化，引入了包括铁路、电报与电话在内的现代交通与通信系统，正式废除了封建阶级划分，推广全民
6　教育，并建立了强有力的军事体系。[3] 在中日甲午战争（1894—1895）中，日本击败中国，在 1904—1905 年的日俄战争中，日本又战胜了西方的势力，日本现代化的成功因此得到了有力证明。对中国的激进知识分子来说，日本为亚洲国家的崛起提供了令人信服的模板。

---

[3] 就明治时代取得成就的全面总结，参看 Asia for Educators 网站的网页，标题为 "The Meiji Restoration and Modernization"。

鲁迅那一代知识分子中的精英逐渐意识到，要防止被彻底打败或可能陷入崩溃的局面，中国就必须效仿日本的做法。鲁迅成为前往日本取经队伍中的一员，以更深刻地理解为何西方模式能在这个亚洲亲密兄弟的身上取得如此迅速而成功的现代化成果。他在 1902 年初抵日本时，对科技兴趣甚浓。到 1909 年回到中国时，他关注的焦点已转为文学，并对道德和精神问题产生了浓厚的兴趣，这些成为其毕生所关注的问题。作为一个异常严肃的年轻人，他拒绝像他周围那些留学生那样整天沉溺于不务正业的活动中。他学习了日语，去了日本北部的小城仙台学习医学，但两年后就离开仙台来到东京。他认为相比技术或医学知识而言，精神上的变革对于中国的未来更加重要。

在日本，他撰写了若干关于西方科学的论文，断断续续地翻译了儒勒·凡尔纳（Jules Verne）的两部小说，以此开启了自己的文学生涯。在那时，他相信科幻小说也许能激起中国人对于科学的兴趣。离开了仙台医学专门学校之后，他的论文内容转向了对西方历史的道德反思，也开始关注那些以精神界战士之姿否定了西方传统的伟大作家。他对理想的人性作出了深入的思考，并对他在中国国民性中观察到的缺点感到忧虑。他渐渐相信若要把中国转变为一个朝气蓬勃的现代国家，那么在此过程中文学能扮演重要角色，并认为翻译西方的重要文学作品是其中十分有用的一步。他热衷于将西方思想译成中文，这种热情贯穿了 7 其一生。1906 年，鲁迅打算和几个文学杂志的同人发起一场文学运动，以增进对西方的认识，希望能为中国同胞带去西方的新思想。不过紧接着鲁迅的翻译工作受阻，他想成为人类精神启蒙斗士的愿望成了肥皂泡，他想领导一场文学革命的热情最终被证明时机尚未成熟。

当时中国正经历着巨变。1912 年，清帝退位，中华民国成立。然而，政治形势很快演变为军阀之间的竞争，中央政府的权力被削弱，并没有形成一个能有效运作的宪制国家。起初鲁迅因中华民国的成立而感到极大的鼓舞，但革命并没有带来实质性的改变，接连交替的政权依然暴行累累。对鲁迅来说，过去种种似乎还顽固地延续到当下，这一切都使鲁迅十分失望。他对自己在文学事业上受挫的失望则加剧了他对日益恶化的政治气候的绝望。

回到中国后，鲁迅在家乡的学校里教授科学，直到 1912 年，他被邀请加入中华国民临时政府的教育部。除了在首都南京（后迁往北京）兢兢业业地履行政府部门的职责外，鲁迅在接下来几年里也静悄悄地从事着他作为学者的事业，包括为他于 1923 年至 1924 年分两卷出版的奠基性著作《中国小说史略》搜集资料。这项工作对从前被认为是微不足道的文学体裁"小说"做了严肃的文本研究，它也是中国古典白话文学的第一部学术史。它是一项非常重要的学术成果，直到今天其中的论断也依然被广为征引。[4]

与 20 世纪前数十年的政治混乱相伴的，是主要沿海城市经济与文化活动的急速发展。一直以来保证了儒家传统与中国知识分子文化延续性的科举制度于 1905 年被废除，这促使新思潮进入文化生活的方方面面。由过去传承至今的关于朝廷、社会、文化甚至是人类生活意义本身的预设都被置于重新考量中。政府的控制有所松动，使这一时期孕育了富有创造力的知识分子。他们是充满活力的新一代受教育的年轻人，否定了儒家文化（如父权家庭结构、林林总总有着严格规定的仪式）以及象征着这一文化并为其所用的文言文。他们受西方价值及观念模式的影响，重视民主、科学、理性思考、经验知识、个人主观体验、性别角色、家庭结构与形式，呼吁引进新的思想。他们坚持表达新思想需要新的书写语言，不是过去那种只严格限于受过高等教育的精英使用的语言，而是一种能被大众普遍使用的语言，从而能使他们投入国家建设之中。

新一代的年轻城市知识分子成立了不计其数的文学社团，发行杂志，以白话文为他们的语言表达方式。他们期望文学以及文学杂志能成为一种平台，用于讨论富有活力的新思想和各种国家大事。[5]沿海城市商业活动的繁荣发展，包括印刷行业的增长，为知识分子以及大众表达意见提供了新的工具。1919 年的五四运动更提高了这些渠道的重要性，在这次运动中，学生们在北京的大街上抗议中国政府，他们

8

---

[4] 例如，Gu in *Chinese Theories of Fiction*, 35-36, 55-56, 以及其他关于鲁迅对具体作品的学术论断的研究。

[5] Huters, *Bringing the World Home*, 15.

认为政府即将屈服于《凡尔赛条约》(the Treaty of Versailles) 中关于中国的不平等条款。游行示威的队伍从北京扩展到上海及其他城市，随后又转为由工人、商人和实业家主导。这是第一次全国性的重要政治抗议运动，并促进了报纸、杂志及其他新闻出版物的传播。它们报道新闻，并成为社会和文化争论的载体。鲁迅和青年知识分子就是在 9 这些新平台上发表他们的见解的。1915 年至 1925 年间，城市青年知识分子出现了关键的文化觉醒，他们多少带着一点无政府主义色彩，这被称为五四运动。[6]

　　1918 年是鲁迅人生的转折点。一位朋友邀请他为一本新杂志撰写文章。他有些不情愿地答应了。在他接近四十岁时，鲁迅写下了《狂人日记》。这篇小说表现了一个人对世事复杂性理解的高度敏感，而这种复杂性是当时激进且常常保持乐观的青年们所难以察觉的。这篇作品通常被认为是中国第一篇现代短篇小说，它将中国社会比喻成一场吃人盛宴，人人都参与其中。它与其他随之而来以白话为文学媒介的小说一起，创造了中国前所未有的文学形式，表达了与不久前的时代相对立的新情感，而且大部分都谴责了中国社会那些根深蒂固的不人道的规则。在这一时期，鲁迅也撰写主题相同的杂文，这些微妙而尖锐的杂文更加巩固了他作为犀利的社会观察家以及呼吁革新的批判者的地位。鲁迅的杂文揭露了广泛存在于社会各阶层中的愚昧、残忍以及伪善，使他声誉日隆。1918 年到 1925 年底，他发表了系列短篇小说，它们奠定了他作为优秀小说家的声望。

　　到 1926 年，鲁迅变得更加直言不讳。这触怒了军阀政府，他因此不得不东躲西藏。为人身安全起见，他离开了北京，先后在厦门和广州的大学里任教，最后定居于上海。1906 年，在母亲的坚持下鲁迅同意了一门没有爱情的传统婚事，终其一生鲁迅都尽职尽责地照顾他的妻子和母亲。但是，在上海他与自己所选择的妻子许广平（1898—1968）组建了家庭。她曾是他的学生，婚后他们育有一子。

---

[6] 若要深入细致地了解从晚清到"五四"这一阶段的文学的知识背景及二战早期的文学思想，可以参考 Denton's "General Introduction" to *Modern Chinese Literary Thought*, 1-46 ；也可参考 Lovell's fine "Introduction" in *The Real Story of Ah-Q*.

10　　　在整个 20 世纪 20 年代，尽管外国的利益和干预使得政局持续混乱，但中国人民却一直希望国家统一与经济复苏。然而，无论是北京的政治领袖还是割据一方的军阀都无法将整个国家纳入他们的控制之下。此外，孙中山（1866—1925）成立的国民党已经非常混乱，而中国共产党（1921 年成立）此时的力量还很薄弱。[7] 到 1923 年初，一直指导着中国共产党的苏联新政府促成了要求中国共产党员加入国民党的协议，苏联认为这是对全国统一最有利的选择。事实上到 1928 年，在蒋介石（1887—1975）的领导下国民党结束了军阀统治，取得了中央政府以及全国大部分地区名义上的统治权。在巩固政权的过程中，国民党对党内的左翼势力实行了残酷的打压，并大批屠杀了党内的共产党人，这与苏联的想法背道而驰。为了重建国家，财政困难的国民党政府组建了新的行政框架。国民党政权把城市视为管理的重点，也为向现代国家迈进而建设了很多基础设施。但是，国民党并不能解决农村地区的种种问题，也没能最终消灭以农村为根据地的共产党。在日本侵华及二战形成联合阵线之前，国民党与共产党的军事对抗一直都在持续，抗战结束后又开始了内战，直到 1949 年中华人民共和国成立才画上了句号。[8]

　　鲁迅的思考与这个动荡的时代密不可分。他和他的小团体视文学为国家改革的途径之一。他早期在日本所写的论文表达了乐观的想法，认为文学能改变人心，从而能带来社会变革。到 20 世纪 20 年代，鲁迅的想法已经发生了变化，对文学是否能成为改革媒介抱有深深的怀疑。尽管如此，在他人的催促和自身内部的使命感之下，这一时期他仍然写下了一批小说，既揭露了中国社会的问题，又展现了处于这

11 样一个时代的作家的困境。到 20 世纪 20 年代中期，随着政治环境日趋恶化，他确信中国需要一场革命，但并不能预见其如何出现。他在青年时期还希望知识分子群体能带来社会变革，中年时期书写社会的困境时也持保留态度，但到了 20 世纪 30 年代，他绝望地认为在如此

---

[7] 孙中山是数个政党的核心人物，这些政党最终合并成国民党。关于孙在革命中所扮演的角色的分析，可看看 Hsü, *The Rise of Modern China*, 452-486。

[8] 关于这一时期的比较客观的历史，可参考 Spence, *Search for Modern China*。

动荡和充满暴力的时代里，真正的文学并不能扮演任何角色。

鲁迅先后在广州和上海所遭遇的政治暴力震撼了他的灵魂，最后促使他转向左翼。他开始学习马克思主义，并翻译马克思主义理论著作，撰写了几篇论述文学与革命关系的文章，加入了左翼作家联盟（以下简称"左联"），并成为左联最重要的发言人。但他始终没有加入共产党，也始终没有舍弃独立判断的权力。在他生命的最后几年里，他倡导了木刻版画运动，认为这种艺术方式比起文字更能吸引大众；同时他也继续写杂文和评论，并指导青年作家；他又开始写起旧体诗，这一艺术形式能使他圆熟地表达自己的思想，又易于躲避教育程度没那么高的审查官的审查。[9] 在 1936 年 10 月 19 日因肺结核去世之时，鲁迅已经是中国最负盛名的作家了。

他的两部短篇小说集《呐喊》和《彷徨》都是在短短的八年间（约 1918—1926）完成的，但它们为鲁迅赢得了杰出现代小说家的声誉。[10] 两部小说集共有二十五篇小说，在内容和形式上都丰富多彩。事实上，英语对中文"小说"（short story）这个词的翻译在某种程度上带来一种误解，因为其中的几篇作品更像是回忆录。那么，鲁迅作 12 为杰出的现代短篇小说家的声誉，实际上就只是由数量有限的几篇优秀作品构成的。

这两部小说集只是他著作中的一小部分。除此之外还有杂文、回忆录、短评、翻译、信件、日记、散文诗——一种由他创造出来并且似乎永远无法复制的文体，还有在古代传说基础上加以创造的小说集。他的旧体诗有六十多首，只流传于朋友之间。虽然这种从过去传承下来的文学体裁能给他带来个人的精神慰藉，但他认为不应该强制青年去学习掌握这种文学体裁。2005 年版的《鲁迅全集》囊括了他所有著作，总共达十八卷之多。[11]

---

[9] Kowallis, *Lyrical Lu Xun*, 6-7.

[10] 1911 年鲁迅写了一篇小说《怀旧》。可能从普实克（Jaroslav Průšek）的《鲁迅的〈怀旧〉：中国现代文学的先声》（Lu Hsün's 'Huai Chiu': A Precursor of Modern Chinese Literature）开始，评论界就视其为一篇"现代"小说，尽管它是用文言写成的。See Průšek, *The Lyrical and the Epic*, 102-109.

[11] 在讨论鲁迅本人的作品时，我使用的是此版本的《鲁迅全集》。在引用鲁迅的翻译时，我使用的是 1973 年版的《鲁迅全集》，因为 2005 年的版本并不包括鲁迅翻译的作品。

批判性的取径

在第一部小说集《呐喊》的《自序》中，鲁迅把他的短篇小说创作归因于两点，其一是面向外部的问题，其二是来自内在的驱动——为了激励青年勇敢地反抗压迫，为了释放那些他无法忘却的痛苦经验。很多关于其作品的评论都被鲁迅自己的这两个方向引导——分析那些应该被推翻的不人道的社会行为模式，或者分析在他的写作中显露出来的个人思想与情感。

第一种方向很自然会让人从政治的角度来考察鲁迅与外部客观世界的关系，也倾向于将其自身置于文学对象与现实世界的关系之中，但往往对这种关系所具有的问题缺乏成熟的认识，因为他们常常认为这是不证自明的。[12] 在很多情况下，这种外部导向的方法怀有实用主义的期望——或者可以说是一种执着，它认为文学作品会以某种方式来阐述，从而最终影响我们所生活着的现实。那些把小说视为对外部世界回应的人有很好的论据支持他们的观点。首先，这本身就是鲁迅写作目的的一个重要部分。普实克指出为了竭力打破错误的道德观和人类情感行为的刻板观念，"五四"一代作家都试图描绘出人们真实的行为和真诚的内心世界。[13] 现实主义的描写似乎是一个完美的工具。实际上，鲁迅的小说也确实引起了同时代读者强烈的共鸣，就如同他们所真实经历的那样。

新中国的评论家对此抱有同样的实用主义期望，但视野较为狭窄。李欧梵（Leo Oufan Lee）在描写这一时代时写道："比起作为作家的鲁迅，中国大多数研究鲁迅的学者只强调他作为革命思想家和战士的一面"，并把毛泽东的"鲁迅的方向，就是中华民族新文化的方向"

[12] 有几位批评家都提到了这个观点。例如，白培德（Peter Button）在《现实的构造》[*Configurations of the Real* (56)] 中就写道，"鲁迅和叶绍钧（1894—1988）都认为，他们文学创作的前提是文本与文本以外的现实是互为参照的关系"。我曾遇到过关于这一假设的动人的例子。1986 年，在我参观绍兴的鲁迅纪念馆时经人介绍见到了一个男人，他是"闰土"的孙子，闰土是《故乡》中的一个人物，是鲁迅以他的一个童年伙伴为原型创作的。

[13] Průšek, *The Lyrical and the Epic*, 71.

这句话奉为圭臬。[14] 尽管有这些限制，在这一时期依然有优秀的著作。这一时期的优秀学者开展了艰巨的文献工作，考证了传记中的细节，并确立了研究的方法。这些研究都带有微小政治风险，但是有着重要价值。[15] 从 20 世纪 80 年代早期开始，中国的评论者再次获得了拓展他们研究的巨大空间，从西方文学理论甚至是他们个人经历的角度出发，开始他们的研究实践。[16] 不过至少从数量上来说，大部分的研究依然将关注的重点放在小说与外部世界的关系上。[17]

正如他自己所承认的那样，鲁迅写作的第二个目的源于他的压力，而压力则来自那些他无法忘却的梦境。这一动因启发了研究的第二条主线，即将他的小说及其他作品视为其主观情感的产物，是一个敏感的艺术家在混乱的历史时代产生的艺术品。直到 20 世纪晚期，只有西方学者才能自如地采用这一研究主线，将小说视为各种情绪的展现：复杂性、含混性、乐观主义（但更多时候是悲观主义）、焦虑以及绝望，这一切代表了他与当时所发生的一切进行的勇敢搏斗。他们也认为在一定程度上小说的意义也体现在它们的结构中，并为此寻找文本中的证据。[18] 批评家更进一步指出，鲁迅的叙事过程体现了他对语言　14局限性的关注，认为语言并不能导致行动。尽管也存在一些过度的诠释，但理论家与后结构主义者在诠释文本方面已经相当熟练了。他们明确指出，小说与现实间的对应关系并不是像假设的那么明显。[19] 这

[14] Lee, "Tradition and Modernity," in *Lu Xun and His Legacy*, ed. Lee, 3. 毛的这段话由赖威廉所译，见 Lyell, *Lu Hsün's Vision of Reality*, vii。

[15] 周姗在《记忆、暴力和辫子》（*Memory, Violence, Queues*）中，尤其在《导言》（页 1—18）中，为毛泽东时代的学术研究及局限作出了出色的总结，并勾勒出到新千年第一个十年为止的后毛泽东时代鲁迅研究的几个主要方向。

[16] Zhang Longxi, "Out of the Cultural Ghetto," 71–101.

[17] 知网（CNKI）2015 年 8 月的搜索结果。我对近期论文摘要的快速浏览显示，从数量上来看，社会评论仍然以最基础的方法为主。张梦阳提供了相当全面的中国鲁迅研究史，为每一项主要研究提供了文献学上具体的引用资料。他的工作有力地支持了本项研究。见张梦阳，《鲁迅学》。

[18] See, for example, Huters, "Blossoms in the Snow" and "Lu Xun and the Crisis of Figuration" in his *Bringing the World Home*; and Anderson, *The Limits of Realism*. 我在自己的研究中，在分析《祝福》时也提出了结构的意义的问题，见拙作 "The Paradigm of the Iron House"。我感谢 *CLEAR* 期刊允许我在此书中使用我本人的部分文章。可以参看汪晖的《反抗绝望》，特别是第三部分。

[19] 参见 Peter Button, *Configurations of the Real*，这一著作运用了欧陆哲学及文学理论来研究"五四"作家以及后来的社会主义现实主义作家关于现实主义表达的观点之间的关系。

方面最优秀的一些学者不约而同地从更大的历史语境出发来诠释鲁迅的主观性。[20]

鲁迅从不讳言他的小说创作从外国名著中汲取了大量养分，但相对来说，他较少提及是具体哪一篇作品启发了他，而且很明显没有告诉我们他是如何运用它们的。[21] 批评家考察了鲁迅艺术灵感与技巧的外来影响，这对理解鲁迅如何参与世界性的现代性话语塑造做了补充。[22] 在重新审视了历史与当下之间断裂的证据时，学者们也在寻找某种文化的延续性，并探索了中国文学传统对鲁迅的影响。[23] 研究其作品的视野就这样被扩大，而接着又被进一步扩大。研究者又把注意力放到了新的角度：国家以及国际关系如何影响了文本，如何形成了其政治、经济以及社会环境。其他研究将鲁迅的作品置于其所处时代的几次思潮之中进行考察，包括他是如何与同时代人持类似或不同意见的。在这一拓展研究中，有许多人把鲁迅与自由主义的代表人物胡适（1891—1962）做比较，这类的探索在几十年前是无法想象的。[24] 同时，学者们也参考了与鲁迅意见相左的同期作家的作品，这一类作家反对文学应承担道德使命。当下的研究者也更深入地考察了由消费者主导的文学及大众类型构成的商业世界——如报纸与杂志，这也

---

[20] 例如，可参见唐小兵在《中国现代性》（*Chinese Modern*）中所做后结构主义的敏锐的分析。也可参见 Jian Xu, "The Will to the Transaesthetic," 63，该文总结了认为世界与小说的关系明确可辨与不明确可辨之间的冲突。

[21] 较早研究世界文学对鲁迅小说影响的是韩南（Patrick Hanan）的《鲁迅小说的技巧》（The Technique of Lu Hsün's Fiction, 1974）。韩南分析了已知的鲁迅读过甚至翻译过的西方短篇小说中客体与形式元素的内在关系，特别聚焦于鲁迅自己的小说中所采取的反讽及其他技巧。韩南的研究对理解鲁迅如何吸收其受到的文学影响非常重要。

[22] 例如，唐小兵便认为《狂人日记》是一个现代主义的文本。他在《中国现代性》中写道，《狂人日记》可以被解读为 "20世纪中国的现代个体性以及现代主义政治的诞生宣言"（页 57）。在分析小说如何将能指和所指的早期关系消融于一体时，他把鲁迅的解构过程与马克思、尼采和弗洛伊德做了对比（页 66）。

[23] 庄爱玲的《文学的余烬》（*Literary Remains*）探索了鲁迅的文学创作中传统与现代的内在关系。

[24] 胡适是现代中国最重要的文化人物之一，是一个受美国教育的哲学家、文学史家、散文家以及外交大使。在五四运动期间他提倡即使在文学作品中也要使用白话文。他常常被认为是一个非理想主义的自由主义学者。1938 年至 1942 年，他担任中国驻美大使，后来又担任了北京大学的名誉校长，其生命的最后几年是在美国和中国台湾地区教书中度过的。张梦阳《鲁迅学》的第二十章专门对比了鲁迅和胡适。

是鲁迅生活和写作的背景之一。[25] 其他研究者探索了鲁迅在更广泛的
意义上对文学及文化做出的贡献，例如 20 世纪中国现实主义的发展，15
或是中国国民与海外移民对于中国的身份认同问题。简而言之，整个
中国现代文学的概念框架在广度和深度上都得以大大拓展，并且变得
更加多元化与复杂化。

在鲁迅的小说处女作引发了文学革命的一个世纪后，他作为中国
社会现实的分析者的重要性也日益下降，正如同逐渐消失在烟云中的
历史一样。那些期待着他能照亮社会现实的人可以很合理地说，他现
在已经失去了与当代的关联性，但终究是中国历史上一个重要的角
色，依然具有吸引力。有些人再次发现想要在权力面前讲真话会和以
前一样危险。不出意外，对这些人来说，鲁迅依然相当重要，因为他
们需要从他讲真话的精神中获得鼓励，尽管这样勇敢的声音必然少之
又少。[26]

尽管如此，鲁迅作品的重要性在当下依然是一个问题。批评家如
果按照夏志清（C.T. Hsia）所谓的"感时忧国"（obsession with China）
这一路径去研究鲁迅小说的话，那么符合逻辑的结果是研究成果会自
然地转向历史、传记、社会或政治问题的考量。[27] 这些研究中有很多
富有洞察力与启示性，代表了鲁迅研究的最高水平，给予了我们很多
敏锐的洞见。[28]

然而，我的切入点并不相同。在读大学本科时，《祝福》这篇小
说震撼了我。为了寻求一个假设以解释它为何可以震撼我，我运用了
一系列不同的工具，提出了一系列不同的问题，从而自然得出了不同
的结果。我希望这些研究成果能给浩如烟海的鲁迅短篇小说研究锦上
添花。这项研究并不直接回答鲁迅当代意义的问题，但提供了另一个

[25] Chou, *Memory, Violence, Queues*, 8-9.
[26] 同上，10。
[27] Chih-tsing Hsia, "Obsession with China," 533-554.
[28] 周姗的《记忆、暴力和辫子》以及庄爱玲的《文学的余烬》是近期从历史、传记以及社
会角度研究鲁迅的优秀著作。尽管几乎所有关于鲁迅的研究都会有政治上的考量，但黄乐
嫣（Gloria Davies）的《鲁迅的革命》（*Lu Xun's Revolution*）很好地研究了鲁迅从 1927 年
到 1936 年去世这段时期的政治性质及背景。

处理这个问题的方向。鲁迅为《阿 Q 正传》俄语译本所写的序言与此尤其相关：

16   然而我又想，看人生是因作者而不同，看作品又因读者而不同，那么，这一篇在毫无"我们的传统思想"的俄国读者*的眼中，也许又会照见别样的情景的罢，这实在是使我觉得很有意味的。[29]

尽管鲁迅是在一个不同的语境中写下这些话的，但他的话也可能很好地描述了我本科时候的经历以及这本书的性质。我可能也是这些读者中的一员。

研究方向与研究方法

在第一部短篇小说集的《自序》中，鲁迅声称他弃医从文的原因是彼时的他相信中国人最需要的不是肉体上的治疗，而是精神上的改变，而文学似乎是达成这一目的的最佳手段。我将在第一章中对《自序》作出更深入的考察，不过现在先来看看他所运用的类比。

首先，举例来说，他说的"精神"指的是什么？文棣（Wendy Larson）的分析可以帮助我们理解"精神"这一词语在鲁迅时代的含义。她指出，"精神"（spirit）作为一个包含了情感与智识的人格概念，在当时被理解为一种具有生产能力的核心，一种品质或是视野，它可以调和个人与外在世界。中国宇宙学将人类的生活置于宇宙秩序之中，而每一个个体都展示了这个宇宙秩序。她写道："一般来说，儒家要求人们应该通过不断学习或自学来提升他们自己，从而能为改善社会秩序作出贡献。"[30] 在这一背景下，20 世纪初期中国的改革者都将西方的力量归功于其"精神"，而把国家在军事、政治以及

---

* 或者说所有非中文读者。——中译本作者注

[29]《俄文译本〈阿 Q 正传〉序》，《鲁迅全集》，卷 7，页 82。感谢周姗，在《记忆、暴力和辫子》中查明并翻译该引文（页 232）。

[30] Larson, *From Ah Q to Lei Feng*, 82.

经济上的失败归咎于中国"精神"的无力。"精神"在开始时并不指
向内部,尽管它也并不排斥这一倾向,但它最主要的还是针对外部世
界而言,并且在心理层面上主要是指向集体的。因此,一个人的"精 17
神",也就是其内在各方面的外在体现,对国家的成功有着至关重要
的作用。[31] 她指出,实际上那个时代的很多革命思想家都相信,改变
国民的思维方式对于国家复兴是十分必要的。鲁迅就是持这种想法
的人。[32]

　　文棣旨在探索个人与国家之间的关系。基于同样的原则,在谈
到"精神"一词时,研究者就可以将其视为个人与外部世界的交界
点,从而大大地拓展研究的视野,从个人精神与各种事物的关系中去
理解它。其结果就是,如果将鲁迅运用文学来改变精神的意图与其学
医经历进行类比的话,我们就会产生疑问:为何鲁迅会将其视为一项
不太可能实现的事业?我们可以合理地想象,在鲁迅心中有一个隐秘
的治疗模式,想象他已经做了一个诊断——病人究竟有什么问题;病
因已经找到——是什么引起了这种病症;治疗的过程——如何达到预
期的效果;如何确定其已被治愈——康复者的思想与行为是怎样的。
更进一步地,我们就会猜想他不仅仅是针对个体的精神病症,而是在
更广泛的意义上深入地思考中国人民的集体精神问题。将注意力放到
"改变精神"之上,为我们从心理学方面开始研究提供了一个契机,
同时这一研究也包含了巨大的社会意义——这是我的研究的第一个
特性。

　　从心理学方面着手研究,绝不意味着抹杀历史背景的必要性。然
而,这的确暗示鲁迅所关切的基本问题是,中国以及中国人民的苦
难,同时也是全人类的苦难。各种评论都默认了这一点,却很少将它

---

[31] Larson, 77-96. 这一概述对文棣(Larson)的研究做了很大的简化,也揭示了强调精神性
　　的儒家文化,以及毛泽东对马克思主义从强调历史法则及物质性转向强调正确的精神及正
　　确思想的修正的方法的连续性。我将文棣对权力关系的关注扩展到个人与外部世界关系的
　　所有层面。
[32] 林毓生在《中国意识的危机》(*The Crisis of Chinese Consciousness*)中持类似的观点——
　　"五四"知识分子及其直系先驱没有毛泽东主义者对中国传统的共同的潜在态度,就是在
　　对人民精神及价值观的全面革新的基础上进行有意义的政治及社会改革。详见此书的《绪
　　论》及第三章。

挑明。理解苦难的性质，如何阻止其继续发生，或者至少减轻苦难的程度，这一使命感始终引导着鲁迅的写作。[33] 它构成了鲁迅所关注的每一个社会问题——儒家伦理体系不断加强社会规范，也加剧了父权社会下人们的冷漠态度，它对个人有着毁灭性的影响；知识分子对克服社会陋习的无能为力，以及为思想与行为模式的激进改革所作的不懈努力；或者是他对整个社会从上到下的行为模式所作的更为普遍的谴责，这一模式可以归结为社会的方方面面都充斥着倚强凌弱的风气——的基础。他决心揭露所有借口与伪善，还有着严厉的自省倾向，这都表明他强烈地渴望减少苦难。要达到这个目的，就要揭示压迫的体系与意识形态的体系，将那些隐藏在漂亮标签下而人们未曾思考和讲述的残酷昭示天下，即使是儒家传统中那些备受尊崇的文本也一样要揭露。而对鲁迅来说，也许后者才是其焦点所在。

那么，首要问题就是，对苦难与治愈比喻的关注，能够为解读这些小说带来什么样的新观点？它能使我们发现包括治愈标准在内的治疗过程的内在模式吗？

无数对鲁迅小说的研究都关注鲁迅对社会与文化的分析，它们都阐明了他对那个前所未见的历史环境有着自己的诊断及病因分析，即使这些研究并没有运用治疗的隐喻。很明显，他认为中国人标准行为的主要元素是病态的，是一种有待治愈的疾病，而他把导致这种疾病的重要原因归咎于儒家经典及其所支持的世界观，还有中国文化世代积存下来的种种已然失去了活力的元素。他向中国传统发起猛烈攻击，这种打破旧习的姿态被很好地记载了下来，并且成为他之后被毛主席热烈赞扬的原因之一。另外，他在 20 世纪二三十年代交替之际的激进转向，也证明了他为了给国家找到治愈方法而一往无前。不过在这一领域，他对一个健康的国家只报以最小的希望，而我们很容易像有些人曾经做过的那样，指出他并不是因为对左翼的成功抱有坚定的信念，而是因为其他道路都已经行不通，才选择了左翼的道路。但

---

[33] 石静远（Jing Tsu）的《失败、国家主义与文学》[*Failure, Nationalism, and Literature* (214-215)］是一些特意指出苦难是鲁迅及其同人所关注的问题的研究之一。

是，对外部世界的社会／历史层面上的关注也只能代表鲁迅分析的一
部分，代表了其一个删节版的文学治疗观。　　　　　　　　　　　19

如果我们反过来暂时先搁置其社会评论，而把目光转到其文学使
命中"梦"的元素，并关注其小说产生的内在根源时，那么就能很明
显地看到，鲁迅的确怀有一个内在的治疗模式，对治愈也拥有自己的
定义。

如何才能使鲁迅的文学治疗法被理解呢？

因此，该项研究的第二个特性就在于其研究方法。我的研究以一
系列精神／心理方面的问题为起点，并不去探究小说与中国历史现实
或鲁迅生平的关系，而是深入探讨鲁迅这一时期思想的深层结构。这
一研究并不聚焦于那些重要的文化事件以及鲁迅在其间的位置，而是
力求揭示鲁迅是如何塑造这些文化事件并使自己成为其中一个角色
的。它揭示了那些赋予了其视野与话语以独特形式的潜在结构。通过
分析他对中国现实的象征性表达，这一研究试图复原鲁迅的思想结
构，并指出其困惑的核心所在。

尽管大部分评论家将鲁迅的主观性视为对其反思和分析内容的描
述，或者是对于普遍性质的阐述，但该研究所着力考察的是小说何以
成形的形式要素，并通过对文本的精读以阐明他的大部分小说都有**一
个清晰的模式**，而事实上其最著名的小说都具有这个模式。当然，其
他批评家已经探讨了他高超技术中的主要元素，特别是其小说中对叙
事声音的熟练运用。该研究也包括这一部分，但它同时也会揭示其他
的基本结构特性。

就像李欧梵指出的那样，鲁迅的小说表明作者熟练地掌握了结构
与技巧。[34] 可能正是这个缘故，通过仔细考察他如何组织小说，能格外
有效地揭示他的思想。一个组织能力相对逊色的作者可能不会那么注意
不同叙事策略所带来的可能性与限制性，例如叙事声音或叙事者所述的　20
事件顺序与复述后的事件顺序之间所产生的矛盾，或是对转述与总结、
叙述性事件与戏剧化事件的掌控；而我们可能会猜测，鲁迅的所有这些

---

[34] Lee, *Voices from the Iron House* (50, 59-60).

叙事技巧，都来自西方文学以及中国古典文学。就像其他研究者观察到的那样，在鲁迅最有影响力的几篇小说中，意义是结构的功能之一，而他要表达的东西是不能与他表达的方式分割开来的。[35] 这一研究不仅考察了其叙事过程中的形式要素，也探讨了特定意象的象征意义。

　　另外，在一定程度上准确描述鲁迅的治疗模式的过程中，我假设一位作者写下的每一篇文字都反映了他是什么样的人。在一定情况下，作品的每一个部分都是自传性的。作家就像所有人一样，都有其看待世界的方式，都有着认知框架，使他们在遇到混沌的现实时得以保持有序。若读者能意识到那些隐藏在鲁迅小说中的结构体系，那么对作者主观性的考察就能拥有更广阔的内在洞见。如果在虚构作品的基本元素（如情节的细节、结构、人物、叙事声音等）中包含着某种模式，那么此模式就能让我们独特而深刻地管窥到艺术家在创作时的心灵与精神。我们不应单纯从人生经历与历史背景这些外部因素中去理解作者，而应该理解那些通过写作的象征性结构来凸显其自身的意识。我们不应只**凝望**他的双眼，而应该富有想象力地**看穿**他的双眼。对鲁迅来说，这一方法非常有效，因为在分析过程中浮现出了一个相当清晰的象征系统，它可以使我们对这些小说、小说之间的关系以及创作它们的作者有新的理解。

21　　这项研究并非认为这一结构模式能概括鲁迅理解现实的所有方式。尽管我即将展示他的很多小说已经证实了这一模式，并且这一模式的元素已出现在大部分小说中，但是在这些小说中依然存有例外。另外，这一时期鲁迅其他体裁的作品是以不同的模式构造而成的，因为与我的论述并无太大关系，在本次研究中将会忽略它们和鲁迅在其他时期的作品。需要再次强调的是，这一深植于作品内部并不断重复的模式确凿地显示，在意识的成形过程中有些元素非常重要。在该项研究中，我将此模式定义为"自传性的"，这不过是从小说推演出其文学创作中一以贯之的智慧而已。

---

[35] 例如可参考顾明栋在《多义性》［Polysemia (448-449)］中对《狂人日记》的序言和正文关系的探讨。也可参考胡志德在《雪中花朵》［Blossoms in the Snow (66-71)］中对道德不可靠叙述者的分析。

本研究聚焦于一个模式，它根据推论而得出，并且反复出现。这并不简单意味着这一结构就是鲁迅复杂思想的基本核心所在，也不意味着这是阅读这些小说的唯一有效方法。相反，我同意顾明栋的看法，他认为鲁迅小说有着基本的开放性，可以做多种诠释。[36] 这一研究所提供的不过是众多方法中的一种。

我的初步策略是暂时将小说从其历史背景中脱离出来，并暂时将其与作者的社会意图分割。这些作品是面对艰难时势所发出的道德之声，它们包含了对社会的关怀，理解它们需要从心理上对作者、历史以及社会的背景做考察，并在此基础上重新整合各种观点。对鲁迅象征形式的研究，不可避免地让我们从另一个角度去重新思考他作为知识分子的杰出代表以及现代中国文学奠基者的地位。它也使我们去思考其作品的多方面影响，其塑造现代中国现代性话语的方式，也使我们得以用另外的方法去想象，即使那些激动人心的社会环境在记忆中消退，这些作品依然能在新的读者中引起绵绵不断的共鸣。

可以明确的是，鲁迅在他的短篇小说中都在运用这一精神治疗的 22 模式。他苦苦思索着关于精神本质的问题。他出色地描写了社会生活的方方面面，并分析了人们之间的各种交流互动。早在《自序》所描述的开端中，他用于表达其精神治疗模式的结构已显露端倪。他回忆了自己弃医从文的决定，这在他这一时期的小说中以不同的形态被反复申述。这些回忆指出了他关注的问题所在，并为我们提供了指南，使我们得以探索其内心世界及其短篇小说的形式与内容。实际上，这一模式也同样适用于他在同一时期创作的《野草》（1927 年）中的一些散文诗。

多重的外在因素刺激了他的创作。除此之外，解决苦难问题的内在诉求也极大地激发了其创作欲。这不仅是一种社会性的框架，更是心理意义上的框架：是什么引发并构成了精神的疾病？它的症状是什么？它将怎样被治愈，在什么环境下被治愈？一个精神上健全的人的行为是怎样的？从这一角度出发，1918 年至 1925 年间鲁迅写下的小说及散文诗，揭示了他在解决这些问题上的成功尝试。解决中国及其

---

[36] 顾明栋在《多义性》（页 434—453）中极力反对将鲁迅的短篇小说作为一个整体来阅读。

自身困境的需要，至少是鲁迅创作力的一部分来源。当他成功地完全理解了问题的本质，并将解决方法寓于小说之中后，他终止了短篇小说的写作。两者的出现只是恰巧在时间上有着前后的关系，并不意味着两者间存在必然的因果关系。我们只能从一个人的举动来揣测其背后的原因。但这也提供了某种解释，否则的话，我们也就完全无法理解鲁迅为何会停止创作小说。

研究结构

本书主要由四章组成。每一章都探讨了文本的不同方面，并作出了相应的论述。

23　　第一章"深层结构及其诠释"展示了鲁迅构建虚构性真实的方法的结构，并提出了一个理解其意义的诠释框架。第一部分梳理了《呐喊》的《自序》的自传内涵，所关注的是其不断形成中的意识——是它发挥着作用，而不是其所反复思考的生活内容。它指出构成著名的幻灯片放映场景的象征模式，同样也构成了其他三个意象。这一模式或**范式**，揭示了其关注的问题所在，那些困扰着他的数个维度，以及他在《呐喊》与《彷徨》的众多小说中都采用的结构。其所有名篇中都有这一结构。

第二部分考察了鲁迅所探寻的结构与荣格关于**自性**（Self）中**自我**（ego）与**影子**（shadow）的分析之间的强烈共鸣，指出其与荣格的分析心理学有一致性，但并不是说荣格直接地影响了鲁迅。（在本研究中，"**自性**"这个词为黑体字时，即显示这是荣格对这一词语的特殊用法；其他情况下"自性"不用黑体字。）这一范式是如此深植于鲁迅文本之中，而且无处不在，以至于难以将其从根本上归结于外在的影响。尽管如此，因为荣格是现代分析心理学的奠基者，所以采取其分析框架为我们在心理学层面进行文学研究提供了合法性。

接下来三章的每一章都考察了两部小说集中范式的出现情况，有时作为整体，有时则是部分。每一章分别分析了一系列小说，它们各自所象征的是四大场域中的其中之一：国家场域、社群场域、家庭场域以及个人场域，后两者则被归为一个类别。这一部分的研究跟随着鲁迅探索的主要问题展开，其轨迹总体来说是沿着这四个场域的顺序发展的，也有一些值得注意的例外。

第二章"寻找替罪羊"考察了名作《阿 Q 正传》以及另一篇小说《药》。埃利希·诺伊曼（Erich Neumann）和勒内·吉拉尔（René Girard）关于受难者形象的研究分析了寻找替罪羊的心理活动，并指 24 出了这一人类社会常见现象所产生的社会原因。这一分析为阿 Q 的将失败转化成胜利的能力提供了精确的解释，并揭示了阿 Q 的行为与未庄其他居民之间的延续性。《药》探讨了同样的精神—社会场域的问题，并展示了从替罪羊到殉道者转变的社会性时刻。

第三章"复述范式"展示了这一范式是如何遍布于鲁迅小说之中的，而他的大多数小说都以小镇为背景。双重人格的文学技巧和两个分裂角色之间的互补技巧，使鲁迅高超的文学技巧如虎添翼，也为荣格的模式提供了文学上的范例。即使在某些地方这一范式没有为个别小说提供令人印象深刻的新鲜洞见，它也依然揭示了小说之间无可置疑的共同性，否则这些共同性会被情节的相异、叙事声音、角色以及题材掩盖。那些本质上没有采用这一范式的小说则免于讨论。

最后一章即第四章"治疗精神"深入思考了在家庭以及个人中治愈的可能性，展示了清晰的治疗过程，并总结出鲁迅对痊愈状态的定义。它指出，鲁迅的第一篇小说《狂人日记》为其所有的小说定下了基调，包括关于治愈的暗示。看起来在鲁迅的后半生中，他的经历加上他对其所处时代的社会和政治事件的分析，使得他根据逻辑一步步得出了结论，那就是革命必然会到来。与此相仿，他对精神疾病的心理层面的理解也让他本能地感到，革命本身将永远都不能解决人类心灵的问题。

本研究四个章节的核心始终都在对文本本身的关注上。这样做就会使得对鲁迅本人只能略作分析。不仅如此，当提到"鲁迅"时，一般指的是其作为这些文本的作者或从文本中得出的假设，而不是指历史上那个更为整体的个人。尽管本研究的确留意到一些以前未被足够

25 重视的方面，但总体来说它反对用望文生义来取代对文本本身的描述。同样地，它在很大程度上也避免讨论文本对读者所产生的影响。[37] 读者反应批评是对其自身研究的明确界限。最为突出的是，本研究是将这些小说作为一个整体来研究的，在它们之中寻找共同点，而不是像通常那样把这些小说视为鲁迅这一时期思想发展的证据，这是在传记性和历史性背景中审视这些作品才会自然地得出这样的看法。

结语"内在性的掌控、预言性的视野"与前四章的文本分析不同，它追溯了鲁迅八年创作高峰背后的心理动因。在结语中我尝试采取了一点个人的读者反应批评，回答了我在前言中提出来的个人问题，这就是这些小说对我来说如此重要的原因所在。

至此，很明显我的工作与旨在扩展解读小说背景的主流研究趋向有所不同。和望远镜相比，我更愿意使用显微镜，希望能通过更多地关注那些微小细节，为我们带来看到更大画面的新方式。在某些情况下，这与中国传统和西方潮流也有着联系。张隆溪在另一个不同的语境里指出，一个批评方式是否成功的评判标准是看其能否产生"有趣、有用并且有效"[38] 的结果。从一个不单独考虑特定社会背景的角度出发，本研究为解读鲁迅小说提供了新的文学工具，并为鲁迅小说跻身于 20 世纪世界经典之林提供了新的途径。

---

[37] 安敏成（Marston Anderson）在《现实主义的限制》（*The Limits of Realism*）中，秉持与胡志德、庄爱玲及其他研究者一致的观点，认为鲁迅之所以用这种手法写下数篇小说，是为了不让读者得到情感安慰的净化之感。白培德在《现实的构造》中则持相反态度，认为模仿比净化更重要（页 54—60）。其他相关论述，例如周姗的《学习阅读鲁迅》（Learning to Read Lu Xun），对于读者的反应批评采取了更贴近历史的研究方法。我刻意回避了这次争论。

[38] Zhang Longxi, "Out of the Cultural Ghetto," 97. 张隆溪主要是针对一批中国的批评家，他们沮丧地发现他们已经拥有将文学视为个人表达的自由，可是西方的批评话语却又转向了政治层面，并大规模地抹杀了作家的主体性。他们的窘况与普实克的《抒情与史诗》（*The Lyrical and the Epic*）前两页中所描述的几乎一模一样。

第一章

深层结构及其诠释

第一部分 作为自传的前言

幻灯片放映场景

1922 年，鲁迅将其在过去四年中所写的短篇小说收录成一个短篇小说集，名为《呐喊》，并且为该小说集做了一个广为后人引用的自序。在《自序》中，鲁迅详尽地解释了自己之所以成为作家的动机和目的。在其诠释之中，获得大家共识的是著名的幻灯片放映场景。根据鲁迅的回忆，正是在这一场景中出现了他灵光一现想要写作的瞬间。尽管这发生在他于日本医专求学第二年的关键节点，当时他决定放弃医学转而从文，然而这一场景的重要性却并不限于此。同样重要的是这一意象本身的结构，而这一点却为大家所忽视。

这一转折性的事件发生在一堂医学课快结束时，为了打发最后的时间，教授播放了几张关于当时激烈的日俄战争（1904—1905）的新闻幻灯片。

> 我在这一个讲堂中，便须常常随喜我那同学们的拍手和喝 32
> 采。有一回，我竟在画片上忽然会见我久违的许多中国人了，一
> 个绑在中间，许多站在左右，一样是强壮的体格，而显出麻木的
> 神情。[1]

---

[1]《鲁迅全集》，卷 1，页 438。

根据幻灯片的解说，正要被日军砍头示众的那个人是替俄国做间谍的中国人。在下一段，鲁迅对自己刚刚所描述的事件做了反思。他评论说，"这一学年没有完毕"，他便认为作为爱国之举，学医并非像他先前所想的那样重要：

> 凡是愚弱的国民，即使体格如何健全，如何苦壮，也只能做毫无意义的示众的材料和看客，病死多少是不必以为不幸的。所以我们的第一要著，是在改变他们的精神……[2]

他相信在当时文艺是实现这一目的的最佳手段，便决定到东京履行这一新的使命。

学者们经常将这一段著名的文字视为传记，好像它是对于所发生事件的准确记录。当然，他们把它看作作者对其艺术发展的陈述，不过通常他们所关注的是其中的内容，而不是它的结构。对一个对于其私人生活言之甚少的作家来说，评论家们渴望获得他的相关信息，这是人之常情。毫无疑问，这一段描述可以让我们深入地窥探到在这些年里鲁迅的思想。[3]

于是，很多评论家不出意料地几乎将整个《自序》视为传记，这意味着它是对过去所发生事件的历史性记载，在很大程度上具有准确

---

[2]《鲁迅全集》，卷1，页439。关于鲁迅作品的翻译，我主要根据杨宪益和戴乃迭所译之《鲁迅小说全集》（*The Complete Stories of Lu Xun*, 1981），之后简称为《小说全集》（*Complete Stories*），所引原文出现于 vi-vii。有时候我会使用他们所译之《鲁迅小说选集》（*Selected Stories of Lu Hsun*），之后简称为《小说选集》（*Selected Stories*）。赖威廉的翻译和注解《〈狂人日记〉及其他小说》（*Diary of A Madman, and Other Stories*）也极为有用。亦参见蓝诗玲的出色翻译《〈阿Q正传〉和其他中国小说》（*The Real Story of Ah-Q and Other Tales of China*）以及该书具有价值的《导言》。除了有些名字已有固定翻译的历史人物之外，在大部分情况下我使用拼音。鲁迅主要杂文的翻译有时可见于杨宪益和戴乃迭所译之《鲁迅选集》（*Lu Xun: Selected Works*），之后称为《选集》（*Selected Works*）。

[3] 有学者试图证实《自序》中的"事实"，有的则质疑幻灯片放映场景是否真的发生过。不过"事实"和本研究并不相关，我关注的是不断形成的内心，而不是变化着的现实。在《铁屋中的呐喊》（*Voices from the Iron House*）——尤其是第一章和第二章——中，李欧梵作为第一个站在西方角度的学者，关注了鲁迅自己对这些年的叙述中所缺失的大量传记性材料。

性。而且即使他们承认这是一篇自传，他们依然倾向于将他们的研究局限于所谓的历史——也就是鲁迅生活中的真实事件——之中。[4] 这完全是可以理解的。通过很多自传性的历史，在西方作家和读者之间 33 达成了约定俗成的契约，那就是自传可以作为一种对作家生活和经历的"有用的、可信的、真实的叙述"[5]。在 20 世纪早期的中国，自传本身也效仿了西方的范式。[6] 此外，《自序》的叙述极具感染力：它的风格吸引读者，有力而动人。

尽管如此，《自序》只是一篇自传，而不是传记。自传将回忆融入了历史。它是对于过去的回忆。通过回忆，它过滤了它所记载的经历过的事件。[7] 作为自传，《自序》重塑了经历。吉尔伯特·罗斯（Gilbert Rose）在《生活和艺术中的创伤和控制》中指出，所有的回忆都可能为了满足不被承认的美学标准而重新创造经历。[8] 至少有一

---

[4] 在 21 世纪初，评论家更为频繁地探讨《自序》的构建性。例如周姗在《记忆、暴力和辫子》（页 28）中将《自序》视为"鲁迅把事实转化成意义的强有力神话创造的范例"。亦见柏右铭（Yomi Braester）在《反证历史》[*Witness Against History* (31-44)] 中的解读，它考察了《自序》中自传、寓言和历史间的矛盾。柯德席（Nicholas Kaldis）在《中国散文诗：鲁迅〈野草〉研究》[*The Chinese Prose Poem: A Study of Lu Xun's Wild Grass (Yecao)*] 中用鲁迅的心理学来审视《自序》中的语言（页 9—18）。我们的方法有所不同，因为柯德席用的是弗洛伊德心理学而我用的是荣格的；并且他试图理解的是鲁迅这个人，而我的关注点则主要是文本本身。在使用弗洛伊德的主要观点时，柯德席把潜意识力量看作是对意识心理的破坏甚至是暴力入侵，从而是不受欢迎的。在荣格精神的指引下，我更为关注的是这些同样的潜意识力量中的补偿和最终治愈功能，并以此在潜意识活动中发现一个更广泛的目的论的作用。柯德席关注的是特别的措辞，而我的研究以鲁迅的叙述结构为中心。

[5] Gunzenhauser, "Autobiography: General Survey," in *Encyclopedia of Life Writing*, 1:75. 关于自传特点的概括性研究，亦见同一册 Cockshut, "Autobiography and Biography: Their Relationship," 78-79; Fakundiny, "Autobiography and the Essay," 79-81; and Abbs, "Autobiography and Poetry," 81 83。

[6] 参见 Dongfang Shao, "China: 19th Century to 1949," in *Encyclopedia of Life Writing*, 1:208-209。在现代中国推行西方风格传记的关键人物是梁启超（1873—1929）和胡适。新的传记模式和自叙的不同形式反映了对"人文主义、个人主义和心理学"的兴趣不断涌现。对西方传记形式的兴趣在一系列西方风格的自传、日记和回忆录中得以体现。鲁迅从未写过这样的自传，但是他很多作品有着强烈的自传性元素。他将日记形式融入了两个短篇小说中：《狂人日记》和看起来有点像日记的《伤逝》。See entry on Lu Xun by Dian Li in *Encyclopedia of Life* Writing, 2:573-574. 伍珍娜（Janet Ng）的《现代性体验》（*The Experience of Modernity*）考察了胡适和鲁迅的自传。

[7] 感谢维多利亚·阿拉娜（R. Victoria Arana）指出关于自传的这些特质。

[8] Rose, *Trauma and Mastery in Life and Art*, 187-189.

次鲁迅承认，他曾为了增强美感而有意忽略事实。[9] 幻灯片放映场景的内在结构在《自序》和其他短篇小说中无处不在，这充分意味着（对鲁迅来说）存在着比历史准确性更高的准则。

随着生活被回忆和重塑，自传产生了两个层面的内容，它们随着时间的流逝而变得清晰。经过记忆重塑后的经历看起来比作家对这段经历的思考出现得更早。事实上，重塑的过程和思考是同时间出现的，它们都出现于作家将文字写于纸上之时。这种错觉依然令人信服。《自序》展现了鲁迅对于在仙台所发生事件的回忆，以及他后来对于其重要意义的分析，这完全基于他 1922 年写作时的理解。我们永远都无法知道，对于 1906 年在那间教室里鲁迅的真正经历，《自序》是否也提供了一个准确的描述。

这些区分之所以重要，是因为评论家们如何理解《自序》的本质，会影响评论家们推崇的是所谓的历史——大家认为它们在过去发生过，还是被重塑的历史——作家们如何回忆发生在过去的事情。在《自序》中有着大量美学标准的证据，也证实了作者在创作时是一个文艺工作者。将其理解为纯然的自传意味着强调对内心的重塑和反
34 思。[10] 这样不同的出发点会导致对于不同特点的关注。

在本质上，反思意味着暂时地从心理上脱离反思的主体。写作行为意味着反思，一种对经历和思想的艺术性塑造。进一步而言，鲁迅既按照其回忆详细描述了事件，又对它们的重要意义做了分析。因此，当鲁迅在 1922 年写《自序》时，他用两个部分来描述自己在 1906 年的经历，把两者放在不同的段落，用"这一学年没有完毕"将它们分开。发生在教室的场景（反思的主体）先于他对中国所遇困难的本质的再定义，以及其寻求新的事业道路的决定（反思本身）。从描述到分析的文本活动和作者必然所作的从经历到反思的过程相呼

---

[9]《藤野先生》，《鲁迅全集》，卷 2，页 304；*Selected Works*, 1:406。

[10] 甘泽哈瑟 (Gunzenhauser) 在《传记写作百科全书》[*Encyclopedia of Life Writing* (1:75)] 中讨论了自传写作方式的惯例。她引用了阿尔伯特·斯通（Albert E. Stone）以指出这一文体的以下特性："其叙述有着自己的步调和要素特点；通过自我的象征而得以用叙述细节构建语言的模式和桥梁；描写、反映、议论和沉思；还有其他共同的文学特性，包括刻画、对话、戏剧场景和提喻法。"《自序》几乎具有了所有这些特性。

应。如果我们相信传说的历史真的是这样出现的——我们并没有理由去怀疑它，那么这一活动也预示着他成为一位作家的过程。

用深度的自传体来解读这一段落也反映出一个现象，那就是它可以让我们迅速地追溯鲁迅不断变化着的身份认同。在讲堂场景的开始，他有些不情愿地指出是和"我的"同学一起，而那些同学都是日本人，以此鲁迅表明他"须随喜"他们[11]。中国"间谍"、日本士兵以及一群麻木的中国人的形象的出现，让他猛地受到了震惊，他再次用同一个代词"我的"来指代一个不同的社群。在此，他不再和其他医科学生有着相同的身份认同，而是和"我久违的许多中国人"[12]的身份是一样的。紧接着下一段他写道"这一学年没有完毕"时，已经不再属于任何社群，他反思的声音是孤独的，这一切都表明了鲁迅深思熟虑的作者立场。

鲁迅的小说有着与众不同的作者之声，这一段文字微妙地暗示了在其风格特色的形成过程中他经历了同样的心路历程。鲁迅之所以能够用文字如此准确地预言当时现代中国人的困境，首先是因为身处国外使他可以置身于中国人的观念模式之外，并在一定条件下用外国人的视角来审视；其次是因为他在道德和情感上都有着坚定的中国人身份认同；最后是因为他是用外在于该场景的反思之声来叙述。简言之，这短短两章已经涵盖了他的自我界定，那就是成为现代中国尖锐而执着的批评者。

在《自序》的开始部分，鲁迅在幻灯片放映场景之前就通过形象的描述巧妙地表达了与事实和历史事件相比，他对观念和感情有着同样的——甚至可能是更多的——关注。在那一场景之前，他追溯了选择成为医生的原因，人部分的讨论是概述性的。他仅用几行字描述了在南京以开放的心态发现西学的过程。他并不详尽地提到了通过学习西医解剖学而受到的启发:给他父亲治病的那些人都是不会医病的"骗子"。他快速地讲述了他认为日本的成功维新和医学有关，以及他学

35

---

[11] "便须常常随喜我那同学们"，《鲁迅全集》，卷1，页438。
[12] "我久违的许多中国人了"，《鲁迅全集》，卷1，页438。

医抱负背后的爱国之情。在这一概述之前，他讨论了父亲的疾病，讨论的篇幅远远超过其他的内容。不过，通过仔细研读这一段描述可以发现，鲁迅几乎未提及疾病本身。相反，他写下的是它对他的影响：

> 我有四年多，曾经常常，——几乎是每天，出入于质铺和药店里，年纪可是忘却了，总之是药店的柜台正和我一样高，质铺的是比我高一倍，我从一倍高的柜台外送上衣服或首饰去，在侮蔑里接了钱，再到一样高的柜台上给我久病的父亲去买药。回家之后，又须忙别的事了，因为开方的医生是最有名的，以此所用的药引也奇特：冬天的芦根，经霜三年的甘蔗，蟋蟀要原对的，结子的平地木，……多不是容易办到的东西。然而我的父亲终于日重一日的亡故了。[13]

在强调父亲的疾病所带来的影响时，鲁迅采用了与其短篇小说一样的叙述技巧。他总是会描写人的举动，以凸显这些事件中的情感特质，并将叙述模式和抒情融合在一起——他的叙述模式体现了世间的沧桑，而他的抒情则源于饱满的情感。顾明栋在《中国小说理论》中指出，包括鲁迅在内，中国传统的众多伟大的小说家同时也是诗人。他作出了如下的区分："如果说抒情主义源自强烈情感的自然迸发，那么叙述则是出于表现一系列事件、情节和行为的话语诉求。"[14] 绝大多数论及鲁迅短篇小说的抒情或象征性质的评论者都回应了第一种特质。

用衣服和首饰换钱以及用钱换药都是非人性的。鲁迅将它们描写成一种冷酷的交易，它是在孩子这样的小人物和柜台高墙后缺乏人情味的强大力量之间进行的，尽管他并没有详细描述这种力量。鲁迅强调了柜台之高，明显用这些细节来使得其童年生动形象，并且更微妙地用强大得多的力量来显示他的弱小。最引人注目的是，在这里出现了密不透风的高墙的雏形，这一意象在他的想象中无处不在，成为其

---

[13]《鲁迅全集》，卷1，页437；*Complete Stories*, v。

[14] Gu, *Chinese Theories of Fiction*, 8 and 101 respectively.

心理状态的一个重要组成部分。

在下一段中他暗示了他的家道中落，他父亲的病令他们日益严重的财政困难雪上加霜。"我以为在这途路中，大概可以看见世人的真面目。"[15]鲁迅用"坠入"[16]一词，让"鲁迅"那个在高高柜台前的弱小孩童的形象具有了普遍的意义。在高大事物的反衬下变得矮小，这样的言外之意在无形中将孩子的矮小无力地位推及整个周家。在这样无助的感觉下，我们对接下来鲁迅说自己为了寻求解脱而离开绍兴前往南京就不会感到惊讶了。在那里，他收获的是西学的全新天地，这使得他前往日本学医，并经历了幻灯片放映场景。

讲堂事件中交杂着几个元素：鲁迅的爱国主义，他的孤立感（其身体孤立于同学之外，而幻灯画面则让他措手不及，两者增强了他的孤立感），他渴望成为医生的一些原因，以及他认为自己将扮演领路人角色的设想——这些设想基于他所受的现代知识精英教育。任 37何关于为何鲁迅有如此个人反应的猜想都只能流于揣测。这个"间谍"的无助感看起来引起了鲁迅的共鸣，让他想起了自己儿时在当铺和药店高高柜台前强烈的无力感。麻木的人从他人的不幸中所获得的快乐——这是一个持续的话题——也许暗藏在了"看见世人的真面目"这句话之中。这群中国人原本可以通过不同的道德反应来减少这个"间谍"的孤立感，但是他们选择了冷漠。早在描述幻灯片放映场景之前，《自序》已经触及了几个有力的话题；而当它讲述这一经历时，鲁迅在文中早就埋好了充分的伏笔，告诉我们与记录过去的事件相比，诠释和意象有着同样的重要性。

在讲堂的屏幕上出现了三种人：间谍、士兵和人群。或者我们可以做进一步的诠释：受害者、迫害者和旁观者。在《自序》的其他事件或是小插曲中，同样有着这三种元素，并且在其小说中以多种方式重现。第四种角色也通过不同的形象反复出现：一种外在的反思的声音。在这一事例中，这一角色是作为学生的鲁迅。受害者、迫害者、

---

[15]《鲁迅全集》，卷1，页437；*Complete Stories*, v。
[16] "坠入"，《鲁迅全集》，卷1，页437。

旁观者和外在的观察者——这些角色的重复当然不是仅仅反映，甚至可能不是真正地反映，历史事件的复杂和混乱。它们更多的是体现了创造这些角色的人的内心，以及他的诠释视角——通过这些视角，中国的现实得以被理解。这种视角的持续也许是《自序》自传体性质的最强证据。

对这一事件的进一步考察可以发现更多关于这些要素的模式和布局的内容。在鲁迅对幻灯片的描写中，人群站在囚犯的"左右"[17]。稍后他写道：人群"围着"[18]他。这个囚犯"在中间"[19]。屏幕上所播映着的事件和讲堂中所发生的事件有着相似的封闭系统。年轻的鲁迅是 38 这个微生物学教室中的一个观察者，他处于事件之外，在截然不同的时空维度之中。

在这一事件中，鲁迅对迫害者或是受害人并不感兴趣。他的关注集中于人群之中。在其他作品中，他明确地表达了自己的信念：武装力量可以轻易摧毁反抗者，没有实现具体目标希望的自我牺牲是毫无意义的。[20] 但是，道德反应是另外一回事。在这一事件中触动鲁迅的是强壮的体格和麻木的神情之间的对比。在对这一模式的其他叙述中，他的关注点在于受害者，或是受害者和迫害者之间的关系。并且他几乎总是明确地创造出一个外在于事件的反思声。

现代中国的根本特性是充满了问题的，而鲁迅也自我界定了自己与这种特性的关系。鲁迅在此刻画了他对这种特性和这种关系的分析。这样的分析也许构成了一种最为微妙的方法。通过这种方法，幻灯片放映场景、《自序》和短篇小说以极具感染力的自传体形象呈现，而不仅仅是单纯地对历史事实的描述或回忆。他对讲堂这一幕的叙述结构在其小说中反复出现。在几乎他所有的短篇小说中，它都以含蓄或抽象的形式出现，而在散文诗集《野草》中，也大约有三分之一的

---

[17] "站在左右"，《鲁迅全集》，卷1，页438。

[18] "围"，《鲁迅全集》，卷1，页438。

[19] "在中间"，《鲁迅全集》，卷1，页438。

[20] 周姗在《鲁迅作品中的政治烈士》(The Political Martyr in Lu Xun's Writings) 中强调了鲁迅对政治烈士看法的复杂性（页139—162）。

作品具有这一结构。

关于受害者和迫害者，冷漠的围观群众和一个明显或含蓄的旁观叙述者的布局，在其 1925 年所写的短篇小说《示众》（1925 年 3 月 18 日）中表现得最为明显。在《自序》中是人群围成一圈包围着日本士兵，而在《示众》中则转变成在一个圈子里，一个警察挨着他的犯人。[21] 颇为典型的是，这一结构并不仅仅体现在小说的内容里，也体现在事件的发生顺序中。这一结构中最根本的一点在于心理的模式以及各方之间的力量关系。无论他的小说是否可能准确地定义当时的中国社会现状，他在小说中对心理现实的沉郁反思构成了它们的统一核心。鲁迅的小说显示了他对这种心理体系——用他自己的术语则是"精神"体系——的持续关注，正是它构成了中国人的"病"，而这种 39 病则是鲁迅所努力希望治愈的。毫无疑问，他的初衷、他对于产生这一体系的社会和意识形态原因的分析以及他对这一体系所造成的不合理伤害的思考，曾经吸引并依然吸引着其读者和评论者的注意。这些内容是如此扣人心弦，它们牢牢地抓住了读者的注意力，以至于这一事件中的结构并没有引起人们的关注。

为什么这一模式如此普遍？就讲堂经历本身来说，似乎并不足以使一个人的人生轨迹产生如此剧烈的变化。鲁迅并没有亲身见证这一中国人受辱的恼人场景，而仅仅是观看了一个对它的画面展示。就刺激物来说，它所造成的影响看起来有些不合情理。是不是这一画面以某种方式使得原本就存在的心理因素变得具体化？也许，从经验到反思的心理活动，加上从描写到分析的修辞活动，意味着开始全面意识到一种在不知不觉中已经形成的潜意识。如果一种潜意识的确是原本就存在却又不一定是能够表述的，那么一个出人意料的画面就能够促成一种新的意外发现。在这样的情况下，具体化的元素可能会在不同的话题中一再地重组，而这也可以证明这些元素——或是它们所隐含的问题——不仅仅是被动的思考。也许这样的一个假设会被认为没有

---

[21] 韩南在《鲁迅小说的技巧》（The Technique of Lu Xun's Fiction）中率先指出叙述者游离于所叙述场景之外，它象征着鲁迅游离于课堂场景的意象之外。安敏成是最早指出《自序》中类比的学者之一（页 79）。

充分的依据，但是鲁迅作品中的证据肯定是充足的。它显示了对这一模式一而再、再而三的有意义的重复。

鲁迅对于幻灯片放映回忆的结构象征着占据了其思想八年之久的精神体系。我们可以抽象地将其描述成从外部的观察点（在讲堂中的鲁迅）所看到的一个两极（士兵／间谍）封闭系统（围成一圈的人群）。在《自序》中追踪这一反复出现的结构或范式，可以让我们对文本有强烈的自传体阅读体验。它揭示了结构性的作者意识，显示了鲁迅如何形成对事实的记忆。在《自序》中，还有三个另外的场面40 可以让我们清楚地看到这样的布局。每一个都标志着其思想发展过程中的一个关键阶段，并且提供了进一步深入的视角，以让我们了解鲁迅在小说中表达心理问题的方式。展现这一相同结构的画面分别是"毫无边际的荒原"的比喻、"缢死的女人"的画面和"铁屋"的意象。

毫无边际的荒原

幻灯片放映场景标志着一个具有象征意义的时刻——鲁迅决定弃医从文，希望发起一场文艺运动。由于年轻，他的态度是乐观的。他将自己塑造成一个医治灵魂的角色，对用自己的力量去治愈和改变社会感到自信。对于他后来更为复杂的观点，他在此并没有留下伏笔。他后来认为相反的位置可能是非常相似的，甚至是相同且可以互相转化的，而他对于精神疾病也并非免疫的，他自己也可能被感染。回想起那个青春的时光，他记得并未感到无力或麻木。年轻的鲁迅决心用文学去治疗国家的精神疾病，几个月后他满怀着发起一场文艺运动的期望，来到了东京。

在 1907 年，鲁迅和一些朋友以及他的弟弟周作人（1885—1967）一起尝试创办文学杂志《新生》。周作人此时已经和他在东京汇合，成为他亲密的思想战友。

《新生》的出版之期接近了，但最先就隐去了若干担当文字的人，接着又逃走了资本，结果只剩下不名一钱的三个人。创始时候既已背时，失败时候当然无可告语。[22]

《自序》没有提及第二次令人失望的文学尝试：他和周作人一起翻译了外国短篇小说，编成了两卷的《域外小说集》，该书遭遇了同样的命运。[23] 鲁迅只是在接下来隐晦地对此有所暗示，如果他真的是在暗示它的话："而其后却连这三个人也都为各自的运命所驱策，不能在一处纵谈将来的好梦了，这就是我们的并未产生的《新生》的结局。"[24]

《自序》忽略了接下来几年的生平细节：1906 年他听从母亲的意愿，短暂地回国结婚，接着单身一人返回日本；1909 年他最终离开日本回到中国；他在绍兴和杭州教授科学；1912 年他前往北京赴教育部工作，在那里他负责督导国家图书馆、博物馆和美术馆的相关部门。在北京他也在一些大学教授中国文学，并着手进行一项关于中国传统小说的大型研究课题。在那些年里，他见证了在清朝灭亡时中国进步分子的高度期望，以及当民国迅速实现现代化的运动失败时随之而来的希望的破灭。而这个国家看起来要陷入分裂、崩溃和政治混乱之中。

在这样的历史背景下，鲁迅面对着自己无法实现的抱负，经历了一个反思、绝望和寂寞的时期。《自序》通过"毫无边际的荒原"的意象，传达了这种失望的心态。在叙述了在东京注定失败的文学事业之后，紧接着出现了这一意象：

> 我感到未尝经验的无聊，是自此以后的事。我当初是不知其所以然的；后来想，凡有一人的主张，得了赞和，是促其前进的，得了反对，是促其奋斗的，独有叫喊于生人中，而生人并无反应，既非赞同，也无反对，如置身毫无边际的荒原，无可措手

---

[22]《鲁迅全集》，卷 1，页 439 ; *Complete Stories*, vii。

[23] Lee, *Voices from the Iron House*, 22-23.

[24]《鲁迅全集》，卷 1，页 439 ; *Complete Stories*, vii。

的了……[25]

鲁迅用"毫无边际的荒原"的意象来反思大约从 1909 年到 1912 年的这一段时间。这样的范式性结构通过他在 1922 年对过去事件的分析得到了回应。这一文本将同意和反对作为辩论中相反的两极，而这样的两极存在于一个由两极构成的体系之中。鲁迅将他的反思意识置于这42 一体系之外:他提出建议，他"叫喊"。但不是没人听他，就是无视他。在第二个时间框架中，他深思熟虑地说:"自此以后……"这一结构和幻灯片放映场景的结构相像，但是这一次他不再安静地坐在讲堂的椅子里，而是做了叫喊。然而，他并没有收到什么回应，如果他向讲堂屏幕上的那些人叫喊，效果也会是一样的。鲁迅的分析将幻灯片放映场景中麻木人群的触觉意象，转化成了在荒漠中束手无措的视觉意象和沉默的听觉意象；没有人在场，他的叫喊没有回应。鲁迅原本想象他的声音会引起别人的注意——无论是哪一种的注意。相反，他遭遇了令人难堪的冷漠。很显然这样的沉默是出人意料的。他小时候在店铺柜台的高墙前的无力感，如今通过原本以为会有同伴却一个人在荒原束手无措的比喻来改变、再历和表达。荒原看起来是一个开放的结构，却和墙壁一样可怕而孤立。

对作者来说，冷漠非常明确地反映了他对于中国来说是一个外人，尽管他认为在那里他是一个同胞。看上去他曾想象通过回到中国，他能够作为人群中的一员再次进入幻灯片放映场景，使那些静态的角色具有活力，让他们有不同的反应。但是他并不被允许参与其中。当他发言时，没有人聆听。

这一事件的详细解读之所以很重要，不仅是因为文本揭示了鲁迅怎样书写他的作品，还因为它也许开始暗示为何他的读者会感到他的文字力量强大。具有强大情感力量的意象反复出现，对于明显而确凿的传记性诠释来说是一股暗流。通过同时采用叙述和诗歌艺术，也就是将引人入胜而充满暗示性的意象融入讲故事之中，他创造了一种叙

---

[25]《鲁迅全集》，卷 1，页 439；*Complete Stories*, vii-viii。

述方式，它既描写重要生活经历，又传达人生旅程中的深层情感。这个"毫无边际的荒原"的意象传达了一种情感的力量，如果对失败做单纯的叙述，就无法表现这种力量。因为它具有象征性，所以它能暗 43 示这个单独的例子代表着一个范围更广的真理。这样的象征使个人经历超越了传记性的细节，从而具有了普遍意义。

鲁迅达到这一目的依赖于一个反复出现的结构。尽管这个"毫无边际的荒原"的意象具有复杂性，但它表明了鲁迅建构问题的方式。他将竞争的两极视为同一个轴的两个相反位置。在这里，这个轴得到了他人的重视，无论他们采取的是赞成还是反对的姿态。在幻灯片放映场景中，受害者和迫害者占据了代表着痛苦和苦难的同一个轴。接着他在两极的周围暗示或创造了一个圈。在这里它是荒原，在幻灯片放映中是麻木的人群和屏幕本身。最后，他明确地阐述了第三个位置，它既不是前两者，也不在两者之间。它构建于一个不同轴之上的位置。在这个例子中，它是如此地处于为人所熟悉的框架之外，以至于没有人能够理解它，或是没有人愿意去回应。或者正如这一例子所示，鲁迅所理解的轴是如此地处于流行的世界观之外，以至于根本没人注意到它。在这个"毫无边际的荒原"的意象中，他叫喊了。在幻灯片放映场景中，他沉默地决意去改变人们的精神。

通常鲁迅建构其两极的原则是，用常用或传统的方式去构想一个问题，当然并不总是如此。在建立第三个位置的过程中，鲁迅用不同方法重新构想了这一问题。从这个在传统框架之外的新位置看来，两极不是对立的，而是相同的。它们在本质上是无法区分的。这第三个位置常常被塑造成旁观者的位置，正是基于这一点治愈才变得可能，也只能基于这一点才能够有效斗争，"叫喊于生人中"。这一意象进一步表明，至少根据他的回忆，在其生命中的这一节点，鲁迅认为自己既未意识到他正以他人所没有的新视角在观察这个世界，也无法接受这个事实。对于他的文艺运动来说，实在是为时过早了。

在幻灯片放映的意象中，鲁迅以乐观主义去接受这个外在的位 44 置，将他自己塑造成一个将要治愈别人的医生。在"毫无边际的荒原"的意象中，这个外在的位置变成了一个绝望、孤立和寂寞的所在。在两个意象中，他的位置是相同的，但是在他发现了观察者的位置和人群与内在于圈内的那些人之间的鸿沟之后，他的感受使他的乐观主义转变成痛苦的失望。鲁迅指出随之而来的寂寞——"这寂寞又一天一天的长大起来，如大毒蛇，缠住了我的灵魂了"和他的"无端的悲哀"[26]——使他看见了他真实的自己，那就是他"决不是一个振臂一呼应者云集的英雄"[27]。那么，他的角色又是什么？

缢死的女人

鲁迅因其年轻时的希望破灭而消沉，并且发现局外人的位置具有难以忍受的寂寞，他写道：

> 只是我自己的寂寞是不可不驱除的，因为这于我太痛苦。我于是用了种种法，来麻醉自己的灵魂，使我沉入于国民中，使我回到古代去……但我的麻醉法却也似乎已经奏了功，再没有青年时候的慷慨激昂的意思了。[28]

鲁迅自觉地回归于传统，首先决心重新进入这个圈子。他在围成一圈的人群中占据一席之地，用"回到古代"来麻木自己的感情。他将自己的立场变得和幻灯片放映中围观的人群一样麻木，并由此为他们的行为提供了一种假设性的解释：道德的约束过于使人痛苦。接下来的一段文字讲述了其回归后的所作所为，他说他开始"钞古碑"。除了对心理有益之外，他还表达了一个政治上的动机：在危险的时势中，闲散的文物爱好者意味着对政治缺乏热情，他暗示说这样可以让他免受政府的怀疑。

45 　《自序》只提到了这一项举动。李欧梵注意到尽管鲁迅将这样的好古主义视为毫无意义之举，但事实上他对此以及其他学术行为报以惯常的严肃态度。李欧梵认为虽然在这里鲁迅将这些年描述得消极而

---

[26] 在此我用的是 1963 年的版本。*Selected Stories*, 23.

[27]《鲁迅全集》，卷 1，页 439—440；*Complete Stories*, viii。

[28]《鲁迅全集》，卷 1，页 440；*Complete Stories*, viii。

无意义，可是它们是后来创作的源泉，而事实上它们本身就非常具有创造性。[29] 最值得注意的是，他完成了两卷本的《中国小说史略》研究，而它在很多年内都不会被取代。鲁迅有意忽略了这一杰出的学术著作，以进一步强调《自序》的关于心理而有意建构的自传地位，而不是一个对历史生活的有序描述。

似乎是为了强调隐退和绝望的元素，鲁迅对这一范式做了第三种叙述——"缢死的女人"的意象：

> S 会馆里有三间屋，相传是往昔曾在院子里的槐树上缢死过一个女人的，现在槐树已经高不可攀了，而这屋还没有人住；许多年，我便寓在这屋里钞古碑。客中少有人来，古碑中也遇不到什么问题和主义，而我的生命却居然暗暗的消去了，这也就是我惟一的愿望。[30]

院子里的墙代替了围成一圈的人群和毫无边际的荒原。当然，鲁迅从未明确地提到墙。然而，它们在他的意象中是不言而喻的，因为北平的院子通常是被高墙包围着的。毫无疑问，他的文字能触及其读者的内心，让他们感到墙是这一意象的一部分。而事实上，这一特定的院子也是有墙的。他对于墙内事物的叙述凸显了整个范式和它象征的力量。

鲁迅暗示那些屋子在他搬进去之前是空的，他也指出了访客的稀少，表明他过着与世隔绝的生活。"没有人住"的屋子也许意味着其他人不愿意居住在这个空间里，它微妙地暗示缢死女人鬼魂的存在。46 至少，只有两个居住者被提及，那就是缢死的女人和鲁迅。如果看起来这两位是这个封闭空间中仅有的居住者，那么这一深层结构正悄悄地塑造着这个意象。

鲁迅和缢死的女人的关系进一步暗示，他试图根据这一范式性的结构构建心理上的关系。就像士兵和间谍、迫害者和被害者的关系一

---

[29] Lee, *Voices from the Iron House*, 25-28.
[30]《鲁迅全集》，卷 1，页 440 ; *Complete Stories*, viii。

样，这两者看起来是对立的：男和女，活着的和死去的。然而，在这两极的叙述中，鲁迅马上颠覆了对立的可靠性。他暗示死去的女子依然活着——别人害怕她的存在;而活着的他却处于行尸走肉的状态——他所想要的是他的日子暗暗地消去。

无论其生平的真实性如何，在将其置身于中国人之中并回到古代的过程中，鲁迅进一步表述了他的举动：从事老学究式的消遣，将自己和守旧者合为一体。通过把自己塑造成这样传统的角色，鲁迅展现了自己的罪恶：维护这个鼓励妇女牺牲的社会。就这样，他微妙地将自己展现成迫害者，而她则是受害者。尽管没有提及这个女人自杀的原因，但是它的确让人对其牺牲进行深思。让妇女为了错误和腐朽的道德去牺牲她们的生命，这在中国社会并不少见。鲁迅不断对这种现象提出指控，而他也一直捍卫妇女的权利。实际上，这个微妙构建的范式强有力地暗示，鲁迅极有可能想象到这个缢死的女人是社会力量的受害者，而这样的力量是她的力量所无法抗拒的。

然而在这一情况中，迫害者和受害者一样面对死亡和毁灭。在此鲁迅再次推翻了其对立面的相反性。他对于树枝已经高不可攀的描写，不但意味着她死后时间的流逝，而且可能意味着他认为自己和她是一样的：这棵树已经长得太高，以至于让他无法自缢。当然，对立47 面即使不是相同的，也是紧密相关的。鲁迅和缢死的女人都同样地远离他人。在活人之中，鲁迅是唯一一个住在院子里的人，也许是因为他不迷信，也许是因为他是一个活着的鬼魂。迫害者和受害者被锻造在承载着传统预期的单一的轴上，他们即使不完全一样，也会具有很强的相似性。

要不是同一模式和范式化的主题在《自序》中反复出现，并且在接下来的章节中通过他的短篇小说也会看到它们，那么所有的这一切也许看起来是一种过度的解读。

如果意象实际上就像前文所概述的那样产生着效果，那么它从一个外部的视角反复描述了这个两极封闭系统。围观的人群在变成沉默的听觉意象和冷漠的视觉意象后，在这里变成了坚固的墙壁。鲁迅对这一系统的理解也就更加深入。在那个医科学生看来截然不同的两极，转变成同时相异而相同的两极，无论是毫无边际的荒原上的绝望居民还是会馆的压抑旅客，都既是迫害者又是受害者。

作为与该范式的前两次重述（幻灯片放映场景和毫无边际的荒原）的强烈对比，在"缢死的女人"这一画面中，鲁迅将自己置于系统之内。这就给这一范式加入了一种新元素，一种在内部感受到的不可自拔感。就在描述缢死的女人的意象前，鲁迅指出："但我的麻醉法却也似乎已经奏了功，再没有青年时候的慷慨激昂的意思了。"[31] 麻木有着它的代价：失去热情而重新陷入困境。

当铺和药铺中高墙的压迫感曾让这个年轻人逃离，他去了南京，随后是日本。现在它再一次将他吞噬。浸淫于西学和医学象征着从中国、从传统、从绍兴的个人幽闭恐惧中逃离，而现在却反转了：他再一次回到中国，在"绍兴会馆"——一个为绍兴人而开设的旅店——中学习中国的传统。他再一次被那些看起来他已经逃离了的元素纠缠。只 48 有那个讲述起年轻时自己的回忆的声音还保持着局外人的姿态。

关于这一范式的最后一次重述增加了这种对"缢死的女人"的文本解读的可信度，这是因为在这里所介绍的主题——困境和死亡这两者与传统的关联，鲁迅微妙地认识到他也扮演着迫害者的角色，以及道德麻木的好处和代价——都在铁屋这个意象中被重复。它本身用最为清晰而恐怖的形式具体体现了这一范式。

铁屋

鲁迅利用铁屋的意象来解释他为何在 1918 年突然开始写短篇小说。当 1909 年离开东京时，他将文学救国的使命放在了一边。如前所述，《自序》跳过了接下来的十年，仿佛这一段时间是毫无成果抑或无足轻重的。于是，鲁迅给其文学创作的爆发增加了戏剧性，将它描写得好像是突然涌现和不由自主的，而且似乎交杂着大量的矛盾情绪。

《自序》将写短篇小说的直接诱因归于和他朋友钱玄同（1887—

---

[31]《鲁迅全集》，卷 1，页 440 ; *Complete Stories*, viii。

1939）的一次谈话。有一天，钱玄同打破了其隐士般静居的宁静，要求鲁迅为《新青年》杂志写稿。这份杂志是传播激进进步观点的重要窗口，也是即将孕育五四运动的众多新兴小型刊物中的代表。钱玄同则是它的编辑。尽管他的自我描述强调了他的孤独，但鲁迅在北京的文艺活动中非常活跃，因此他的朋友在他的院子里出现并不出人意料。

鲁迅用一个比喻来回复钱玄同的请求：

49 　　"假如一间铁屋子，是绝无窗户而万难破毁的，里面有许多熟睡的人们，不久都要闷死了，然而是从昏睡入死灭，并不感到就死的悲哀。现在你大嚷起来，惊起了较为清醒的几个人，使这不幸的少数者来受无可挽救的临终的苦楚，你倒以为对得起他们么？"

　　"然而几个人既然起来，你不能说决没有毁坏这铁屋的希望。"

　　是的，我虽然自有我的确信，然而说到希望，却是不能抹杀的，因为希望是在于将来，决不能以我之必无的证明，来折服了他之所谓可有……[32]

抄古碑并没有熄灭他的爱国热情。通过这一意象，鲁迅质问在当时全国水深火热的情况下，怎样做才是具有同情心和道德感的行为。坚硬的铁墙已经禁锢了中国人民，让他们用自我毁灭的方式去思考和行动。鲁迅所指的死亡的意象，可能既是比喻的（中国不再是一个独立的统一的政治文化实体），也是写实的（持续压迫着人的贫穷吞噬着生命）。他的经历告诉他，在中国历史上的这一时刻，死亡是不可避免的后果。如果人们对这一可怕的真相漠不关心，他们依然会死去，但是他们可以避免清醒会给他们带来的额外痛苦。

一个人的道德义务是什么？应该让他们毫无痛苦地死去，还是敲

---

[32]《鲁迅全集》，卷1，页441；*Complete Stories*, ix。

响警钟，增加他们的痛苦，以期历史不再预示着未来，而一条新的出路可以被发现？哪一种选择会带来最少的痛苦？

通过范式的深层结构，这一意象完全地描述了鲁迅的道德困境。这个绕成一圈的铁墙包围了呐喊和沉默、醒着和睡着的两极。来自第三方的反思声相信他是从墙内发声的：他认为还没有找到一个出口。如果永远找不到出口，那么呐喊就会将这个醒着的人置于"迫害者"[50]的角色，他增加了大家的苦楚。对别人来说，在昏睡中死去意味着一种更少痛苦的死亡。

然而，鲁迅这一段文字所使用的标点看上去和它的内容正相反，因为它意味着一个处于墙外的地位。对铁墙、熟睡者和"清醒者"这三个要素的提及出现在一个用了引号的对话中。他对于这一意象的反思则在对话之外，作为后来的反思而出现。从身体的现实来说，鲁迅身处中国，看上去在这一困境的内部。然而从心理而言，在这里鲁迅所占据的反思之处处于铁屋的墙外，在引用的对话之外，这样的反思可能是在他留日期间所产生的。

保罗·瓦茨拉维克（Paul Watzlawick）、约翰·威克兰德（John Weakland）和理查德·菲什（Richard Fisch）的《改变：问题形成和解决的原则》中关于第一层次与第二层次改变的不同的论述，可以解释清楚鲁迅不确定的特性。他们指出，第一层次改变处于一个体系的规则内部，无论这些改变多么持久或激进，它们都不会破坏这一体系。事物改变得越多，它们越保持一致。第二层次改变则是改变这一体系的根基。

这两种形式的改变常常被混淆，但通过一个类比就很容易被区分。一个做了噩梦的人在梦里被追捕，为了逃跑他可能快跑、躲藏、跳下悬崖，诸如此类的行为都不会从本质上改变噩梦的动态，这就是第一层次改变。或者，做梦者可以醒来——通过达到一个外在于噩梦体系的状态——以逃离噩梦，这就是第二层次改变。

如果一个人尝试通过第一层次改变来解决只能通过第二层次改变才能解决的问题，那么这一体系内部的力量运用可能只会恶化这个问题：做梦者跑得越多，恐惧感就追赶得越持久。只有准确描述问题——

这是一个梦——的第二层次行动才能摧毁噩梦恐吓人的力量。[33]

51 　　因此，如果呐喊意味着第二层次改变，那么鲁迅能够期望铁墙最终会垮掉，因为正确地认识问题是解决问题的先决条件。但这绝不意味着一定会有解决的办法。如果没有，那么呐喊就是一种第一层次改变的行为，而吊诡的是，呐喊和沉默看起来是相反的，却又是相同的。两者都会导致死亡。[34]

　　鲁迅就未来的不确定性做了赌博，默许了钱玄同的要求，写了《狂人日记》。《自序》中剩余的部分揭示了从这一矛盾的假设位置着手行动时他内心的摇摆。他的感性认为没有出路，但是在年轻同事的请求和他们的乐观主义的激励下，他的理性认为可能会有出路。《自序》展现了这样的矛盾。

　　　　于是我终于答应他也做文章了，这便是最初的一篇《狂人日记》。从此以后，便一发而不可收，每写些小说模样的文章，以敷衍朋友们的嘱托，积久就有了十余篇。[35]

内在冲动——"我不能放弃"和外在刺激——"慰藉我的朋友"，这两大创作动机的根源表明了这种矛盾性。现在是 1922 年，他说这种自我表达的需求已经消失，而如今他为了别人而写作，在那些人中他看见了年轻时的自己。《呐喊》中最后三篇小说都写于 1922 年 10 月，这些小说写的都是个人的回忆，它们没有像之前的小说那样在情节中蕴藏着深层的结构。这种缺失可以证实他所说的个人需求已经不再是其创作的动力。然而，当他在完成《自序》后约 15 个月又重新开始写

---

[33] 瓦茨拉维克（Watzlawick）等人在《改变》（Change）中通过他们的研究讨论了这个问题，特别参见页 10—11，页 24—25。第一层次或第二层次呐喊可能显得和改良／革命的二分法类似。不过，第一层次或第二层次的区分适用于很多其他领域。

[34] 在描述人们的可怕遭遇时鲁迅究竟是强化了它还是只反映了它，学者们对鲁迅在这一问题上的摇摆有着一系列论述（从安敏成开始，到胡志德、庄爱玲以及其他人）。这一系列的探讨可以被简单概括成鲁迅并不知道他处于第一层次还是第二层次变化中。当石静远指出鲁迅对疾病所带来的痛苦和治疗疾病的过程中所带来的痛苦所做的区分时，指出了鲁迅对第一层次和第二层次变化的区分不明晰。

[35]《鲁迅全集》，卷 1，页 441；Complete Stories, ix。

作时，他再次在情节中刻画了这种深层的自传体性的结构。鲁迅肯定了其作品对投身于革命斗争的人具有意义，他也有意就它们和自己思考之间强有力的关联做了淡化的描述，这一切都使得评论者们忽略了他的创作视角、他的心理洞察力和他的文学治疗法中非比寻常的"个人品质"。 52

作为自传的《自序》：总结

《自序》所构建的特质充分地证明，一颗强大的内心正在有意地重塑过去与现在。根本的自传性特质不仅呈现在明显的内容之中，还体现在塑造内容的范式中。它塑造了四个意象，它们表现了鲁迅对中国困境的思考以及对自己在解决困境中所扮演角色的理解，这样的理解是在不断发展的。每一个意象都标志着鲁迅对其艺术发展的自传性描述中的一个节点。每一个意象都描述了一个男人不断发展着的自我，他在思考他思想的方向，而且在某种程度上期待着《自序》出版后未来四年的创作成果。随着他的回忆，这四种表现形式中的深层结构的演变，揭示了 1906 年至 1922 年间鲁迅的思想观念的发展过程。

第一，这些意象刻画了鲁迅对其生命中艺术发展的四个阶段所作的反向理解：（1）在 1906 年左右，他看到幻灯片放映，并由于它的含义采取了行动；（2）这一时期看起来在 1907 年至 1912 年之间，他在日本发起文学运动的尝试失败，回到了中国，但还没有去北京；（3）这一时期在 1912 年至 1918 年之间，这期间他住在北京的绍兴会馆，和"缢死的女人"的鬼魂"分享"空间；（4）从 1918 年开始——他答应了一个朋友请他为《新青年》写稿的要求，用铁屋的意象来回忆那一次请求——直至 1922 年他写了《自序》。在每一个场景中，鲁迅都想象自己处在这一结构的不同位置。这意味着在这四个时间表中，反思的外在声音每一次都将他先前的那个自己安排在这个范式里的不同位置上：在幻灯片放映和"毫无边际的荒原"的场景中，他在系统之外；在"缢死的女人"的场景中，他在系统之内；而在铁屋的意象中，他究竟在内还是在外并不明确。

53　　第二，这四个意象的着重点在不停地转移，而鲁迅在这一结构内的自我位置也在不断变化，这反映了在回忆过去时他的心情和对这四个时刻的思考。这些变化反映其知识和情感历经了从希望到绝望，再到对各种可能性保持一种深思熟虑的开放心态的发展过程。他对于拯救精神的任务难度有了更深的理解，而且也越来越意识到自己也牵涉其中。

　　第三，在他对这些年的回忆中，这一深层的结构变得具体化，而关于孤独和死亡的主题变得更加有力。围观的人群被转变成一个开放的荒原，又变成没有直接描写的院子里的围墙，最终成为密不透风的铁墙。这种幽闭恐惧曾让鲁迅想通过"西学"来逃离，接着去日本，然后他放弃又回国，从事国学研究，而在铁屋中，它转变成一种窒息。正如幻灯片放映和"缢死的女人"的场景所示，在围墙之中意味着走向死亡；铁屋增强了这一结局的不可避免性。在幻灯片放映场景中，士兵和他那命运已定的受害者至少还活着，他们静止在那个被捕捉的瞬间。在"缢死的女人"的画面中，这一意象变得更为阴沉；对于鲁迅这个迫害者来说，死亡是看得见的，而女人已经死去了。在铁屋中，如果其语境是第一层次改变，那么苏醒的呐喊者和沉睡者都会死去。在"缢死的女人"的画面中，困境和死亡这两者与中国传统的关联还只是一定的联系，而在铁屋的意象中，这种关联固化成了一种宿命。

　　第四，随着意象的发展，两极变得越来越不固定。在幻灯片放映场景中，对立面是明确对立的。在以爱国主义为主题的刻画下，士兵和间谍只是单纯的坏和好的角色。在"毫无边际的荒原"的意象中，鲁迅阐述了他的理解：从一定的立场来看，对立面能够是相同的。在"缢死的女人"的场景中，他进一步思考了这一观念，在此死去的女人的鬼魂是死而复生，而抄录古碑的鲁迅象征着行尸走肉：两极是可以转化的。在铁屋中，对立面的相同性更为显著。如果真的没有出

54　路，那么呐喊和沉默同样会导致窒息。在这个较晚的意象中，如果他的证据是可靠的，那么这个并不情愿的呐喊者就是一个迫害者，他的知识实际上会使他比那健忘的受害者遭受更多的苦楚。这样的领悟推

翻了幻灯片放映场景中认为间谍会忍受痛苦的观点，表述了一种微妙得多的道德观念，它塑造了鲁迅更为成熟的看法。

然而，如果铁屋中有出口，那么对立面确实是对立的，而不是相同的。鲁迅还没有弄清楚哪一种情况是对的。他处于第一层次改变还是第二层次改变之中？在他写他最后一篇小说时，他解决了这一不确定性，并且用虚构的笔法刻画了解决办法。但是在 1922 年他可能还没有得出结论。

第五，随着《自序》游走于这四个意象之间，反思声和所反思的场景之间的关系也随之改变。在对这一范式的前两个叙述中，年轻的鲁迅明确地想象自己处于反思的话题之外。在第三个叙述中，长大了的旁观者将自己置于场景之内，而在最后一个叙述中他对其位置感到迷惘。

第六，从这些想象的位置的变化可以发现鲁迅对自己在中国的困境中所扮演的个人角色的理解在不断发展。在幻灯片放映场景中，乐观的年轻人视自己为一名医生，一个和病人相区别的角色。尽管被日本同学孤立，但是他因爱国热情而狂热，并不感到孤独。虽然在"毫无边际的荒原"的意象中他处于同一位置，但是他的乐观主义消失了。在"缢死的女人"的场景中，我们发现他完全处于墙内，不但通过主动成为疾病的一部分而破坏治疗，而且没有表现出矛盾的心理。处于会馆墙外的画外音则属于一个未来的鲁迅。

铁屋的意象清楚地描述了他日益增加的不确定性。鲁迅确信里面没有出路，这意味着一个内在的位置。但是他引了对话，做了总结，并且开始写短篇小说，这暗示并证明了他的"行为"有力地指向一个外在的位置。他的处女作《狂人日记》用小说的形式阐述了他刚刚明确表述过的困境，但没有提及解决的办法。这表明作为他第一声"呐喊"的《狂人日记》的结构本身就复制了这个问题和这一范式（见本书第四章）。

最后，《自序》也追述了这一范式在两个场域中的演化，它们是鲁迅在 1918 年至 1926 年间写小说的主要关注点：国家和社群。幻灯片放映明显将注意力指向了社会和政治场域。从巨大的地理和心理距离凝视中国，鲁迅将中国的国家认同感和自己的职业选择等问题置于这一背景下。同样，"毫无边际的荒原"的意象唤起的是他试图影响这些场域的失败。在"缢死的女人"的场景中，他仿佛回到了绍兴，从内部思考这一场景，并且在并不明说的社群层面从人与人之间交往的视角来介绍这一范式。铁屋的意象围绕着国家和社群场域，直接提出了个人道德责任感的问题。评论者已经指出，从整体而言，《呐喊》中的小说和稍后的小说集《彷徨》中的故事相比，更重视关于国家和社会重要性的话题。通过注意到鲁迅小说的主要发生背景，读者能够对鲁迅以文救国计划中的要素有一个更加细致的理解。

从某些方面来看，很难对国家、社群、家庭和个人诸场域做区分，这四个场域组成了鲁迅研究的四个方面。无论它们的主题是什么，几乎所有鲁迅的小说都深入地牵涉到国家的命运，而那些和广泛的社会关注有着最明确关联的小说，则以个人间的互相影响为背景阐述了这些话题。因为鲁迅所写的是短篇小说，所以他不可避免地在一块篇幅不大的画布上作画，也不能用长篇小说的形式来处理重大历史事件本身或是触及重大历史事件。体裁已经排除了这种战略。然而，短篇小说家能够描写人与人之间的关系，于是这些互相影响的关系
56 中，最主要的色调就会阐明影响着整个国家或文化的问题，或者这样的暗示会看起来更具有地方色彩。因此，举例来说，通常一个人不会将《狂人日记》解读成一个关于两兄弟的故事，尽管它当然也是这样一个故事。于是，指出一篇特定小说的主要切入点关注的是这四个场域中的其中一个，仅仅是表明故事所关注的是那个场域中的行为，或是故事的含义对那个场域有着更为明显的倾向。这样的分类不过是为了在欣赏鲁迅小说中的微妙之处时更能引起读者的联想，对读者产生帮助，而不是从严格的意义上进行绝对的区分。因此，我将《阿Q正传》和《药》的主要讨论归于国家场域，我会在第二章讨论它们；《祝福》《在酒楼上》和大部分我归于社群场域的小说，会在第三章进行分析；像《肥皂》和《弟兄》这样我归于家庭和个人场域的小说，会在本书第四章中讨论，鲁迅在这些小说中暗藏了针对精神疾病的药方。

鲁迅在1918年4月至1922年10月间创作了《呐喊》，在1924年

2月至1925年11月间创作了《彷徨》，在1924年9月至1926年4月间创作了散文诗集《野草》。我所概括的范式是这三个时期中大部分小说所具有的结构，但是鲁迅的关注点从国家场域转移到了社群，再到家庭和内在的自我。作为同一批的小说，鲁迅在《呐喊》中的小说是其小说中最为公开关注国家的。这指的是鲁迅通过考察人与人之间的关系，清楚地指出了它们与国家的困境之间的联系。而在其第二部小说集《彷徨》中他较少这样做，《彷徨》更倾向于关注社群或是家庭内部的人与人之间的关系，没有那么明显地指向更大的社会政治问题。该研究不会具体地讨论《野草》，但是会简要提及上述结构与该散文诗集中有关梦的叙述的契合。

不管在哪一个场域，一个从外在视角才能审视到的两极封闭系统 57 让这一时期大多数的鲁迅小说充满了活力，而所有的这些小说都被广泛地视为他的最佳作品。其小说情节的多元性和其写作技巧改革的多样性并不能掩饰其小说的共性。和《自序》一样，在一些小说里两极是对立的，或者至少看起来是对立的；而在别的地方它们是可以反转的。在有的地方，人们组成了这个环绕的结构；在别的地方，一个客体或者——更为典型的是——故事的结构本身履行了这项功能。有的地方是一个孤独的人——年轻的鲁迅——在经历并反思事件的意义；在别的地方一个不那么明确的叙述声音让反思有了距离。有的地方年轻的鲁迅把自己想象成处于场景之外，在别的地方其成熟的自我质疑他究竟是处于这个不确定的心理系统的内部还是外部。然而，无论表现手法如何，最基本的范式在这一时期的所有鲁迅小说中结构保持不变，并以多种变化形式反复出现。

如前所述，为了让幻灯片放映场景中的年轻鲁迅想象他能够开始用文学改变中国人的精神，他必须拥有一个无可置疑的治疗模式：一种对病情的描述——诊断书，对病因的分析——病源论，一系列的治疗措施——治疗法，一个对精神健康特性的定义——痊愈。在《自序》和其小说中对范式演变的详细考察表明情况正是如此。不管对他来说写小说是否还有其他的功能，看起来鲁迅不但用小说来揭示精神疾病，而且展现了其对治疗过程的看法，以及对痊愈的定义。这一范式证明是一个用来表达的完美载体。

鲁迅也许从未想到他的小说可能通过这一范式的演变而被解读。毫无疑问，如果他听到通过呈现社会行动和人的内心领域的精神治疗问题的连续性，我们就能够富有创造力地分析他的艺术，那么他一定会大吃一惊。当他得知他关于国家、社群、家庭和自我的过程与儒家经典《大学》——这部具有两千多年历史的经典应该是他在早年所受的教育中熟稔的——中的四条目相呼应时，他也许会感到难堪。《大学》肯定了修身、齐家、治国的合理顺序，这是平天下的必要基础。[36] 正如杜维明所指，儒家的自我实现过程承认不同领域之间的内在联系，以及"一张包含着家庭、社群、国家、世界和超越世界的层层扩展的关系网"[37]。

将天、地、人的领域连成一体绝不是鲁迅的目标。他应该会认为这不能算是知识分子应该做的事情。但是尽管他对传统思想持激烈的否定态度，他却依然是被它的各种观念塑造而成的。对他来说，从寻找一个单一而完整的观念出发开始他的探询是很合情理的事情，他也预感这一系统中任何部分的精神动力都可能复制任何其他领域的动力；或者也可能使用同样的要素。因此，即使他所探询的领域在变化，他都将每一个领域视为一个完整的精神系统，而组成这系统的要素是互补且可能反置的。这样的结果是由其最初的世界观造成的。

来自这两个短篇小说集的证据表明，通过小说这一载体，他的分析教导他将国家和社群层面的解决办法与家庭和个人层面的可能办法相区分。小说表明他相信主动的精神治愈是很难实现的，但是在家庭和个人的内部还是可能的。在国家和社群的层面，他对它感到绝望，并且根据这一逻辑得出结论：革命是解决中国历史困境的唯一政治解决办法。他对于从个人到国家这一系列中存在的断层的洞察，为其情感的现代性提供了进一步的证据。

---

[36] 关于《大学》的完整翻译，见 Wing-Tsit Chan, *Source Book*, 84-94 ；另外的文本见 de Bary, Chan, and Watson, *Sources of Chinese Tradition*, 127-131。

[37] Tu, "Confucianism", 141.

第二部分：鲁迅、荣格以及一个治疗模式　59

探询人类的精神

鲁迅在着手改变中国人的精神之时，有着一个清楚却也许含蓄的心理治疗模式。它更可能是随着时间而发展起来的。卡尔·荣格（1875—1961）的著作对于阐明鲁迅精神研究的方式有着不可估量的价值。荣格对人格的分析认为，其最简单的结构是自性，它包含着意识心理和无意识心理，两者具有动态的相互关系。在理解鲁迅对中国人精神疾病的分析中，荣格的分析显得极为有用。

鲁迅和荣格是同时代人，后者年长六岁。鲁迅最迟在 1924 年翻译厨川白村（1880—1923）的《苦闷的象征》时，就知道荣格的名字和他的一些思想，因为该书提到了荣格的作品。[38] 然而，本书并非旨在论述鲁迅受到了荣格的影响。相反，我是利用荣格对心理功能模式的见解作为考察鲁迅作品的视角。

对鲁迅和现代心理学的讨论通常关注的是西格蒙德·弗洛伊德（1856—1939）。评论者探讨的是弗洛伊德对其小说《肥皂》（1924）、《弟兄》（1925）和《故事新编》中《补天》（1922）的影响；对其翻译厨川白村著作的影响，那些著作详细地讨论了弗洛伊德；以及对周氏兄弟参与弗洛伊德理论公共讨论的影响。[39] 这样固然不错，不过，这些辩论很大程度上出现在鲁迅开始写短篇小说之后。[40]

---

[38] 鲁迅的翻译有几次简单地提到了荣格的作品，引用了其代表作之一的《潜意识心理学》（*The Psychology of the Unconscious*, 1912），但是指出他是弗洛伊德的追随者。荣格的集休潜意识观念在自神话时代以来社会发展的背景下被简要提及，在对艺术功能的象征主义讨论中再次被提及。厨川白村更为重视柏格森和弗洛伊德的作品。分别见《鲁迅全集》（1973 年），卷 13，页 37、页 41 和页 79。

[39] 从 2005 年左右开始，一些评论家写了弗洛伊德思想对鲁迅短篇小说的影响。很少有人提到荣格。论及弗洛伊德的包括黄健《弗洛伊德主义与五四新文学》、历云军《浅谈弗洛伊德学说对鲁迅小说创作的影响》、周正《揭出病态社会的苦痛:〈阿 Q 正传〉创作的无意识倾向》。

[40] 文棣在《从阿 Q 到雷锋》（*From Ah Q to Lei Feng*）中讲述了从 19 世纪中叶到 20 世纪早期及之后的中国对西方心理学和弗洛伊德主义的接受史，其中第二章尤为重要。亦见 Tsu, *Failure, Nationalism, and Literature*, 169-171; Ning Wang, "Freudianism and Twentieth-Century Chinese Literature" in *Reception and Rendition of Freud in China*, eds Jiang and Ivanhoe, 3-23 ; 以及 Zhang, *Psychoanalysis in China*, 5-35。

更重要的是，中国人从医学角度对现代欧洲关于精神思想的了解，比弗洛伊德的心理分析法被介绍至中国要早约三十年。[41] 同时，关于意识和潜意识之间关系的新观点在 19 世纪的欧洲就已经在哲学和文学讨论中流行了。例如，杰出的哲学家们已经开始讨论潜意识的话题了，他们包括叔本华（1788—1860）和威廉·詹姆斯（William James，1842—1910）这样为中国人所熟知的，还有不甚有名的艾德沃德·冯·哈特曼（Eduard Von Hartmann，1842—1906）。[42] 亨利·艾伦伯格（Henri F. Ellenberger）在其巨著《发现潜意识：动力精神医学的历史和演变》中宣称，由叔本华和哈特曼得出的关于潜意识的哲学观念，是"（在 19 世纪晚期）极为流行的，大部分当时的哲学家承认潜意识精神生活的存在"。[43]

同样，重要的 19 世纪欧洲小说也探讨了意识和潜意识心理之间的关系，经常通过双重或双面人格——体现了心灵中对立元素的两种性格——的文学角色来表现它们这对关系。这在以霍夫曼（E.T.A. Hoffman，1776—1822）为代表的德国浪漫主义作家中特别突出；这一文学架构在俄罗斯作家中也广为出现，著名的是果戈理（1809—1852）和陀思妥耶夫斯基（1821—1881）；还有一些在用英语写作的作家作品中也一样，包括詹姆斯·霍格（James Hogg，1770—1835）、爱伦·坡（1809—1849）和罗伯特·路易斯·史蒂文森（Robert Louis Stevenson，1850—1894）。（《苦闷的象征》引用了史蒂文森的《化身博士》，用来表明意识心理对潜意识心理的压迫。[44]）在《我怎么做起小说来》中，鲁迅承认他为了写《狂人日记》而做的文学准备只不过是他先前看过的百来篇外国长篇和短篇小说。毫无疑问，其中的一些采用了这样双重的性格。[45]

---

[41] Tsu, *Failure, Nationalism, and Literature*, 169-170.

[42] 关于叔本华、哈特曼和尼采对晚清思想的影响，见孙隆基《清季"世纪末思潮"之探微》，页 146—147。

[43] Ellenberger, *Discovery of the Unconscious*, 311.

[44]《鲁迅全集》（1973 年），卷 13，页 108—109。

[45]《鲁迅全集》，卷 4，页 526；*Selected Works*, 3:263. 在第三章中，我用开普勒（Keppler）在《第二自我的文学》（*The Literature of the Second Self*）中对"双面人"的定义，是因为它对于分析鲁迅的几篇小说特别有用。很多这一时期欧洲作家所创作的成对角色也反映了心理的双重性，却没有符合开普勒的精确定义。然而它们却被其他文学评论者贴上了"双面人"的标签，也可能影响鲁迅对文学中的双重角色的看法。在本书的研究范围之外，分析我们所知的鲁迅读过的西方文学作品中关于潜意识和"双面人"的使用，也会是一项有趣的研究。

在这样的历史背景下，荣格和弗洛伊德的贡献是将对潜意识的探索从哲学和文学领域转变成一种可以用于临床减轻病人痛苦的理论。因此，鲁迅对内在精神生活以及对当时在中国流传的更为广泛的心理观点——它们经常被归于弗洛伊德——具有敏锐感，也许有着更广泛的来源。[46]

然而，也许看起来大家会更本能地将弗洛伊德作为心理治疗的榜 61
样，因为当时在中国弗洛伊德的名气要大得多。哪一个才是更合适的模式呢？杰弗瑞 · 米勒（Jeffrey C. Miller）曾梳理了两位思想家的差异如下：

> 弗洛伊德感到潜意识局限于被意识拒绝或压制的内容。在他看来，无意识像是一潭死水，其中都是对意识心理来说过于痛苦或无法忍受而被其抛弃的污浊垃圾。相反，荣格相信潜意识不但是被压制的领域，而且也是一个自主并有着自身目的的神秘境地，它是意识的补充，甚至会反对意识。[47]

和弗洛伊德的思想相比，看起来鲁迅对于潜意识领域的直觉和荣格的思想有着更多的回应，而所谓的潜意识领域则包括了人们的社会生活和个人生活，还特别包括了他对治疗和潜意识的目的论功能的关注。这一点接下来会变得很清楚。

鲁迅和欧洲的潜意识思潮更为深入的联系也许来自尼采（1844—1900）。这一情况更为复杂。鲁迅和荣格都极大地受到了尼采的影响，尤其是《查拉图斯特拉如是说》。鲁迅两次翻译了《查拉图斯特拉如

---

[46] 例如在《中国对弗洛伊德的接受和翻译》（*Reception and Rendition of Freud in China*）的导言中，姜涛和艾文贺在讨论弗洛伊德主义作为西方现代性的特性而具有广泛的影响时，用这样的话来描写弗洛伊德的观点："缺乏心理的透明度，梦与对它们的诠释，自性的碎片化和内在好争论个性，需求和欲望得以疏导、转变和表达的微妙而灵巧的方式，以及我们生活所需要的意义深远却神秘莫测的原则，它们保护、维持并加强对于我们自身的基本观念。"（页 xvii）事实上，正如他们所述，弗洛伊德可能将这些想法系统化，并把它们固定在医学的背景之中。但是，我认为大部分观念能够同样归于荣格，并且是当代话语体系的一部分。关于西方文化中潜意识思想的详细历史演变（主要从 1775 年至 1945 年间），参见 Ellenberger, *Discovery of the Unconscious*。

[47] J. Miller, *Transcendent Function*, 2.

是说》的序言，而且经常引用它。[48] 长于巴塞尔的荣格周围都是认识尼采的人，他将自己对《查拉图斯特拉如是说》的发现视为其学生阶段的重要事件。[49] 最让人惊讶的是尼采、荣格和鲁迅的思想结构中有着惊人的相似性。

露西·哈金森（Lucy Huskinson）在《尼采和荣格：对立统一中的完整自我》中详细比较了这两位伟大思想家的观点。她指出两者都有着"心理健康和疾病的相同模式"；对两者来说"人类健康和潜能的目的或高度是认识完整的自我，对此他们分别用'超人'和'自我'来描述"；对两者来说"当它动态地将对立的心理材料综合在一起时，自我才能变得完整"。[50] 简言之，她将尼采和荣格的思想描述成一个封闭系统中的两极，并蕴含着一个外在的视点。荣格自己承认他关于"自我"的概念来自尼采的"超人"——一个《查拉图斯特拉如是说》中的人物。哈金森详细讲述了多种相似点：两者都统一并由此克服了对立面；两者的二元性都处于动态的矛盾之中，动态矛盾对产生创造力来说是必需的；二元性中的任何一方都不是主要的——两者有着相等的重要性。两位思想家都接受了一种精英主义：在接受这个并不为社会所容的"自我"的过程中——荣格用"个体化"这一术语来形容这个过程——自我/超人实现了普通人所不能实现的，并且超越了普通"民众"的意识和自我驱使的心理。对荣格来说，二元包括了意识和潜意识；尼采的观点更难描述，因为它们会变化。尽管荣格从未承认他受尼采影响的程度，哈金森却坚持认为它很可观。

哈金森认为和弗洛伊德相比，尼采关于潜意识的观点与荣格的更为接近。它主张潜意识是自主的，而且具有共同和个人的维度。对两者来说，潜意识都是从人之所以为人的本能基础上出现的，它和病理学无关。荣格用来作为原型的是尼采的"古代形象"（archaic images）。

---

[48] Chiu-yee Cheung, *The Chinese "Gentle" Nietzsche*, xvi, 106. 张钊贻探讨了尼采对鲁迅思想内容的影响。

[49] Ellenberger, *Discovery of the Unconscious*, 665.

[50] 哈金森的介绍展示了全书的总体论点。三处引用分别来自第 3 页、第 3 页和第 5 页。介绍也提供了一个关于弗洛伊德、荣格和尼采思想的有用比较。关于荣格和尼采的相似性在第八章中讨论得尤为详细，但是关于相似性和差异性的细致评价在整本书中随处可见。

哈金森进一步指出尼采预见到了个体化过程以及荣格的自我、影子、阿尼玛/阿尼玛斯的原型。荣格避免或拒绝宣称这些影响并不会去除它们存在的可能性，也不会减少鲁迅小说中的心理动力元素可能是为了回应尼采关于心灵的构建以及更广泛的国际时代思潮而出现的可能性。[51]正如艾伦伯格所说："尼采可以被视为弗洛伊德、阿德勒（Adler）和荣格的共同本源。"[52]

简言之，鲁迅和荣格的思想是同源的。

然而，如果不排除鲁迅从不同来源吸收到欧洲思想元素的可能性，本书就更像是仅仅将荣格所描述的人类心理的直觉模式和通过仔细阅读鲁迅文本而得出的模式排列在一起，而没有对它们的根源提出假设。荣格声称其对于心灵的最基本洞察来自1913年至1919年间对其潜意识的深层探索。[53]鲁迅声称和审视他人相比，他更加严厉地反省自己。[54]也许是因为荣格的著作探查了人们心灵的深处，所以他的发现有助于诠释鲁迅的作品，后者同样是一位考察了自己精神隐秘之处的作者。因此，我们有理由认为鲁迅和荣格都以尼采的思想为基础，深入地探询了自己的心理，从而对他们自己、他们共同的时代以及他们混乱的世界有了相似的洞察。

荣格在他的事业早期就形成了其思想的主线，不过通常他的晚期作品更清楚地阐述了他的基本观念。因为本书将荣格视为一个模式，而不是关注其影响，所以在书中将随意地提及荣格的作品，而不涉及它们的写作年代。同样，接下来对荣格作品的描述不会广泛涉及其不断演变的思想的微妙之处，而是会将其不断变化的学术研究固化成一个简短而直接的总结。这样的简化可能会带来一些细节的曲解，但是我相信这不会减少荣格基本观念的价值。在此介绍荣格的目的是阐明

---

[51] 对哈金森就尼采和荣格的结构性相似所做的比较，我只不过做了管窥。那些寻求详细阐述尼采对鲁迅影响的人，最好应该考虑他们思想的结构，而不仅仅是内容。

[52] Ellenberger, *Discovery of the Unconscious*, 276.

[53] Jung, *Memories, Dreams, Reflections*, 199. Ellenberger, 670-672.

[54] 《写在〈坟〉后面》，《鲁迅全集》，卷1，页300。

鲁迅的作品，而不是阐述荣格。[55]

最后，关于鲁迅精神治疗法的考察并不会以荣格为起点。相反，通过精读文本而理解小说中心理动力的尝试，会非常自然地一步一步引出对荣格心理学和这些小说深处结构的相似性的诠释。荣格关于在完整自性中的自我与影子的观念是理解鲁迅短篇小说结构及其疾病和健康模式的基础。

64　原型：自我、影子、自性

荣格是从一个科学家的角度来理解人类的精神的。他从他的病人和他自己内心所遇到的戏剧性冲突中搜集了观察数据。他将心理疾病作为理解健康的一种工具，将变态视为一种表现形式，可以帮助我们定义什么是典型和常态。最初他被视为弗洛伊德的接班人，但他走了与弗洛伊德不同的道路，不像后者那样关注病理学，而是重新将注意力放在了正常的心理上。他重新构想了潜意识的观念，摒弃了弗洛伊德认为潜意识来自意识压迫的主张，转而认为它有着独立的功能，和意识最初的产生并不相干。他还钻研了神话和宗教，一直认为潜意识最终是不可知的。

荣格构建了人格的结构，认为精神包含着意识和潜意识。意识是由精神所感知到的元素组成的，它是意志和意愿之源，也是人适应世界之本源。潜意识有两个组成部分：个人的潜意识和集体的潜意识。个人的潜意识仅仅属于个人，由被遗忘或压抑的内容，或是那些只能部分为意识知晓的内容组成。

相反，集体意识是共同的、普遍的、非个人的。"集体潜意识的内容从未在意识中出现，因此从未被个人感知，它的存在只是由于遗传。"[56] 荣格将它称为"集体的"，是因为"和个人的潜意识不同，它

---

[55] 坎贝尔（Campbell）在《荣格文选》（*The Portable Jung*）的导言中对荣格的生平做了简要而有用的介绍，并且总结了他的主要观点。他的著作是开始荣格研究的极佳起点。罗伯特·浩普克（Robert Hopcke）《荣格选集导读》（*A Guided Tour of the Collected Works of C. G. Jung*）简要地介绍了荣格的每一个重要观念，并为阅读荣格作品以及相关的二手资料的先后顺序提供了建议。

[56] Jung, "The Concept of the Collective Unconscious," 9 (1) 42.

不是由或多或少有着独特内容的个人组成的，而是由普遍和定期出现的内容所组成的。"[57] 集体潜意识本身有两部分要素：直觉和原型。荣格认为直觉是行动与反应的典型的、反复出现的模式，而原型是"理解的典型模式"[58]，它也是定期出现的，且控制着直觉。这就是说原型是预先存在的形式，它们给某些心理内容以明确的形态。

"原型"这一概念基于一个前提，它认为从人类整体而言，人类 65 感知现实的方式是统一的，即使这一感知模式的特定表现方式会变化。从构想来说，它有点像柏拉图的"形式"。正如直觉会驱使个人以某些方式行动，比如说交配的直觉，原型也会促使个人将他们的印象塑造成关于意义的具体类别。原型不受文化或地理界限的限制。

意识和潜意识组成了完整的人格。"自我"是个人意识中占主导的部分，通常说来是精神中大多数人会察觉的那一部分。这意味着它是核心，或是"意识领域的控制点"[59]。不过根据定义，自我属于整体人格，和后者是部分与整体的关系。"只要通过意志获得成功，自我就是所有成功的同化尝试的主体"[60]，就这样它扮演着重要的角色。事实上，自我常常被误认为是人格的中心，而意识领域则在本质上被认为是全部的精神世界。[61] 尽管自我的内涵能够无限地扩展，也可以与来自个人潜意识和集体潜意识的认识要素相混合，但是它永远都不能开始将它们完全包含。简言之，将自我误认为是人格的全部是一种错误，因为潜意识才扮演着主要的角色。

荣格将影子定义为原型中"对自我有着最频繁和最令人不安影响的那一部分"[62]。这是指影子的存在是普遍的，但是其内容因人而异。他从根本上把影子看作是个人潜意识的一种原型，因为它包含着大多数之前被自我拒绝的内容。相应的，在很大程度上可以从自我的内容

---

[57] Jung, "Instinct and the Unconscious," 8:134.

[58] 同上，8:135, 137-138。

[59] Jung, *Aion*: 9:6.

[60] 同上，6。

[61] 同上。

[62] 在《艾翁》［*Aion* (8)］中，荣格写道："个人潜意识的内容是在人的一生中获得的，而集体潜意识则是从一开始就呈现的不变的原型……从经验的角度最为清楚地描述的原型是那些对自我有着最频繁和最令人不安影响的那一部分。它们是影子、阿尼玛和阿尼玛斯。"

推断出影子的性质，而自我则是个人意识的主要部分。[63] 就目前对鲁迅文学作品的分析来说，影子是一个特别重要的原型。

66　　　自我是意识中那些"看起来从身体因素（生命作为一个物质的有机体）和环境之间的冲突中率先出现的方面，以及一旦成为主体就会从外界和内部的进一步冲突中继续发展的方面"[64]。个人在出生后在行为和反应上具有丰富的可能性。随着孩子的成长，他被赋予的身体和环境相结合，就会支持并重视其中的一些可能性，并阻碍其他可能性。具体的特点以及接受或排斥的程度在整个环境中会有变化。这些在精神中所公认的方面趋向于和被社会认同的相一致，荣格将这一系列特性称为人格面具。于是，影子作为这一混合过程的补充，经常和邪恶联系在一起，不过这并不完全准确，因为具有积极意义的特性也可能会受到排斥。影子的内容具有补偿性，无论自我如何自我定位或贬低人格面具，它一定处在自我的对立面。当然，被否定和排斥的部分对整个精神来说一直是固有的，但是会变得难以识别或认可。它们在被排斥后潜入地下，变成潜意识，并形成了影子，然而其他潜意识过程从不会到达表面。尽管自我与影子不可避免地会在正常的人类发展过程中被区别对待，但影子可能看起来像是消失了一样，而这就让自我想象成是它独自组成了这个整体。于是它就试图按照这样的身份做出反应。

　　对大部分人来说，缺乏对影子或是其他潜意识过程的认知并不一定会造成问题，除非它侵入了自我。举例来说，潜意识可能呈现出一种具有冲突的关系。当意识的自我领域占据了整体中一块受到很大限制的区域时，潜意识中破坏的潜力就会加强。"我们越能够通过定向功能（自我的活动）使我们自己远离潜意识，就越容易在潜意识中建立一个强有力的反响位置，当这突然爆发时，它可能会有令人不快的后果。"[65] 令自鸣得意的自我感到惊讶的是，这些在精神中不被承认的

67 部分可能会强烈要求被表现出来并获得成功。在这样的瞬间，当它发

---

[63] Jung, *Aion*, 8.

[64] 同上，5。

[65] Jung, "The Transcendent Function," 8:71.

现潜意识促发的事物是自我所没有发起的、不会同意的也是不能够理解的时候，自我就会感到诧异和混乱，也许还会迷惑和愤怒。一个小例子就是"弗洛伊德式错误"（Freudian slip），也就是潜意识力量喷涌而出，在公共场合发声的尴尬时刻。[66]

自性中被否认的部分对自我有另一种可能的展现方式，该方式就是通过影子的投射。精神分裂出自性的一个"负面"部分，感到它有着他人的特性，并且出于愤怒和厌恶，将它作为外在于自性的事物而展开攻击。这就是精神试图通过将它归为外在于自性的某一事物，将自性这一不被认可的黑暗部分摧毁。对于影子的投射，荣格写道："毋庸置疑，情感的缘由看起来在'**另一个人**'之中（黑体字体为荣格所加）。"他继续说："投射将世界改变成个人自身未知面孔的一个复制品。"[67]

简言之，潜意识具有一种自主权，它并不处于自我的控制之下。因此，它常常被认为不是个人的一种活动，而是发生在他／她身上的某一事物。这样的分裂意味着秘密行动的潜意识已经导致了自性的行动。潜意识的压力可以非常严重，以至于个人无法有效地行使其功能。精神的意识和潜意识方面的严重分裂会损害正常的日常功能，从而形成一种"疾病"。在这样的情况下，潜意识达到了极端的强烈程度，从而使得脆弱的自我杂乱无章，失去方向。适应现实的过程中会有困扰，它使人从神经衰弱变成了精神病。为了帮助个人重新恢复日常功能，让意识和潜意识更好地融合，并以此治愈这种分裂，专业的干预是极其重要的。[68]

精神有着一个将意识和潜意识之间的空隙联系起来的内在过程，荣格将此称为"超越功能"[69]。它产生了并启意识和潜意识作为平等的

[66] 同上，8:71。

[67] Jung, *Aion*, 9.

[68] 在接下来的各章中会清楚地看到，如《狂人日记》和《长明灯》所示，当鲁迅小说中的人物到达了精神病症候学的临界点时，鲁迅将"疯狂"寓于社会之中，而并非个人之中。

[69] 杰弗瑞·米勒在《超越功能》（*Transcendent Function*）指出荣格将超越功能分别描述成一种关系、一个过程、一种方法和一个最后的结果（页54—59）。我仅对其复杂性做了粗浅的涉猎。

68 双方进行对话的能力，并造成了意识的变化，这种转变创造出一个鲜活的第三方观点，它不是一种合并、妥协或拒绝，而是一种全新的态度。[70]

荣格强调精神自身的治疗倾向，它有着一个目的论式的推动力，自然地促使意识和潜意识的融合，为的是提高整体性并减少矛盾。他将此过程称为"个体化"。荣格的一位学生是这样解释它的：

> 超越功能描述了当意识和潜意识联合时，精神向着个体化改变和成长的能力，它解释了最本质的人……这一运动……是由与任何我们自身缺失的事物联合的需求所激发的，为的是提高人格的整体性和内聚性……超越功能使得这样趋向整体性的运动发生……它的功能是展现最终的目的——人格的目标。[71]

精神的超越功能推动着人向这一新事物———种新的想象和感受的方式——迈进。

梦给潜意识提供了通道，通过提供"个人精神的整体性中所缺失的部分"，梦也许会给上述过程提供帮助，"并帮助重建意识和潜意识之间的关系，以及保护全体的平衡"[72]。这是指做梦可能提供一个补偿的功能，以平衡意识所缺失的内容。梦境呈现了一个关于被忽视内容的直接意象，正是这些内容产生了潜意识。就这样梦境将意识态度和其潜意识中的相对应物合在一起。[73] 接着，荣格又拓展出一个名为"积极想象"（active imagination）的过程，作为在苏醒状态下通过从事

---

[70] J. Miller, 3-5.

[71] J. Miller, 62, citing Lionel Corbett, "Therapist Mediation of the Transcendent Function," in *The Transcendent Function: Individual and Collective Aspects; Proceedings of the Twelfth International Congress for Analytical Psychology*, edited by M. A. Matoon, August 23-28, 1992, 395-401. Einsiedeln, Switzerland: Daimon Verlag, 1992.

[72] Huskinson, *Nietzsche and Jung*, 36. 荣格和弗洛伊德的相似在于对梦的重视，但是他们在本质上有着差异。弗洛伊德将梦理解为受到了压制而寻求表达的内容。

[73] Huskinson, 36. 杰弗瑞·米勒在《超越功能》中论证说整体而言荣格喜欢将"积极的想象"作为一种更为直接地与潜意识所产生的症状作战的方式（页22）。

梦境、想象与幻想而进入潜意识的手段。[74] 因为潜意识并不是天然负面的，只不过是自我认为一切"不是我"的事物，所以通过显示一切被丢失或压抑的内容，它的创造才能具有对整体人格有益的潜力。[75] 69 于是，治疗师的任务是促进精神向整体的自然运动，帮助病人"将意识和潜意识合二为一，从而达到一个新的态度"[76]。

荣格将影子与意识的合并视为一个与道德有关的工程。这是因为它意味着反对由习俗与历史经验所造成的对自性的狭窄定义，并由此扩大对人格的定义，以包括那些被视为不需要甚至危险的内容。正是这些导致影子形成的原因使得重新合并它变得尤其困难，但重新合并对适应世界来说又是必要的。卡尔·荣格解释说：

> 影子是一个道德问题，它挑战了整体的自我人格，因为没有人能够不经过可观的道德努力就对影子具有意识。对它具有意识需要将人格中的黑暗面视为当下而真实的。这一行为是任何自我知识的首要条件，因此作为一种准则，它遭遇了相当大的抵抗。实际上，作为一种心理治疗的尺度，自我知识要求长期极为辛苦的工作。[77]

尽管理论上自我能够无限地扩展其意识领域，将越来越多的个人潜意识带入意识之中，但是实际上作为内在世界未知领域的潜意识从未得以彻底地展现。它一直保持着进一步混乱的潜能。荣格有力地指出在

---

[74] "积极的想象包括在不同的时间点上利用意识的不同状况，有的比'苏醒的状态'更为阈下，更需要苦思冥想。例如病人尝试重新进入梦境以在没有受到意识心理的太多干扰下给潜意识进一步表达的机会。因此，这利用了阈下的状态。最终，从潜意识中得到的材料被用于和病人更为'清醒'或完全有意识的心理进行对话。"选自与塔拉-玛丽·利内（Tara-Marie Linné）的访谈，LICSW（Licensed Independent Clinical Social Worker），2015 年 11 月 1 日。利内以荣格理论和精神分析法为导向，从事心理治疗工作达十四年。现在她是在纽约的独立学者，发表了多篇关于荣格理论和技术的论文。

[75] Hauke, "The Unconscious," in *Handbook of Jungian Psychology*, ed. Papadopoulos, 66. 豪克（Hauke）特别讨论了意识和个人意识之间的关系，但是他的论点主要更适用于整体潜意识。

[76] Jung, "Transcendent Function," 8:74.

[77] Jung, *Aion*, 8.

生活中并没有终极的治疗方法。[78] 然而小说需要一个满意的结尾。

讲故事 :《自序》中的原型模式

鲁迅在《自序》中的意象与卡尔·荣格将意识和潜意识作为在治疗师指导下构建自性的元素的模式，能够分别被认为是一个从外在视
70 点观察到的两极封闭系统。在用荣格来研究鲁迅的意象和小说的过程中，有一些需要说明之处概述如下。

荣格有时候用"自性"（Self）这个术语来指整个人格，在别的时候则指的是意识和潜意识合二为一的实现。[79] 如上所述，在本书中用大写的术语"自性"（Self）时，指的只是第一种用法，也就是在所有条件下的整个精神。同时，文学文本有着生活所没有的结局。这些动态的文学性表述自然会倾向于采用和生活阅历相比更为明确的解决方法。另外，本书使用术语"自我"（ego）时把它当作似乎是和意识心理等同的，而如前所述，事实并不完全如此；在使用术语"影子"（shadow）时则把它当作似乎是和潜意识一样的。事实上，潜意识有着其他组成部分，主要是阿尼玛（anima）和阿尼玛斯（animus），它们是集体潜意识的一部分，但是和我对鲁迅作品的分析并不相关。[80]同时为了简洁，本书在很大程度上忽略了集体潜意识的丰富维度。我自由地以点代面，这是因为潜意识的其他组成部分和鲁迅的小说不怎么相关——而对术语这样的近似处理是有用的，它可以让分析更为犀利。最后，在使用荣格的术语来描述鲁迅短篇小说中的精神动态时，从任何广泛的角度来说我都不是在描述鲁迅本人。相反，从荣格的模式在鲁迅小说的深入程度来看，无论鲁迅将它们植入其中是有意抑或无意，都是因为它们符合他的意图。因此，在使用术语"自传体的"（autobiographical）时，我是通过从文本到个人的反向阅读而推断它

---

[78] Jung, "Transcendent Function," 8:72.

[79] 例如第一个用法出现在《艾翁》，页 5。后者的用法出现在杰弗瑞·米勒《超越功能》，页 70。

[80] 阿尼玛斯和阿尼玛是集体潜意识的原型，阿尼玛是男人之中女性倾向的人格化；而阿尼玛斯则是女人中男性倾向的人格化。见 Jung, "Marriage as a Psychological Relationship" in *The Collected Works of C. G. Jung*, vol.7 ；亦见 part3 of *Aion*, 11-22。

的，这对于描述作家本人来说当然有着重要的局限性。

在现代西方的精神动态治疗中，获得自我知识的过程出现在治疗师解读病人的语言和行为以帮助病人"将潜意识意义、起源、缘由，以及病人的感情、信仰或其他心理事件的功能模式带入意识之中"[81]时。精神治疗的诠释寻求的是隐藏在意义表面下所不曾言说的内容。在精神调解中，病人通常在治疗师的引导下，在一段长期的时间内在 71多种场景下遭遇同样的问题。"同样的领域被一而再、再而三地考察，从多种方向触及同一问题直到感到（病人）受到了完全的影响。这被称作'修通工作'（working through）。"[82]

一个问题的"修通工作"需要将病人在临床环境中提到的对过去或现在事件的诠释以新的诠释代替。治疗师帮助病人从其他角度重述事件。关于治疗过程的文学作品有时将讲故事作为一个相似的过程。例如詹姆斯·希尔曼（James Hillman）指出治疗师向病人提供了一个"新的情节"，一个关于偶然关系的新组合，以解释他／她生活中的"事实"。这不一定是由于病人在隐瞒，而是治疗师为了揭示潜在的潜意识的元素而做诠释，从而提供了不同的动机。[83]要理解新情节的结局和含义需要精神和感情都受到教育。这通常要求重复，而并不总是有效。

我们可以将鲁迅的作品视为一种尝试，它们给熟悉的故事加上了新情节；也可以将它们视为对中国人现实的再述，视为给意识带来了构建思想和行为的习惯性方法，由此它们可以被考察，被更适合 20世纪早期现实的方法挑战和取代。我们可以预见这样的一个任务需要相当多的"修通工作"。除了通过不同的人物和场景充满想象力地考察之外，如何才能最好地理解新情节的结局和含义？这样诠释性的重述对于完成治疗来说是必需的，无论作者是作为社会治疗师，还是可

[81] Korchin, *Modern Clinical Psychology*, 330. 尽管这段特定的引文来自考辛，但我使用的这些概念是大多数心理动态治疗所共有的，而且很容易为任何熟悉基本当代心理学的读者所识别。

[82] Korchin, 330.

[83] Hillman, *Healing Fictions*. See chapter1, especially 16-18.

能是作为自己最为关注的病人。

《自序》明确地提供了证据，表明鲁迅通过其小说进行了这项道德治疗工作。幻灯片放映的意象、毫无边际的荒原、缢死的女人和铁72 屋勾勒出在不同场域担任着角色的自我与影子之间不断发展的关系。作为一个叙述者，鲁迅从较晚的时间进行讲述，反省更为年轻的自己。在其作为叙述者的角色中，他总是处于意味深长的画面之外。

代表着国家场域的幻灯片放映意象在一个从未开始的对话（没有关系的两极）中描述了自我（士兵）与影子（侦探）；这一画面创造出一个圈，将两个角色绑在了一起；而鲁迅则身处其外。也代表着国家场域的"毫无边际的荒原"意象将自我与影子呈现对立面（赞同／反对）和同一体（标志着没有回应）；那一时期的鲁迅就像那个医科学生一样，站在场景之外。这两个意象中都包含了这一范式，但是心情从乐观主义变成了绝望。"缢死的女人"的画面代表着社群场域，它差不多是在一个对话中展示自我（抄古碑的鲁迅）与影子（缢死的女人）的；这表明他们互相之间的关系比他们和其他任何人的关系都要接近。这两极是可以转化的，死者犹生，而生者已死，而且过去的那个鲁迅改变了位置，将自己置身于围绕着的庭院高墙之内。在这里过去的鲁迅从不曾占据外在的视点，只有作为叙述者的鲁迅在框架之外。铁屋的意象清楚地加上了道德困境，质问很明显的对立面——呐喊和沉默——是真的对立还是相同的。影子与自我之间，是谁在呐喊？如果行动造成了第一层次改变，那么是自我在呐喊并增加了痛苦；如果行动造成了第二层次的改变，那么是影子在呐喊并开始了能改变体系的改变。在意象中，鲁迅不知道他是在铁屋的里面还是外面，反思是否从事写作／呐喊。铁屋意象所提出的道德问题明确地处于国家的层面，但是包括了所有的层面：国家、社群、家庭和个人（自我），而且构成了鲁迅在整整两个短篇小说集中都苦思冥想的问题。

用来描述《自序》中意象特性的轨迹在一定程度上和小说的轨迹73 相似，只要这一模式被理解成富于暗示的而不是不可变动的。并不是每一篇小说都完美地"适合"。那些最为明显探寻国家大事对当地生活影响的小说一般写于1922年6月，通常描述一个不注意影子的自我，即使影子在呐喊，或是一个听得厌烦而坚持要影子沉默的自我。这些"国家性"的小说有所重叠，于是被那些更强烈关注社群和家庭关系而对国家大事没有那样明确指向的小说代替。在这些小说中，最为典型的是自我／影子开始对话，但对话却在自我听到并吸收影子的挑战性观点前中止了。这些小说依次被关于家庭和个人精神领域的小说代替，这些新的小说探索了自我聆听时的结果，无论聆听是部分的还是全面的；同时，也被《野草》中丰富的梦境叙述代替，《野草》对自我与影子之间的互换做了全面的调查，包括自我聆听和被改变的例子。道德问题贯穿始终，但并不一定在每个故事中都很明晰；仍然是潜在的关切之情创造了他的整个文集。

治疗工作的这一最后环节构成了精神的治愈方法，它并没有在《自序》中得到预示，也许这是因为在 1922 年鲁迅"他的修通工作"还没有达到其满意的程度，尽管它出现在一个早期的故事——写于1920 年 7 月的《一件小事》——之中。因此，当鲁迅从《呐喊》的第一个故事写到《野草》的最后一首散文诗时，在许多作品中他暗藏了自我与影子之间的一种发展着的关系，先是将这一关系想象成一条鸿沟，接着是一种对话，最后是一种融合。

《自序》和小说提供了证据表明鲁迅用他的小说将精神疾病和治愈的观念分析为一个关于自我／影子的问题，并探索了不同的场景，考虑了几种结果。不管它们可能有着什么其他特性（它们也的确有着更多的其他特性），鲁迅的《自序》和他的小说也具有极强的自传性。接受这一极为真实的可能性使人们将这些小说视为鲁迅通过文化和个人现实而进行"修通工作"的证据。这些小说将问题投射于他对这个 74 世界的现实主义表述之中，反映了鲁迅在重述同一故事，而这一故事是关于意识和潜意识之间原型性关系的，也是关于对形成一个完整自性的需求与抵抗的。无论是代表着国家场域抑或社群、家庭、自我，基本的任务是相同的：通过小说，富于想象力地发现这样一个潜在治愈对话的可能性和结果。

第二章

寻找替罪羊

《阿 Q 正传》

"正传"之正

在写于 1926 年的文章《〈阿 Q 正传〉的成因》中，鲁迅讨论了其最著名的短篇小说"正"在何处的问题。[1] 在小说的第一章他戏谑地借由虚构的叙述者提出了这个问题，后者徒劳地试图证实阿 Q 的传记来自可靠的史料。小说的题目和叙述者的反思都提出了一个严肃的解释学问题：小说怎么才能够真实。但是，并没有给予回答。毫无疑问，这篇小说在某些方面强有力地讲述了事实。很少有角色或是中篇小说能够具有《阿 Q 正传》所带来的文化共鸣程度。小说出版时，怀着改革之心的知识分子将该小说视为近代中国历史的寓言，是对于中国从根本上无法对由西方的对抗和现代化所带来的挑战作出积极回应的象征性描述。阿 Q 被认为代表了"中国国民性"的文化缺陷，在他们的心中，这些缺陷和国家的军事、政治、经济的衰落紧密相连。

84　　在 19 世纪晚期和 20 世纪初叶，关于"国民性"的讨论在欧洲非常流行。西方在技术革新和工业产能上的惊人飞跃成为这一时期的主要特点，而这些都伴随着西方文化与非西方文化之间日益加剧的碰

---

[1]《鲁迅全集》，卷 3，页 394—403；*Selected Works*, 2:313-320。正如很多人所指出的那样，阿 Q 名字中的"Q"是对其辫子的形象指代。这种发型是清政府强加给汉族男子的，它起源于满族，而非汉族。

撞。西方人轻而易举地将他们在物质领域的优越性普遍化、突出化，将这种优越性推广至所有的领域，而这样的论断则可用于为军事、经济以及意识形态的扩张行动做背书。在这样的情况下，欧洲出现了关于"国民性"的观念。这一观点认为每个国家都具有独特而深入的文化特性，而欧洲国家的国民性则不可避免地比那些臣服于它们统治的国家的国民性要优越。中国的知识分子则经历了一个转变：从最初接受殖民者所宣扬的中国文化低人一等的观点，到寻求自我理解的层面以帮助他们克服外来的统治。一方面是在王朝体系崩溃时所同时涌现的众多灾难性事件，另一方面是他们看起来对阻止外国无理要求的无能为力，中国的知识分子用斗争来理解中国如何能够幸存。如何解释导致中国特别脆弱的"文化缺陷"？鲁迅带着《阿 Q 正传》跳入了关于这个话题的讨论中心。[2] 在几年后回想时，他声称在创作这篇小说之时，他的目的实际上是描写"现代的我们国人的魂灵"[3]。

于是，从《阿 Q 正传》发表伊始起，故事的主人公阿 Q 就被视为内涵丰富的"一类人"，而不仅仅是一个单独的角色。"阿 Q 精神"成为一个心理学术语，它标志着一种心理和精神上的缺陷，人们相信它是整个中国和整体中国人的特性。在中国，对鲁迅这篇小说所作回应的情绪之强和时间之长，证明了它传达真知灼见的力量，而这样的真知灼见被认为对国家社群和其中的个人都有着重要的意义，它超越了小说的创作时代。这种真知灼见的性质已经被详细探讨了几十年，并获得了多种多样的诠释。[4]

在 1926 年所写的文章中，鲁迅指出了这篇小说的起源。很多读者认为这篇小说讲述的是过去，这是一个轻而易举的结论，因为故事发生在推翻了王朝统治后的辛亥革命时期。当在十年后写这篇小说 85

---

[2] 我的概述来自刘禾《跨语际实践》(*Translingual Practice*) 第二章中的讨论，在其中她讨论了"国民性讨论"的历史背景和鲁迅在其中的角色。亦见石静远就《阿 Q 正传》和"国民性"所带来的话语体系在中国人认同感的构建中扮演的角色所作的精彩讨论（页 119—127）。

[3]《鲁迅全集》，卷 7，页 83。

[4] 我对于中华人民共和国方面对《阿 Q 正传》的评论所作的概述，基于张梦阳的概括。他对自 20 世纪 20 年代以来直到其著作出版之时关于《阿 Q 正传》的主要评论、评论的角度和关于该小说的争论做了总结。关于典型性和精神胜利法的问题一再出现。见《鲁迅学》，页 201—228。

时——它从 1921 年 12 月至 1922 年 2 月间连载于杂志——中国正深陷于持续的政治危机中，同时也在艰难地寻找新的文化认同。在这样的历史背景下，"阿 Q 精神"被认为标志着所谓中国国民性的不良特征。

这些属于阿 Q 的特征包括：在缺乏勇气和实实在在力量的情况下张口胡说，不同寻常的自欺能力，以及他著名的将肉体上的打击转化为精神胜利的能力（精神胜利法——译者注）。对很多知识分子来说，这些特征看起来描述了自鸦片战争（1839—1842）以来中国对西方的历史性回应。其所指责的是，在面对西方势力或日本而屡战屡败的情况下，中国的统治者所提供的答复是再次肯定中国文化的优越性，却没能够采取切实的办法将中国转变成一个现代的国家，从而能够在国际舞台掌握她自己的命运。至少这是很多中国知识分子对历任中国政府所作所为的批评。对当时很多有思想的公民来说，中国人对于文化优越性的肯定看起来是对于军事失败的可怜慰藉。

这篇小说关于历史的真实性看上去也体现在故事情节所反映的特定历史事件的负面评价上。小说通过中国一个小村庄中村民的经历，表现了清朝的灭亡。鲁迅尖锐地总结说革命完全没有起到任何改变，这和 20 世纪 20 年代中国许多知识分子的评价相一致，他们之后仍要再继续奋斗十年，以带来实质性的变革。

有些人认为这篇小说关注的是现实，鲁迅的文章接下来回应了他们。他引用了一些观点，这些人将小说误解为一个关于当代中国人的负面寓言。因为他是用笔名发表的《阿 Q 正传》，所以有的读者无法猜到作者的身份，就猜想作者匿名的背后隐藏着对他们的人身攻击。他们猜测作者用虚构的叙述外表掩盖了个人或政治攻击，从而将小说理解成一个关于现实的寓言，而他们自己则是被攻击的对象。鲁迅直截了当地否认了自己有这样恶毒的用心。

鲁迅本人担心《阿 Q 正传》可能在对未来的悲观预测上是真实的："我也很愿意如人们所说，我只写出了现在以前的或一时期，但我还恐怕我所看见的并非现代的前身，而是其后，或者竟是二三十年之后。"[5]

---

[5]《鲁迅全集》，卷 3，页 397；*Selected Works*, 2:317。

如果小说关注的是过去或是现在，那它可以直接地或是通过寓言来表现特定的时空。但如果它关注的是未来，那它必须在一定程度上象征着一个模式，这一模式显得可能会在某些时代中出现。对鲁迅来说，要推想《阿 Q 正传》具有预言性，他必须已经怀疑故事中有一个富于启发性的模式。鲁迅从未将自己的怀疑概括成一个普遍性的陈述。但是，从范式的角度仔细研读这一小说，会就为何鲁迅可能对未来有所担忧向读者提供一个假设。他可能已经怀疑到了预言，因为这篇小说细腻且极度精确地描述了寻找替罪羊之举。

鲁迅对于寻找替罪羊相关话题的关注并不限于《阿 Q 正传》。他在《药》中审视了相似的行为：殉道。两者都就势力的相同构造提出了问题，这些势力可能造成其中一个或另一个后果。两篇小说反映了社会中的松散势力，它在共识层面下运作，并可能瓦解社会精英们的自鸣得意，也许可以从根本上破坏整个社会秩序。荣格对于自我与影子之间相互关系的分析，阐明了这两种暴力驱逐形式的异同。《阿 Q 正传》具有多层面的讽刺，而《药》则更为直接，两者都暗示了影子可能出现的方式以及暴力的回应——镇压、驱逐和行刑——在此自我可以作为一个对立面进行策划。

卡尔·荣格利用神话和宗教的知识，并根据临床经验推断，理论 87 性地描写了在个体中自我与影子的势力，并且敏锐地解释了它们在国际秩序中的运作。鲁迅作为文学艺术家，极为关注人们行为的特性，也尝试去理解它与整个中国人的困境之间的关系。他极具想象力地展现了自我与影子的势力如何可能在一个充满国家性征兆的环境中得以展现。在撰写这两篇小说的过程中，似乎鲁迅质问的是如果社会中的影子势力尝试和自我对话，而当对话的后果可能使得对国家来说这个世界意味着破碎时，那么会发生什么。他的答案很清楚。在国家场域，当影子试图显示出它的知识时，后果是确定、迅速而致命的。伴随着他自己一生的历史表明，将影子观点中的大量元素融入国家的集体意识，最终必须建立一个现代意义的新国家，而这一过程将是漫长、暴力而血腥的。

《阿 Q 正传》中的这些原型模式，小说对于中国和外国读者的持续共鸣，它与世界文学中其他名著的相似性，以及它与在鲁迅逝世后的漫长时间内中国历史中动荡事件的微妙联系——这些因素都趋向证实鲁迅的忧虑：他的小说是关于未来几十年的，实际上是预言性的。

自性的分裂：将失败转化成胜利

简言之，《阿 Q 正传》是关于一个小村庄中一名雇农的传记。他喜欢挑起斗殴。尽管几乎逢打架必输，但是他却会从心理上将失败转化成为精神胜利。当有一次越过了男女之间的礼数时，他被迫离开了未庄前往城里。在那里他做了些小偷小摸的勾当后又回到了农村。当即将到来的革命在他的村子里泛起涟漪时，他想投身革命，可是村里 88 有权势的乡绅声称革命是属于他们自己的，并且试图维持现状。随着一户权贵遭抢，真正的社会混乱出现了。需要找一个抵罪的当权者们把阿 Q 斥为罪犯，并将他处决以儆效尤。然而混乱仍在继续。

关于阿 Q 的生平叙述出现在一个复杂而环状的叙述框架之中，在叙述开始之前他的生命已经结束。这样的框架明确了范式的闭合性结构，事件在这一结构中出现，而它则组成了叙述的一个重要维度，对此我在下文会做解释。小说共分为九章，其中的大部分发生在这一框架内。

阿 Q 最典型的性格特征就是他将肉体上的打击转化为道德上的胜利的能力。[6] 如果阿 Q 代表的是一类人，而精神胜利是他之所以是他的性格特点，那么他代表的是哪一类人，而"精神胜利"意味着什么？"典型性"的话题几乎是关于这篇小说的所有评论的核心问题，而通常主要的观点认为他代表了中国社会的现实世界中某些方面的真实情况。对中国的历史困境深层的寓言性共鸣不过是其中的一个要

---

[6] 张梦阳对该小说的相关评论做了广泛的论述（页 201—228），几乎其所列举的每一种评论都讨论了阿 Q 的精神胜利法。评论者们经常通过列举阿 Q 的性格特点来论述，而没有解释它们是如何产生的。例如李欧梵在《铁屋中的呐喊》中列举了以下经常归于阿 Q 的特点："胆小、贪婪、无知、软骨头、骑墙派、欺弱怕强，最后则是具有自欺欺人的逻辑，它能将身体上的打击转化成'精神胜利'。"（页 77）保罗·福斯特（Paul B. Foster）在《阿 Q 考古学》（Ah Q Archaeology）中也采用了这种模式，对阿 Q 功能失调的特性做了更多的罗列（页 141—161）。

素。鲁迅说过他要刻画中国人的灵魂，几十年来大部分的大陆评论者们将鲁迅所言作为线索，从社会层面来讨论典型性的话题。他们有的狭隘地解释阿 Q 的行为，将其视为特定时间、特定地点的农民典型，有的从更为广义的社会阶级视角出发，将他置于一个等级社会之中，以从更普遍的角度发现其对中国人行为而言所具有的典型性。有一些评论者认为他应该和哈姆雷特等一样，被看作一个文学角色；这一观点在 20 世纪 20 年代、30 年代，以及 20 世纪 80 年代以来特别流行，但它不是主流观点。更为典型的是认为阿 Q 在某种意义上表现了中国老百姓的真实心理和行为或是其要素。即使是那些来自西方没有受到意识形态束缚的评论者，也从致力于展现外在社会政治与历史世界的现实主义文学家的角度出发，来探讨"典型性"。这些方法让我们很 89 好地理解该小说的复杂和微妙之处。然而，他们也许不可避免地把关注点集中在作为文学角色的阿 Q 之上，而没有将注意力投入更为详尽的心理背景之中，而这样的背景来自他所生活的社群。

如果除了这些方法之外，有人从自我、影子和自性之间的关系出发来考察这篇小说，那么关于国民性讨论的局限就会在很大程度上得以缓解，关于"典型性"的观念就会扩展，而鲁迅在叙述中的内在逻辑就会浮出水面。荣格的视角清楚地表明，在小说开头几个章节中所描写的阿 Q 思想行为所反映的心理症状，在随后的章节中会作为一种社会现象而由当权者再次展现。我们看到，未庄的两大豪门赵家和钱家的人也运用了阿 Q 的精神胜利法，也带来了相似的不幸结局。乡绅和阿 Q 的主要不同，在于他们用于达到目的的相对权力，而即使是这一区别也并非总是有效的。正常情况下阿 Q 没有足够的权力在外在世界履行其行为模式。但是当他有权力，当革命威胁到赵、钱两家权力的时候，他就会表现得和他们一样。《阿 Q 正传》中线性的故事发展动力并不需要掩盖鲁迅将故事情节中的这两个元素并举这一证据。将失败转化成胜利是两者行为的共性。

因为事实上故事情节中片段化的特性掩饰了它的统一性，所以这一点很重要。《阿 Q 正传》的结构和鲁迅其他短篇小说的结构相比有着明显的不同，其所述事件的顺序是松散的，而后者看起来会设计得更加紧密。片段化的情节是中国古典白话文学的特点，鲁迅在这篇小说中也运用了这一文学体裁的一些其他特点，但没有在其他小说中出现。赖威廉指出了其中几个：对情节本身、其"松散闲聊"似的形式以及其"无缝"连接特性的强调；以及介入叙述者，有时岔开话题进行说教，有时则试图娱乐读者。赖威廉也注意到鲁迅把在第一章用第一人称进行的反思用来解释其小说题目的由来，指出它来自说书者的套话"闲话休题言归'正传'"。[7] 看起来被忽略的是《阿Q正传》也运用了这一体裁的重要结构特性：并举。故事情节将小说第一部分中阿Q的行为和结尾部分中当权乡绅的行为并举。当然，鲁迅被公认为先驱者，也是传统小说的权威。他曾钻研传统小说多年，并出版了关于这一话题的开创性学术著作《中国小说史略》。在《阿Q正传》中，鲁迅则与这些文学先贤们开了一个玩笑。

　　作为中国古典白话文学的一个结构性特点，并举是一个很大的话题，并不适合在此做深入探讨。在中国小说理论领域卓有建树的顾明栋对此有简洁的解释，应该已经足够了。顾明栋讨论了认为这一体裁过于"片段化"的"指责"。他承认这与西方读者的期望相背离，但认为这并不是一个不足之处。他将这种特性归于"强烈的诗意冲动"所起到的作用。[8] 他指出，并举是中国诗歌创作在形式上的主要技巧之一，也被运用于小说作品之中。它们"把像人名、地名以及情绪状态等小型话语个体并列在一起，也把场景、片段、想法甚至章节等大型话语群体并列在一起……这些被并举的类型总是以相反或是相同的方式整合在一起，和诗歌的细节被并举的方式一样"[9]。大家可以在《阿Q正传》的结构中看到以正反两种方式对精神胜利法进行了探讨。尽管鲁迅运用这一技术的目的和之前的小说家有所不同，但是在一个

---

[7] Lyell, *Lu Hsün's Vision of Reality*, 286. 他也讨论了鲁迅的这篇小说中所发现的其他传统白话小说元素（页285—288）。

[8] 顾明栋在《中国小说理论》（*Chinese Theories of Fiction*）中阐述了中国小说的诗歌特性（页110—116）。关于鲁迅旧体诗的完整研究，见 Kowallis, *The Lyrical Lu Xun: A Study of His Classical-Style Verse*。

[9] Gu, *Chinese Theories of Fiction*, 113. 赖威廉在《鲁迅的现实观》（*Lu Hsün's Vision of Reality*）中写道，《阿Q正传》将"中国传统说书者和现代西方短篇小说家的技巧"融合在了一起（页285）。

深谙这一体裁且以尝试文学形式而著名的作家身上有对传统的共鸣，这是特别值得关注的，因此，阿 Q 的"典型性"在小说本身中就是自明的，并不需要联系到小说之外的世界中所发生的事件。

荣格的视角也为定义阿 Q 的主要特点提供了准确性。那么，将失 91 败转化成胜利究竟意味着什么？关于阿 Q 就这种"精神体操运动"所作实践的最简单例子发生在第二章的结尾，当时他在赌摊上输了钱。本来他要大赢一把，结果不知道为什么打起架来了，然后他就输光了。[10] 他的行为是喜剧性的。他将精神分裂成了自我与影子，把自我当作了整个自性。他打了自己嘴巴，接着与感到失败、痛苦和耻辱的那一部分断绝了关系。失败转化成胜利。他那观点明确的自我，成功地驱逐了影子，通过去掉经历了伤痛的那一部分自性，缓解了失败的痛苦。

当阿 Q 超越了他的内在世界，把这一战略用于社会世界之后，其结果发生了变化。那些影子的投射者们经常拒绝沉默。关于其癞疮疤的争吵明确地表明了这个情况。对于任何和癞疮疤有关的称呼，阿 Q 都看成是忌讳，如果有人提到它们，他就会发起怒来。把阿 Q 身体上显而易见的部分当作忌讳，这一行为本身就包含了与影子元素断绝关系的企图。未庄的闲人们很自然地知道，阿 Q 想要忘记癞疮疤，也想把它变得高尚，而通过要阿 Q 承认癞疮疤，就能够激怒阿 Q。他们用各种关于癞疮疤的暗示来折磨他。有一次，这些挑衅导致了一场打斗，而阿 Q 则打输了，赢了的一方知道阿 Q 有把肉体上的失败转化成精神胜利的能力，就要求他自轻自贱，承认自己的地位就像是被人打了的畜生。阿 Q 更进一步，说事实上他是一种更为低级的生物——虫豸。胜利者们又殴打了他几回，直到他们相信阿 Q 最终会不得不承认自己的失败。他们的信心放错了地方。

然而不到十秒钟，阿 Q 也心满意足的得胜的走了，他觉得他

---

[10]　赖威廉在其《阿 Q 正传》译本的注解，即《〈狂人日记〉及其他小说》（页 112）中解释了阿 Q 所参与的赌博，认为如果"庄家"输掉了太多钱的话，他就会制造混乱以结束赌博。

是第一个能够自轻自贱的人，除了"自轻自贱"不算外，余下的就是"第一个"。状元不也是"第一个"么？[11]

阿Q的策略很简单。他把其整个的自性称作"第一个自轻自贱的人"，接着在精神上去除了他认为是低级的影子元素"自轻自贱的人"，从而以偏概全，把剩下的那部分——"第一个"——当作了全部，而"第一个"正是自我所看重的。在这样的情况下，他甚至把它和状元联系起来，夸大了"第一个"的重要性。鲁迅没有关注阿Q的第二个策略，它将一个根深蒂固的贬义比喻"虫豸"转变成一个更加普遍化的观念"自轻自贱的人"，它更易于被重新诠释。就这样这一对类比中的两个元素在我们的眼前发生了变化，增强了讽刺的意味。在这个交换中，闲人们为影子发声，成为了影子的拥护者，并且牢牢占据着真相讲述者的角色，他们拒绝阿Q与他自己身上的这一部分断绝关联。他们最主要的要求是承认癞疮疤这一事实。但是，承认即意味着失败，因为它要求将影子重新融入自性之中。在这一侮辱和殴打的交换过程发生之初，阿Q把他在未庄闲人们手上所遭受的肉体的失败比作一个极端不孝的儿子打了父亲，这样暴行就变得合理化了。

> 阿Q在形式上打败了……闲人这才心满意足的得胜的走了，阿Q站了一刻，心里想，"我总算被儿子打了，现在的世界真不像样……"于是也心满意足的得胜的走了。[12]

为了避免重新把影子恢复，也避免吸收对它的理解，阿Q有时会在道德层面重新定义失败，就像他在这里所作的那样。这能使他宣称自我的道德优越地位，并且将闲人们投射成为道德的影子。这样的分析绝不会减弱对这一情节所作的政治性解读，这种解读认为，它控诉的是中国政府在军事失败的情况下，宣称在西方的武力面前中国具有道德优越性。事实上，这样的分析是政治性解读的有效补充。从国民性的

---

[11]《鲁迅全集》，卷1，页517；*Complete Stories*, 73。
[12]《鲁迅全集》，卷1，页517；*Complete Stories*, 72-73。

角度来诠释这篇小说，极大程度地表现了鲁迅的意识中最初的意图。93
然而，从心理角度的解读与他后来的质疑相一致：这篇小说也许是预
言性的。

　　癞疮疤事件增加了一个维度，它是赌摊的场景所没有的。在尝试
让大家不再注意癞疮疤的过程中，阿 Q 对那些故意提到癞疮疤的人直
接施以暴力，这时的阿 Q 是在寻找替罪羊。这指的是在无法消除癞
疮疤——其生气的基本缘由——的情况下，他试着去惩罚那些人，他
们让他觉察到他自己所拒绝承认的那一方面。事实上，寻找替罪羊是
《阿 Q 正传》核心的心理焦点。关于寻找替罪羊的更深层次诠释，可
以厘清阿 Q 的行为和那些显现于社会层面的行为之间的共同性。

　　接下来的讨论综合了两位学者的研究成果，他们的分析使鲁
迅文本中内含的模式浮出了水面。在《替罪羊》和《暴力与神圣》
（ Violence and the Sacred ）中，吉拉尔从人类学的角度考察了寻找替
罪羊之举，把这一现象视为人类社会中所采用的几个策略之一，其目
的不但在于宣泄人类特有的内在暴力，而且防止这样的暴力摧毁他们
自己的社群。[13] 埃利希·诺伊曼在《深度心理学与新道德》中从明确
的荣格视角出发，将心理学术语中的寻找替罪羊看作自性将自己的
影子投射到物质世界的过程。[14] 这两种研究方法互为补充。两者对于
理解鲁迅在《阿 Q 正传》中所分析的社会学和心理学维度都非常关
键。[15] "替罪羊"这一术语通常被用于指代那些在已知罪犯另有其人
或是至少有了嫌犯的情况下，仍被不公正地控罪的人。我则从更加技
术的层面上来使用它：寻找替罪羊是自我试图与自性中无用的、不被

---

[13] 安敏成注意到吉拉尔关于仪式性牺牲的著作和《阿 Q 正传》有关，但是没有发展出实
　　质性的观点（页 80）。哈尔（Haar）在《讲故事》（Telling Stories）中详细讲述了在 960 年
　　至 1900 年之间的历史记载中寻找替罪羊的普遍性以及通常带来的可怕后果（页 80—85）。
　　这一历史表明《阿 Q 正传》所描述的寻找替罪羊的实践实际上是根植于现实的，而不仅
　　仅源自鲁迅的想象。

[14] Neumann, Depth Psychology and a New Ethic, 50-51.

[15] 吉拉尔在《暴力与神圣》的第一章（页 4—37）中对牺牲的性质做了最完整的阐述，对
　　"牺牲"做了合适的定义。我的分析很大程度上来源于这一章。吉拉尔的问题在于显示了
　　一定程度的欧洲中心主义，他将缺乏强大法律体系的社会称为"原始的"。然而，他的分
　　析可以帮助我们理解鲁迅的小说。亦见 Girard, The Scapegoat。

认可的、受到鄙视的影子部分脱离，并将它赶走。这可以由个人来推动，也可以通过整个社群和国家来推动。它可能会自发地出现，也可能具有一定的形式。在其公共层面的展示中，仪式性地寻找替罪羊是一个公共事件，为的是获得公共效应。社群将邪恶的力量或是其身上具有的腐败性归于个人或一个小群体。这个牺牲品是一个支点，它把社会上所有的罪与恶系于其自身之上。这样的牺牲之举通过放逐或死亡来驱逐牺牲品，并使得可憎之物的去除与社会的纯净成为可能。

94

替罪羊是真正罪犯的替代品。替代是它的主要原则之一。这一行为需要错位的因果关系，在寻找原因时犯错，并且为了驱逐的成功，这一错误必须被广泛认同。仪式性的牺牲混淆了心理与物质。对于犯罪、焦虑或仇恨的心理状况通过物质行为得以缓解。在传统社会，替罪羊的牺牲经常伴随着一个宗教性事件的高潮。而之所以能产生错位信念的凶残力量，正是由于替罪羊象征着社会的影子自性。

诺伊曼指出，当整体自性中的自我与影子间的冲突产生足够的负能量时，自我就必须作出选择。它或者可以承认这些被拒绝的部分实际上是内在于自性的，由于要认可原本认为在其自身内部不可接受的事物，它会由此经受焦虑和痛苦；或者它可以找到办法将那些负能量从自身中赶走。为了消除负能量，被拒绝的部分被投射到外部的世界。这意味着自性感受到影子是一个外在的客体，并且在他者中"发现"了其自身自性中所不能容忍的部分。在这种情况下，自我保留了其作为善良之人的自指，这样的人会去做社会所认为善良的事；而影子则是自性中被拒绝的部分，它成为了坏人或是罪恶的人。一旦影子被投射到他者之上，就能够通过去除他者来去除自性中被憎恨的部分，必要时甚至可以通过暴力的手段。[16] 诺伊曼解释说：

> 影子——我们人格中与自我"不相容"的那一部分，也是我们自己潜意识的对立面，它会颠覆我们的意识态度和安全——能够被取出并随之被摧毁。反对异端、不同政见者与国家敌人而做

---

[16] Neumann, 50-51.

的斗争事实上是反对我们自己宗教疑惑、我们自己政治地位的不　95
稳定以及我们自己国家视野的单边性而做的斗争。[17]

诺伊曼对影子投射在政治领域影响的洞察与关于《阿Q正传》以及中国国民性的话语体系尤其相关。稍后我将做细致的讨论。诺伊曼所描述的寻找替罪羊的动力可以让我们精确地分析阿Q的行为。当他用攻击来回应闲人们的奚落时，阿Q展现了影子的投射。在他们反过来"撩"他并拒绝投射时，阿Q发起了斗殴。在紧接着的"王胡事件"中，鲁迅通过强烈地暗示阿Q和王胡在极大程度上的相同性，强调了自性的整体性。当阿Q遇到王胡赤着膊从夹袄里捉虱子时，阿Q也模仿起他的动作，翻检起自己的夹袄来。可是他捉到的虱子又少又小，他对其虱子低人一等感到失望，于是他火气上涌，攻击起王胡来。他试着通过一种物质行为来缓解心理状况，这正是诺伊曼的观点。当被抛弃的部分看来讨人喜欢时，说明影子投射的机制运作得非常有效。一般人会认为虱子越少越好。并非如此！这一转化中的自我角色——阿Q——已经建立了颠三倒四的规则，并将它们运用。

　　"王胡事件"也阐明了投射的缘由，并且合理地将其动机置于自性之中，而不是出于外在的刺激。鲁迅异常谨慎地没有指明阿Q困境的根本原因是外在环境抑或阿Q自己。"不知道因为新洗呢还是因为粗心，许多工夫，只捉到三四个。"[18]鲁迅关注的是心理上的真相，而不是外在的真实性。其关于阿Q沮丧原因的模棱两可，以及这一事件的琐碎性，都让读者不会试图根据字面意思来阅读这一事件，而是将注意力转向了象征性的解读之中。

　　阿Q把自己的沮丧投射在无辜的王胡身上，后者啥也没做，并不想挑起纷争，他只不过是投射的接受者。当影子投射进展到了下一阶　96段，自我就会在投射的接受者——"坏人"——身上施暴。通常阿Q的自我会小心地根据接受者的体格状况或是社会权力来调整其施暴的

---

[17] 同上，52。
[18]《鲁迅全集》，卷1，页520；*Complete Stories*, 76。

程度。如果接受者体格更为强健，他会采用精神胜利法。如果接受者较弱，那么他会付诸身体暴力。就王胡来说，他的判断出现了错误。鲁迅告诉我们，阿 Q 曾以为他会逃走。

当王胡获胜后，阿 Q 想要寻找一个排解怒气的方法，而这怒气是由其意料之外的失败所带来的。他所获得的屈辱让他不能自已，于是他再次做了错误的判断，过于大声地咒骂了一个有权势的人。在钱少爷打了他以示报复后，阿 Q 暂时忘记了屈辱。在这里鲁迅没有描写心理机制，只是表明它在某种程度上获得了成功。

但是，失败并没有完全地转化为胜利，心理上的负能量也没有完全被驱除。突如其来想要影子投射的念头现在被转移到了一个年轻的尼姑身上，她是他接下来碰巧遇到的。"阿 Q 便在平时，看见伊也一定要唾骂，而况在屈辱之后呢？他于是发生了回忆，又发生了敌忾了。"[19] 他用言语攻击了这位女子，她不过是其真正愤怒对象的替代品——钱少爷过于有权有势，是阿 Q 所无法攻击的。通过这一系列大量的替换，阿 Q 尝试着让输掉捉虱子比赛所带来的愤怒烟消云散。在《暴力与神圣》中，吉拉尔指出暴力倾向于"在丧失了最初目标的情况下，将它自己投向一个替代品上……压抑太久的暴力会喷涌而出，殃及那些恰巧在附近的人"[20]。鲁迅对阿 Q 寻找替罪羊这一习惯的描述，为这种发挥着效用的力量提供了更好的洞察视角。因为阿 Q 的暴力所起到的作用低于其意识的水平，所以其自我相信的是关于其自身行为的近因，即使激发这一行为另有其因。

97　　吉拉尔将暴力比作一种传染病，它往往会毒害在场的所有人。这也组成了鲁迅所分析的一部分。当阿 Q 从城里回来吹嘘自己看到革命党人被处决时，他就好像对王胡执行了死刑一样，使得未庄人不敢走近阿 Q。对未庄人来说，阿 Q 的所作所为意味着其所见到的暴力已经感染了他，他们也暗示着他可能与革命党人有着确凿的关联。鲁迅诱使我们对这些事件采用两个不同的解读方式：一个是"牺牲性的"，另

---

[19]《鲁迅全集》，卷 1，页 522；*Complete Stories*, 79。
[20] Girard, *Violence and the Sacred*, 30.

一个是现实主义的。

影子投射决定了阿 Q 的性格，对此最为明显的写照出现在他对吴妈不成功的勾搭之中，这已经广为人知。在小说中也正是在此处，阿 Q 的行为开始给他带来了严重的后果。拧了一把小尼姑激发了他的性意识。她骂他"这断子绝孙的阿 Q"，而阿 Q 则误解了这一句话，把它当作是在提醒他应该结婚。"不错，应该有一个女人……"[21]

小说的叙述声应和着阿 Q 精神，阐述了阿 Q 世界观之所以形成的文化习俗。叙述者引经据典，表明生儿育女是一种道德义务，并且把阿 Q 刚出现的对性欲的痴迷和中国文化中大家所接受的成见——红颜祸水——联系起来。"中国的男人，本来大半都可以做圣贤，可惜全被女人毁掉了。"[22]鲁迅的诙谐表明，这些话鼓励男人们通过指责是女人在勾引他们来否认他们自己的性欲。如果用荣格的话来重新表述，那么女性被投射成了男性自我性欲的影子，从而使他能够彻底地否认是他自己有着这样的欲望。根据这样的逻辑，看起来我们可以认为，在中国对妇女的压迫一定程度上来自男性不肯承认他们自己的性欲。虽然鲁迅在《阿 Q 正传》中并没有作出这样的结论，但是在之后的短篇小说《肥皂》中他作出了结论（将在第四章讨论）。对这个话题的反面，也就是说女人可能故意操纵男人的欲望，他并不感兴趣。

在此鲁迅再次表达了他的观点：儒家的经典鼓励对中国人精神中 98 的最基本方面进行压迫。"中国国民性"如果存在的话，必须由男性和女性共同组成。虽然中国人可能自发地在精神上实行分裂——荣格可能觉得整个人类都是如此，但是在此和其他地方，鲁迅都指出是儒家经典促成了这样的行为，这一点在《狂人日记》中论述得最为明确。

阿 Q 所作的影子投射是约定俗成的，但是死心眼的他没有用传统的伪装来掩饰他的行为。通常伪装会以合理化的形式出现，可以帮助人们在进行影子投射的时候没有自我意识。阿 Q 对于这样的投射一无所知，因此他觉得没有必要进行伪装。或者更准确地说，他的自

[21]《鲁迅全集》，卷 1，页 524；Complete Stories, 80。
[22]《鲁迅全集》，卷 1，页 524；Complete Stories, 81。

我对他的影子所采取的行动一无所知，以至于他并不像正常人那样觉得需要掩饰。评论者们在指出阿Q行为的这一特点时，有时候会认为阿Q没有内心世界。[23] 举例来说，正因为如此，他才把未庄的女人不肯满足他在性方面的需求归结为她们在说谎，而不认为她们显然对他缺乏"性趣"。

随后，在赵太爷家舂米的时候，阿Q向赵家的女仆吴妈提出要"困觉"。吴妈愣住了，大叫着跑出了房间。赵家众人安慰吴妈的话印证了阿Q的逻辑完全符合社会习俗。"谁不知道你正经，……短见是万万寻不得的。"[24] 吴妈的反应表明，其他人在男性欲望的影子投射的教导下，会相信事实上是她勾引了阿Q。

阿Q古怪的行为清楚地证明，他的影子是在缺乏自我意识的情况下行动的。听到吴妈的哭泣所带来的热闹，他想"这小孤孀不知道闹着什么玩意儿？"[25] 当赵司晨打他的时候，他还没有意识到是他自己招来了这顿打。"他看见这一支大竹杠，便猛然间悟到自己曾经被打，和这一场热闹似乎有点相关。"[26] 他完全把自己看成自我，没有意识到其影子的所作所为正是他自己做的。当未庄人突然不再找他干活，男人也把他们的女人藏起来时，他还是莫名其妙。另外，在向吴妈求欢时，他压根没提到结婚或是生孩子这样冠冕堂皇的借口，而只是简单地要"困觉"。他忘记了习俗，没有伪装自己的欲望。阿Q之所以无法理解因果关系，是因为否认了问题的缘由。他的行为显得很夸张，只是由于他没有掩饰他的投射。

当影子投射成功而影子被驱逐后，这样的松一口气只是暂时的。在现实中，自性中的任何部分都不能够被消除，因为所有都是绑在一起无法分开的。自性只有一个（在社会层面也是如此）。然而，这样松一口气会感到很重要，看上去替罪羊的转移让困难消失殆尽。自我

---

[23] 例如参见李欧梵在《铁屋中的呐喊》（页77）中讲到阿Q时认为他是"一个没有内在自我的躯体"。白培德在《现实的构造》（页100）中赞同阿Q缺乏内在性。

[24]《鲁迅全集》，卷1，页527；*Complete Stories*, 84。

[25]《鲁迅全集》，卷1，页527；*Complete Stories*, 84。

[26]《鲁迅全集》，卷1，页527；*Complete Stories*, 84。

在不了解更大程度真相的情况下，会误以为影子的转移解决了问题。将失败转化成胜利的确给阿 Q 带来了片刻的缓解。但是事实上正如鲁迅在之前所述的事件中阐述的那样，寻找替罪羊、去除影子必须重复再重复，因为影子一直会重新出现。

在小说的第五章，鲁迅开始表明在更大规模的社会中有着同样的力量。当造成阿 Q 行为的逻辑被运用于集体之中时，社会逐渐地开始共同寻找替罪羊。无论在他的内心独白还是在他与别人的关系中，阿 Q 都采用了影子投射；而社群在它与阿 Q 的关系中也同样采用了影子投射。两者都将其作为一种缓解焦虑的手段，作为一种避免在他者中承认自性中令人不安而被拒绝的那些部分的方法。简言之，精神分裂、影子投射和寻找替罪羊都是去除影子的过程中不相关联的累积阶段，它们能在多个领域内、多种层面上得以实现。鲁迅小说中复杂的讽刺部分来自表现形式的多样性。不仅是阿 Q，还有未庄乡绅以及城里的官老爷们都运用了影子投射，而影子投射的现象让我们可以准确 100 地理解所谓中国国民性的本质。

寻找替罪羊的阶段：社会决定因素——第一特征

诺伊曼的分析让我们了解了阿 Q 的性格和行为。吉拉尔分析了什么样的环境会促使社会在某一特定时刻公开地寻找替罪羊，这帮忙厘清了它的各个阶段。通常会有一些事件构成这个仪式，而吉拉尔对这些事件所出现的环境和后果作了研究，他的研究可以让我们更加深入地了解鲁迅的短篇小说，不仅把它当作其所处历史时刻的产物，还具有预言性的视野。

凭借着文学、人类学、心理学和圣经批评等方面的训练，吉拉尔指出各个社会最害怕的是不可控的暴力。一旦兴奋起来，暴力无法被轻易制止；它必然会不断扩大直至耗尽。[27] 当不能使它们自己摆脱暴力时，社会会寻求将暴力疏导的方法，以防止它泛滥而对社会秩序造成巨大的破坏。对社会来说，最大的危险是一种相互逐步升级的暴

---

[27] Girard, *Violence and the Sacred*, 27, 32.

力，在其中争斗的任何一方都缺乏足够的能力以在冲突中获得决定性的胜利，但是每一方都有着足够的力量以维持相互复仇的动态。当第一拳挥出去后，作为报复就会有第二拳，它和第一拳差不多是等同的。这样你来我往的暴力就会升级，有可能会到人人彼此为敌的可怕状态。吉拉尔指出，社会用来防止相互复仇的危机有三个策略。现代的西方社会运用法律。法律系统剥夺了个人惩罚他人的资格，而将这一权力置于体系之中，通常这样的体系是属于政府的，它们集中后的权力超越了任何部分。由于这个原因，吉拉尔主张虽然我们知道个人和集体都会寻找替罪羊，但它并不被认为是一个合法的社会机制。西方社会主张个人的复仇，也就是人们"把法律抓在他们自己的手中"[28]，反对公共的复仇，它事实上就是在政府的指引下对法律的执

101 行。第二个策略是在一个封闭的空间内制造武装冲突，按照既定的规则和指定的战士来执行，这样暴力是完全自我控制的。但是鲁迅对这一罗马马戏团式的策略并不感兴趣。[29] 他最为关切的是第三种方法，它在本质上就是寻找替罪羊或是祭祀活动。

寻找替罪羊这种技术常作为一种法律工具而被使用于社会层面。在现代社会之前，它在很多地方都获得了巨大的成功。寻找替罪羊将暴力导向了第三方，大家都同意他是混乱的制造者，于是可以防止由于暴力失控而给社会秩序造成灾难。通过把罪名扔给第三方——一个替罪羊，一个无罪者，就可以容许参与争斗的各方结束暴力争执，搁置争议。吉拉尔认为这就是牺牲行为的建设性功能。随后而来的牺牲仪式常常会周期性地出现，它们再现了具有建设性的事件。在有意识的知觉层面之下，发生着作用的机制只要保持着秘密的状态，就会一直有效。一旦这个策略被泄露，寻找替罪羊的牺牲行为就会失去它的社会效应。当它在正确运作时，牺牲行为会把暴力转移到代替物之上，从而缓解压力，并且让社会重新和谐。在西方世界中，关于寻找替罪羊的例子不胜枚举（例如：19 世纪用私刑处死美国南方的黑人，

---

[28] 同上，22-23。
[29] 同上，21。

以及希特勒所引导的大屠杀都是令人震惊的例子），由政府支持的寻找替罪羊行为经常被合理化，而且在令人反感的法规做幌子的情况下被洗白。

　　吉拉尔指出，在正常的时期，等级系统会阻止过多的争执和相互间的暴力。然而，在社会处于巨大压力之下时，等级制度就会失效。社会秩序倒塌的可能性会造成巨大的焦虑甚至是恐慌。这种失效会造成一种可能导致寻找替罪羊的状况。吉拉尔着重指出，究竟是由灾难性的瘟疫这样的自然原因造成的损失，还是由战争或是革命这样的人为因素造成的损失，这个问题是无关紧要的。无论是什么原因，都会按照同样的过程出现相应的后果。[30] 在每一种情况下，等级的消失以及不可控制的暴力威胁都如出一辙。吉拉尔认为，正因为如此，关于 102 寻找替罪羊的报道都有着相同的特点。它们都把社会上所出现的混乱和骚动描述成牺牲行为的前提。无法控制而日益恶化的无序状态造成了一种威胁：大量而相互的暴力行为会在社群中出现，从而造成灾难。而这样的威胁促使人们觉得有必要采用牺牲性的清洗行动。寻找替罪羊的过程试图将暴力转嫁到缺乏复仇能力的边缘人物身上。它把强烈的愤怒倾注于这个替代人物身上，以此使社会恢复平静，得以继续。替罪羊实际上是无罪的，但这和这一过程无关，或者这正是关键所在。因为替罪羊没有足够的力量去制造威胁或是雪耻，所以就确保了将怒火发泄到此人身上是绝对安全的。这个替罪羊的功能是拯救这个社会，这也是其最为重要的目的。

　　吉拉尔在索福克勒斯的戏剧《俄狄浦斯王》（约在公元前 429 年首演）中发现了对寻找替罪羊所作的清晰文学性描述。[31] 他原本也许可以选择《阿 Q 正传》作为其范例，因为鲁迅的小说阐明了吉拉尔的观点，正如吉拉尔的理论阐明了鲁迅的小说。尽管吉拉尔所用的范例《俄狄浦斯王》使他认为寻找替罪羊的过程有四个阶段，然而鲁迅小说叙述的阶段则有六个，在危机出现之前加上了对社会的描写，在结

---

[30] Girard, *Scapegoat*, 12.

[31] 同上，25-29。*Violence and the Sacred*, 68-88.

尾处则是最后一个阶段——仪式所带来的后果。[32] 鲁迅在第一章到第五章里建立了社会规范；索福克勒斯则在开场白中追溯性地对它作了定义。鲁迅在第九章中描写了后果；索福克勒斯则将其放在"俄狄浦斯"续集的《俄狄浦斯在科罗诺斯》之中。

在小说的第一章和第二章——《序》和《优胜记略》中，鲁迅描写了未庄对于在正常范围内处理社会中越界行为特有的手段。这一描写被视为这一模式的第一要素。这个村子的等级很简单：赵家和钱家组成了社会的精英阶层；阿 Q、王胡和他们的同伙差不多接近底层。而单身的妇女和尼姑则处于最底层。在第一章阿 Q 声称自己和赵太爷是本家的时候，他挑战了这个结构。他的越界行为遇到了来自受害一方和地保两方面的断然拒绝。前者采取的是个人的报复（赵太爷打了他一个嘴巴），而后者采取的是法律行动（阿 Q 给了地保两百文钱）。阿 Q 再也没有认本家，而等级则岿然不动。"即使真姓赵，有赵太爷在这里，也不该如此胡说的。"[33] 鲁迅保持了其特有的叙述策略，对"事实"并不感兴趣，而突出的是心理的真相，它对于保持社会秩序至关重要。阿 Q 在城里的时候经历了一次并不成功的偷盗行动，其结果是他这点临时的财产提高了他的地位，当权者给了他暂时的住处，而"吴妈事件"则已事不再提。他们小心翼翼地改变了他的社会地位，以符合他们的经济利益；他们轻而易举地进行微调，以稳定现状。

社会区分的消失、消除社会区分的犯罪：第二与第三特征

社会等级深植于各种规则与区分之中，它们对每一个个人和每一个团体在等级中的地位都作出了规定。这样的区分给我们以秩序和结构，它们是人类社群发挥其作用所必需的。当这些区分不再，人们就

---

[32] 吉拉尔在《替罪羊》中指出了四种一再出现的模式，他认为可以概括所有的寻找替罪羊行为。他对这些陈规陋习定义如下："差异的普遍消失（第一种），'消除差异'的罪行（第二种），已被发现的这些罪行的制造者是否具有成为受害者的标记……（第三种）。第四种则是暴力本身……"（页 24）

[33]《鲁迅全集》，卷 1，页 513；*Complete Stories*, 68。

会感到无所适从、担惊受怕。稳定的社会基础的消失是寻找替罪羊过程中的第二个阶段（吉拉尔把它视为第一阶段，因为当索福克勒斯的戏剧开始时，危机已经全面爆发了）。

根据定义，革命会破坏等级并宣称要改变——甚至是颠倒——政治权力与特殊地位的等级排序。第六章《从中兴到末路》第一次暗示政治的混乱会给未庄带来威胁。由于吴妈事件而被驱逐出未庄的阿Q，在城里待了几个月后回来了。在城里他参与了一次偷盗，到手了一点可以卖钱的赃物，并且还看到了对革命党的杀戮。当发现村民们害怕革命党时，阿Q仗着酒劲声称要造反。那天晚上他入睡时，想象着革命是他向未庄人报仇的机会。第二天他想去尼姑庵"闹革命"时并不顺利，因为当权者已经先他一步去过了。第八章《不准革命》一开始，当权者的策略是摇身一变成为革命者，这就是他们面对革命合伙作出的选择。他们拒绝了阿Q希望加入他们的企图，而在晚上赵家则遭了抢。

第六章到第八章符合吉拉尔的第二阶段，在心理方面和社会领域，造反都对社会的区分产生了威胁。它们也反复讲述了心理真相和物质现实之间的分歧，鲁迅对此的描述极为谨慎。阶级分析法认为这是统治阶级对被压迫的阿Q和其所处阶级所作的典型斗争，符合当时的社会氛围。[34] 就自我与影子来说，这在一定程度上追踪了对乡村社会、社会自性的分析。但是心理学的视角显示当权者与阿Q都能够游移于自我与影子的两极之间，特殊地位与政治权利以及受害者与无权者的两极之间。正如这三章所展示的那样，无论是阿Q和当权者（互相之间）还是阿Q自己（在他自己的精神世界之中），都在这些被明确定义的两极之间摇摆。

在这几章里，阿Q欣然接受了社会影子这一角色，吊诡地变成

[34] 阿Q这个角色带来了如何在阶级分析法中去理解其"典型性"和行为的问题。他是否代表着国民性、阶级特性，或是一些更为局限的特性？为什么他有着这么多的"负面"特性？在《铁屋中的呐喊》中，李欧梵总结了这些令人困惑之处（页211，注13）。张梦阳在《鲁迅学》中为毛泽东时代评论家们对《阿Q正传》所讨论的问题提供了一个详细的概述（页214—221）。

了道德真相的发声者，即使他还幻想着犯罪。未庄的精英们维护他们的社会地位，把它当作社会的超级自我，也通过"变成革命党"成为现状的捍卫者，即使真正的革命党已开始从根本上破坏这一现状。在《阿Q正传》中，鲁迅的观点很明显，在《序》中已做了象征性的阐述，这就是系统的两极可能在不破坏系统的情况下倒转。从一个内在的位置来看，相反的双方可能是无法区分的。

对吉拉尔来说，引起行动的社会混乱可能源于自然或完全来自人为，前者以《俄狄浦斯王》中的瘟疫为例，而后者就正像《阿Q正传》所示。社会的混乱传到了未庄，是由于据说是赵家亲戚的举人老爷有几个箱子寄存到了赵家。这一不平常的事件给整个未庄上下带来了恐慌。阿Q在看到这种慌张后，第一次开始思考革命的意义。他把革命理解成造反，并立刻把"造反"翻译成偷窃。"不知怎么一来，忽而似乎革命党便是自己，未庄人却都是他的俘虏了。"他信心十足地唱道："我要什么就是什么……"[35]

在鲁迅的叙述里，有几次把革命比喻成一场偷窃，主要是通过在故事情节中把革命和偷窃并举而引出的，比如明代宣德炉被盗，或是阿Q不断对两者的混淆——比如他把偷赵家财产的人认作另一个时代的白盔白甲的革命党。[36] 正如鲁迅其他小说中的狂人一样，阿Q在看透虚伪的事物时是清醒的。但是和其他人不同，他通过没完没了的混淆来表达他的清醒。这如何解释呢？他的自我几乎猜不到的东西，他的影子却是了解的。

然而当阿Q考虑造反时，他支持的只是社会影子地位中的物质层面，却颠倒了它的道德地位。在采取其常用的精神分裂方法时，他重新把自己定义为社会的影子与具有道德上善良自我的自性，而把整个村庄都定义成新的具有邪恶影子的自性，它应该被惩罚和摧毁。简言之，他采取了同样的道德反转，这方法在他成功地把闲人比作打父亲的儿子时曾用过。从这个新的有利角度来看，村民们是那些该受到鄙

---

[35]《鲁迅全集》，卷1，页538—539；*Complete Stories*，97。

[36] 当赵白眼和他的妻子认为革命就是偷盗并把他们的财物藏起来时，也出现了这一比喻。

　　《鲁迅全集》，卷1，页540；*Complete Stories*，98。

视的，而他则即使还没有变成完全"善良"的自我，也至少成为自以为正义的自我。在他的眼里，这一地位给了他摧毁别人的权力。他想象着复仇，在他的想象中用社会的影子来攻击社会的秩序。

> "这时未庄的一伙鸟男女才好笑哩，跪下叫道，'阿Q，饶命！'谁听他！第一个该死的是小D和赵太爷，还有秀才，还有 106 假洋鬼子，……留几条么？王胡本来还可留，但也不要了。……
>
> "东西，……直走进去打开箱子来：元宝，洋钱，洋纱衫，……秀才娘子的一张宁式床先搬到土谷祠，此外便摆了钱家的桌椅，——或者也就用赵家的罢。自己是不动手的了，叫小D来搬，要搬得快，搬得不快打嘴巴。……
>
> "赵司晨的妹子真丑。邹七嫂的女儿过几年再说。假洋鬼子的老婆会和没有辫子的男人睡觉，吓，不是好东西！秀才的老婆是眼胞上有疤的。……吴妈长久不见了，不知道在那里，——可惜脚太大。"[37]

吉拉尔的观点再一次对我们有所帮助。阿Q在寻找替罪羊的过程中达到了第三个阶段：消除区分的犯罪。吉拉尔所指的是俄狄浦斯的弑父与乱伦。阿Q则把暴力破坏行为想象成谋杀、盗窃和强奸。在颠倒了两极之后，他将社会投射成了自己那个"善"的自性的影子，从而使自己的暴力行为合理化。

鲁迅巧妙地描写了成功的影子投射给人带来的宽慰。在阿Q幻想着报仇成功而投射成功的那个瞬间，他从他的痛苦和愤怒中得到了安慰，心情放松之后睡着了。

> 阿Q没有想得十分停当，已经发了鼾声，四两烛还只点去了小半寸，红焰焰的光照着他张开的嘴。
>
> "荷荷！"阿Q忽而大叫起来，抬了头仓皇的四顾，待到看

---

[37]《鲁迅全集》，卷1，页540—541；*Complete Stories*, 99。

见四两烛，却又倒头睡去了。[38]

但是就像对着假洋鬼子嘟囔招来了一顿打一样，他想在物质世界中实现其革命幻想的企图遭遇了挫折，最终导致了更大的暴力。实际上在第二天早晨，饥肠辘辘的阿Q想起了上次去尼姑庵里偷萝卜，于是想故伎重演，去那里"革命"。革命党已经先他一步：赵家的赵秀才和钱家的假洋鬼子已经"咸与维新"，革掉了旧习，打碎了龙牌，还偷走贵重的宣德炉：革命就是偷盗！阿Q得出的结论是他错过了一步：他需要加入革命的队伍之中。

在吉拉尔的例子中，对日积月累的混乱所作的抗拒，是在俄狄浦斯个人的内部慢慢积聚的。在第八章《不准革命》中，鲁迅把这种抗拒置于当地的乡绅之中，当他们面对严重的挑战时，会试图通过共同选择以及与他人合作来适应眼前的威胁。在阿Q带着赃物从城里回来时，他们正是使用同样的战略的：他们给阿Q以前所未有的尊重，购买了他非法得来的赃物。当"赵举人"的箱子来未庄保管时，这意味着一次真正的威胁，赵家和钱家携手"加入了革命"。赵家代表了传统的精英；而钱家则拥有"假洋鬼子"，他显然有着留洋经验，没有辫子，他们家代表了进步的元素。两家人在一起事实上又形成了一个相反而又相同的例子。他们把观念上的不同放在一边，一起来阻止可能形成的暴力，这暴力对两者都是威胁。然后他们把他们的焦虑转嫁到一个更为弱小的第三方——尼姑——身上。简言之，他们所作的也是寻找替罪羊，只不过规模较小而已。如果革命是新的准则，他们就会成为革命党。这一战略成功了。一切如故，秩序依然。

> 知县大老爷还是原官，不过改称了什么，而且举人老爷也做了什么 ——这些名目，未庄人都说不明白——官，带兵的也还是先前的老把总。[39]

---

[38]《鲁迅全集》，卷1，页541；*Complete Stories*, 99-100。

[39]《鲁迅全集》，卷1，页542；*Complete Stories*, 101-102。

然而，尽管感到恢复了稳定，却依然有着暴力和混乱的可能。"只有一件可怕的事是另有几个不好的革命党夹在里面捣乱，第二天便动手剪辫子……"[40]鲁迅使用了"不好"一词，向我们充分表明他是故意用和荣格相一致的方式来描述革命的（影子自性的一次表现）。"革命党"这一类别被分成了"好的"革命者和"不好的"革命者。前者是 108 赵家、钱家、原来的官员和那些组成了先前秩序的人，他们是属于自我的角色；后者是影子，他们带来了真正的动荡。鲁迅的文本从未使用"好的革命党"一词，只有"革命党"一词，并且坚定地把"革命党"的标准含义定性为"好的"。一旦当权者对这一标记做了声明，它就成了一个获承认的术语。他们在物质世界中的行为和命名的法则复制了阿 Q 在其幻想中所做的心理上的反转，他把谋杀、偷盗和强奸合理化，将它们视为好的自我反对坏的自我的行为。

鲁迅的第二个叙述策略更为娴熟。不好的革命党只出现于传闻之中，并没有人真的见到他们。他们让人害怕，却从未出现过。他从没有将他们刻画成真的人物角色。起初革命是在其他地方出现的，未庄人第一次听说革命源自阿 Q 所言。即使这些消息都是间接表达的，并没有通过阿 Q 直接所言所行，而只是通过谣言对革命后果的描述来阐发的。即使假洋鬼子进城去取革命的信物也并没有大肆描写，而只是通过偷听到的对话片段来展现。同样的，赵家被抢是发生在晚上，抢劫者也无从知晓，只是被模模糊糊地看见，隐隐约约地听见。这究竟是偷盗还是革命？通过用夜色的昏暗来掩盖混乱，鲁迅又一次强调了心理上的真实性，而对文学的真实性则做了轻处理。事实上，对于一个并不热情的自我来说，一个影子般的角色并不会轻易显现的。

阿 Q 通过把自性分成两个元素，将失败转化成胜利，并认同受人喜欢的那部分元素，而将受人鄙视的那部分排除于意识之外。钱家和赵家采取的是相同的方法。阿 Q 曾尝试通过与他的标志——更多的虱子——合作，以在自己的比赛中打败王胡。而现在，未庄的精英们作为社会的自我支持了革命及其标志，希望他们通过认同革命能战胜真

---

[40]《鲁迅全集》，卷 1，页 542；*Complete Stories*, 102。

正的影子势力。精英们和阿 Q 并没有什么不同，他们试图用障眼法把可能的失败转化成胜利。但是当投射和物质现实发生冲突时，他们和阿 Q 在与王胡的冲突中一样成功。或者说情况是同样的糟糕。影子投射的接受者们——那些不好的革命党，同样不肯接受他们那被指定的角色。在第九章中他们又再次出现，依然保持着距离，依然只出现于传言之中：叙述者指出秀才上城去报官的时候，被"不好的革命党"剪了辫子。但至少在一段时间内，失败被称作了胜利，而胜利尽管短暂却是甜蜜的。

鲁迅的笔下非常微妙。在没有着力描写影子角色的情况下，他传达了村民们所感受到的神秘感和危险感。他原本可以把"不好的革命党"塑造成有对话的角色，或是描写好的与不好的两股势力的冲突，或是采取多种叙述策略。可是他没有这么做。他一直把革命描写成一种总是看不到而危险的潜在事物，从而激起了人的恐惧感。当权者们所处的是光天化日，而鲁迅则在相反的情况下脱离了与影子的关系。他对于"好"和"不好"的革命党的描述是虚构的，读者立刻觉得这样的描述对心理上的细微感受极为敏感，而且忠实于现实主义叙述的表现需求。它突显了鲁迅对荣格学说中原型象征的共鸣——自我与影子，好的与不好的，看得见的与看不见的，以及光明与黑暗。

在故事发展的这一节点上，在当权者开始用心理战术来对抗物质上的威胁时，阿 Q 开始更为明显地把思想从外在行为中区分出来。他总结"想"参加革命是不够的——他一定要加入其中。阿 Q 决定去找钱少爷，他刚带着革命党的信物从城里回来。阿 Q 也只认识这么一个革命党。当他走进钱家的院子，毕恭毕敬地等了好一会儿，但是没人搭理他。最后，他开口说话了。"'唔，……这个……'……听着说话的四个人都吃惊的回顾他。洋先生也才看见……" [41]

鲁迅在描写他们吃惊的时候，表达了对心理的另一种洞察。自我把自己想象成了整个自性，因此当影子出现的时候它吃了一惊。这个模式在鲁迅的小说中反复出现，例如《孔乙己》《故乡》和《祝福》。

---

[41]《鲁迅全集》，卷 1，页 545；*Complete Stories*，105。

这证明了这一叙述技巧是有意为之的（尽管可能并不一定是有意识的）。在每一个例子中，自我都惊讶于影子的出现，即使后者是社群中众所周知的一部分或是曾经出现过。在这里，认为阿Q无足轻重的乡绅们只是把他轰走了。

当然，在谁组成了影子的问题上，阿Q和乡绅们有着不同的理解：对阿Q来说，整个未庄都是影子；对当权者来说，不好的革命党是影子，而最终的影子则是阿Q。因为阿Q没什么权力，自性的分裂通常只出现在他的精神之中。而那些有权力的人则通常在社会领域对这样的分裂做出规定。即使这样，心理上的相互作用并不会因为社会等级的不同而有所不同。

鲁迅在平行的轨迹中保持了道德和物质现实之间的差异。阿Q只是在他的心里搞革命。而且事实上，如果按照他们的逻辑，他的新思想对钱、赵两家来说会是一个真正的威胁。阿Q关于报仇的幻想只是纸上谈兵，但是在他们不搭理他时，他的反应却是新的。在不让参加革命后，阿Q最初没有试图将失败转化成胜利，没有采取心理上的分裂法，也没有尝试去逃避失败的痛苦。

> 他快跑了六十多步，这才慢慢的走，于是心里便涌起了忧愁：洋先生不准他革命，他再没有别的路……他所有的抱负，志向，希望，前程，全被一笔勾销了。至于闲人们传扬开去，给小D王胡等辈笑话，倒是还在其次的事。
>
> 他似乎从来没有经验过这样的无聊。[42]

他的心理状态向前发展了，这样的心理状态有可能促成真正的革命。[43] 但是他喝了两碗酒，浪费了这个可能性。酒让他精神振奋，重新出现了占据着自我位置的臆想。这一章的下一个场景表明，阿Q对 111 于赵家遭劫的反应是他自我认同的一贯立场的继续。有一晚，他醉醺

---

[42] 同上。

[43] 正如一些评论者所言，阿Q乐于成为革命党的意愿并不仅出现在小说的末尾。当他不再试将失败转化成胜利的时候，他已差不多要做这个决定了。

醺地刚离开酒馆，听到一声可能是枪声的巨响。小 D 告诉他赵家遭了抢。阿 Q 把这当作革命党干的，于是怒火中烧，觉得当地的精英们是想自己去干革命，而不让他参加。

在一定程度上，当权者是对的。阿 Q 不构成任何的人身威胁。真正的危险在于他能够看穿他们的伪善。阿 Q 的影子自性——在他的理解中经常不被他自己承认的那部分——无比清楚地看穿了他的自我所无法领会的东西。革命已经被偷走了。阿 Q 作为社会的影子，阐明了鲁迅自己关于中国革命的总结。在鲁迅的小说中，影子的角色反复地肩负着社会所需要的道德知识。在此他创造了这个广为人知的文学形象：聪明的笨蛋！

受害者的标记：第四特征

如前所述，解释寻找替罪羊过程的几个阶段开始于对社会准则的描述，正是出于对社会准则的反对而出现了社会区分的消失，也就是所谓的第二特征。这在第三个阶段中被证明，这一阶段的标志是消除了区分的犯罪行为。吉拉尔指出"受害者的标记"是不可或缺的第四特征。

被牺牲的个人或是团体通常并不是被随机选中的。吉拉尔认为，仪式性寻找替罪羊所选中的受害者，早在社会需要寻找用来牺牲的受害者之前，就具有特定的性质。系社会的谴责于一身的个人，通过被社会排斥或是遭遇死亡的方式来接受投射，让社会的冲突和紧张气氛消失，从而恢复社会的秩序。他必须和整个社群既相似又不同。吉拉尔指出：

112 牺牲性的替代品意味着一定程度的误解。其作为社会制度的生命力依赖于其隐藏这一替代行为的能力，而替代则是这一礼仪的基石。然而，它必须绝不完全忘记最初的对象，也必须一直对从那一对象到替代受害者的转化行为具有清醒的意识；如果没有了这一意识，替代就不会出现，牺牲也就失去了效用。[44]

---

[44] Girard, *Violence and the Sacred*, 5.

对于实现这一功能的替代者来说，这一替代行为必须是隐秘的，它可以被潜意识地理解，但不能被有意识地承认。替罪羊必须看起来有着足够造成混乱的能力，这样消除了他就可以理解为消除了混乱的根源。社会因此得到了重组。

替代者和整个社会必须要有足够的相似性，从而使得这一替代令人听起来合情合理，但是这一相似性也必须有一定的限度，这样就能够让社群觉得自己和受害者没什么关联。这样的边缘化可以针对等级体系中的最高端或是最底端：这一角色可以是一个国王（俄狄浦斯）或是一个牢犯。对寻找替罪羊所作的报告通常指出他们独特而早就存在的生理特征，例如瘸子（俄狄浦斯），口吃者，身上少了或是多了一点器官的人。[45] 生理的标记证明了替罪羊和整个群体的不同，即使他和大家在人性上是相同的。社会中某个阶级的整体也可以成为目标，只要他们的权力有限。受害者的边缘性确保牺牲之举不会促发任何群体的激情。可能成为替罪羊的人物正是边缘化的个人或是那些外在于社会的人，这样他们"没有能力去建立或是分享可以与其他居民们相连的社会纽带……他们的社会地位……阻止了这些未来的受害者完全地将他们自己融入社群"[46]。社会的压力和敌意能够安全地被投射到这一人物之上，不会有丝毫的报复。[47] 作为替罪羊的人物或是阶级作为可能的受害者而存在于社会之中，但是只有在条件成熟，寻找替罪羊的需求出现时，仪式才会出现。

阿Q符合了一个可能的牺牲品受害者所具有的特征。他的社会地位属于底层的边缘人，而且他完全与社会相隔绝——他没有家庭，无家可归。他的癞疮疤是一个负面的生理标记——至少他是这么看它们 113 的，而且通过不让人提到它们，恰恰强调了它们的重要性。他有意地将自己与王胡和小D这样的人区分开来，否则那些人在他遭遇不幸的

[45] Girard, *Scapegoat*, 17-22.

[46] Girard, *Violence and the Sacred*, 12. "在这些受害者和社群之间，失去了一个重要的社会关联。因而他们可以被处以暴力而不用担心受到指责。他们的死不会自动地带来复仇。"诺伊曼在《深度心理学与新道德》中也指出了替罪羊的边缘性（页 52—55）。

[47] Girard, *Violence and the Sacred*, 13.

时候可能成为他的同志。

对于肩负受害者所具有的标志和地位，阿Q本人完全不负任何责任，他也没有造成他的危机。相反，正如吉拉尔所言，他之所以成为受害者是因为这一历史时刻需要一个公共的牺牲品，以遏制日益积聚的大众暴力。他曾做过贼，正是这一点使得他成为替代者角色具有了足够的合理性，而且也具有了充分的可信度。

暴力——对影子的驱逐：第五特征

诺伊曼和吉拉尔都指出，如果在社会中仪式化的牺牲依然是一种毋庸置疑的制度，那么它的意义是单一的。《阿Q正传》抓住了转变的瞬间，当时牺牲的功能正在丧失它的权威性，国家所具有的世俗性权威并不足以强大到满足新秩序的要求，因此对仪式的力量和意义的看法是多元的。在第九章《大团圆》里，有六种关于阿Q命运的不同视角。

第一种是士兵们被派去抓阿Q，他从头到尾都证明了他相信替罪羊有着巨大的力量。赵家遭劫后的四天，阿Q突然在半夜被抓进了县城。

> 一队兵，一队团丁，一队警察，五个侦探，悄悄地到了未庄，乘昏暗围住土谷祠，正对门架好机关枪……许多时没有动静，把总焦急起来了，悬了二十千的赏，才有两个团丁冒了险，踰垣进去……[48]

114 很明显，阿Q被逮捕并杀头是由于一桩他根本没干过的罪行，而他的指控者们可能完全清楚他是无害的，而且可能是无罪的。整个未庄的人都对他很了解，村民们自己都相信他不敢去偷东西，而且小D也可以给他做不在场的证明。人们的恐惧以及所采用的武力程度和阿Q所具有的现实威胁完全不相符。这一事实需要一种解释。在日常生活的

---

[48]《鲁迅全集》，卷1，页547；*Complete Stories*, 107。

世界里，它没有任何道理；而在仪式性地寻找替罪羊过程的语境中，这样的不相称却是绝对必要的。

在一个社会中，如果寻找替罪羊是一种积极而有效的宗教仪式，那么祭司和行刑者相信影子的投射并不是一种投射，而是一种现实，而作为替代品的受害者真的被认为是社会动荡的原因。[49]吉拉尔指出一个成功的寻找替罪羊过程需要角色的反转。"施害者把他们自己看成是被动的受害者——受到了他们自己手下受害者的伤害，而把真正的受害者看成是极其主动而能彻底摧毁他们的施害者。替罪羊总是看起来像是一个比真正的他更加具有力量的人物，一个更加具有力量的因素。"[50]这样的结论是符合逻辑的：具有足够力量导致巨大的破坏和混乱的事物，也有着去除破坏和混乱的力量。在宗教的语境下，这样的角色很容易被视为神。随着对牺牲者的暴力而来的，是给信徒们展现的巨大和平，是投射和驱逐产生的心理宣泄，人们把它当作神圣的。通过宗教性的替罪羊，神圣之物进入了社会。

第二个视角是负责审问阿Q的大堂里的法官。用阿Q眼中的描述来说，法官只是"一个满头剃得精光的老头子"。他说话很和气，但是早已认为阿Q是有罪的，对此阿Q很配合。"'我本来要……来投……'，阿Q……断断续续的说。"[51]法官同意将他正法，却没有给出任何理由；他的身份并不明确，而且他也缺乏动机，这毫无疑问并不是偶然的。作为一个作家，鲁迅是苦心孤诣的，他不会毫无目的地留下这样一个矛盾。在他的短篇小说中他经常创造出一个模棱两可的象征物，通常和未来的效果有关。在此他可能同样在暗示动机并不总是清楚的。法官地位的不确定性与其他角色动机的明确性形成了鲜明的对比。 115

我们已经指出，吉拉尔认为社会可能会试着通过摧毁一个替代者，或是通过一个可以垄断暴力的合法系统来包容相应的暴力。在描写举人和把总之间的冲突时，鲁迅在一个句子中就描写了这两种模

---

[49] Girard, *Scapegoat,* 42-43.

[50] Girard, "Generative Scapegoating," in Burkert, 91.

[51]《鲁迅全集》，卷1，页548；*Complete Stories*, 108。

式:"举人老爷主张第一要追赃,把总主张第一要示众。"[52] 这是因为举人把这事件看成一桩偷盗的刑事案件,有特定的一方会对此负责,而且可以在一个完整的社会秩序中来处理这件事;而把总则将偷盗视为对秩序本身的一种挑战,所以认为揪出一个看起来像模像样的破坏性势力代表是合理的,他关心的不是谁犯了罪。把总是在一个牺牲性的结构下办事的,因此把影子投射到一个替代者身上不但是可以接受的,而且对整个过程来说是必需的。正如吉拉尔所指出:"从整体来说,在一个缺乏坚实法制体系的社会中,仪式扮演了根本性的角色;特定来说,则是牺牲性的仪式。"[53] 如果法律原则没有遭到破坏,过于强大的政权力量会代表社会来处理公共的复仇行为,不管罪犯的社会地位是什么,都可以对他们进行惩罚,这样就没有必要去牺牲别人。在一个法律发挥着作用的体系中,"复仇行为不再是向某人报仇;这一过程被终止了,而仇恨升级的危险也就得以避免。"[54] 但是革命的性质在于它会破坏法律,令秩序不稳定,因此把总选择把暴力转嫁到一个无力报仇的替代者身上,以阻止它进一步升级。

诺伊曼认为仪式性地寻找替罪羊是在集体负有责任的情况下进行的。"个人只是作为群体的一员,群体的意识比个人的意识更为重要……群体要对个人负责……而且对其而言,每个个人都是整个群体的具体代表。"[55] 从这一角度来说,在一次犯罪中,"整个群体都被认为受到了谋杀行为的影响,所以不是群体的意志想要去还击这个**个人的谋杀犯**。由于谋杀犯所属的整个群体都有罪,就可以让群体中的任何一个成员血债血偿。"[56] 在讨论这一框架时,诺伊曼引用了中国人的案例,对中国人来说,如果一个家庭成员犯了事,那么就会让整个家族连坐。[57] 因此,在一个个人需要负的法律责任较少,而集体的责任更为重大的社会中,在逻辑上,持续将集体的暴力施加在一个替代者

116

[52]《鲁迅全集》,卷 1,页 550；*Complete Stories*,110。
[53] Girard, *Violence and the Sacred*, 18.
[54] 同上,16。
[55] Neumann, 60.
[56] 同上。
[57] 同上,61。

身上是与这个社会相一致的。如果读者把《阿Q正传》理解为现实主义小说的范例，那么鲁迅所展现的是把他的主人公看成任何一个群体中基本要素的化身的荒诞性，而同时也可能对其所参与的国民性辩论采取了讽刺性的一击。

《阿Q正传》里的把总有意识地采取了仪式所需要的姿态：他选择恢复和谐，巩固社会秩序。特定的受害者是无关的，而把总对于找到偷盗案罪魁祸首的漠不关心，并不会影响他的目的。他说他的目的是"惩一儆百"[58]！和真正的祭司不同，他不相信仪式的神圣性。如果可以的话，他会抓住真正的罪犯。对他来说，投射不再是隐藏的；这个祭司变成了一个只为自己打算的自私自利者。"我做革命党还不上二十天，抢案就是十几件，全不破案，我的面子在那里？"[59]把总想要的是控制心理的世界，而财产的主人却从物质层面看这个事件，只想要失物能回来。

阿Q是有着独特视角的第五方，几乎在整个过程中他都接受了牺牲品这一角色。在牢里他宣称他的身份和"影子势力"是相同的，在他的梦中他已经对它做了重新的定义，它是自我辩白的自我。他"想造反"，但是"他们"没有叫他。他援引命运，以避免不得不去面对现实。"他意思之间，似乎觉得人生天地间，大约本来有时也未免要杀头的。"[60]失败于是转化成了胜利。 117

他在人群中看到了吴妈，这提醒了他在仪式中需要扮演一个角色。这个被判了死刑的男人用唱戏来表达对死亡的蔑视。现代的情感习惯于把替罪羊视为行刑过程中不情愿的参与者。但是替罪羊在事实上可能并不反对那些导致他死亡的社会舆论。阿Q想唱戏，这标志着他对仪式规范的拥护。当然，他的顺从在鲁迅对中国人的行为所作的批评中占据着极其重要的一部分：在即将出现的破坏面前的道德麻木感。死囚犯所唱的戏避免了受害者的恐惧，旁观者对此也很了解。在这一瞬间最极端之时，鲁迅暗示了采取这一仪式的原因：它可以避

---

[58]《鲁迅全集》，卷1，页550；*Complete Stories*，110。
[59] 同上。
[60]《鲁迅全集》，卷1，页551；*Complete Stories*，111。

免让受害者感到即将到来的死亡是无法忍受的，也许也保护了围观者，让他们可以看清楚寻找替罪羊的究竟。（在《祝福》中，鲁迅专门探究了普通人为何不想了解受害者的痛苦。）人丛中的嚎叫穿透了仪式的掩饰，阿 Q 随之感到了恐慌。

诺伊曼和吉拉尔都谈到了在牺牲之前受害者游街的重要性：

> 当组成集体的个人所具有的意识相对较弱时，要朝着社会所必需的价值方向迈进就只能通过外在的影子投射。在这一阶段，只有在大众的眼前郑重地游街，然后被具有仪式感地消灭，人们才会对罪行有所认识。只能通过让大家看得到罪行从而对罪行有所认识，并通过投射让这一情境下的潜意识得以自由，才能够起到净化的作用。[61]

118　如果我们再一次认为鲁迅将这篇小说视作预言，并且回忆起中华人民共和国成立初期无数关于地主和其他"阶级敌人"在被殴打或处决前游街的场面，那么鲁迅小说中的这一要素是在人们的辛酸经历中成长起来的。

随着暴力的发展，阿 Q 先是感受到了分裂的精神状态下自我认同的自信（用流行的说法，是"被否认"），再是感受到了即将到来的死亡的恐惧。他感受到了现实的恐惧，但是为时已晚。

余波：第六特征

吉拉尔把注意力集中在《俄狄浦斯王》之上，将其作为他的范例。这可能会导致他忽视了祭祀的最后一个阶段——诺伊曼称之为疗效和社会的复原。如前所述，索福克勒斯把这一内容放在了第二部戏剧《俄狄浦斯在科罗诺斯》中。鲁迅则在这篇关于阿 Q 的小说的最后两段中讲述了余波。

举人并没有追回赃物，而当他去城里报官时，还被"不好"的革

---

[61] Neumann, 51. 吉拉尔在《暴力与神圣》（页 95）中得出了相同的结论。

命党剪了辫子（剪了辫子的应该是秀才——译者注）。这一场假革命把旧政权下的当权者变成了新政权下的"好"的革命党，它被几股现实势力间的真正斗争取代了。正如阿Q投射在吴妈身上的性欲给其带来了痛苦的后果一样，当权者们也发现，把影子投射在阿Q身上只能带来短暂的解脱。影子并不会被杀死：不被认可的力量依然存在于社会的自性之中。正如诺伊曼所示，影子投射的缺点之一是它阻止人们"真正地适应现实"[62]。

　　把总也许是见利忘义的，但是未庄的普通人并不是这样。他们代表了对事件的第六个视角。对那些潜意识中信任它的人来说，仪式获得了成功。这意味着罪行——那些"不好"的革命党的所作所为——被投射到了一个替代的角色之上。他的处决不但是对坏人杀一儆百， 119 而且向大众重新保证罪行已经消除。"自然都说阿Q坏，被枪毙便是他的坏的证据；不坏又何至于被枪毙呢？"[63] 对他们来说，阿Q的枪毙证明了他是有罪的。或者如吉拉尔可能看到的，用替罪羊来代替真正的罪犯起到了作用，确保了这一结论的出现。这与有罪或是无罪无关，而与社会是否得以重建有关。如果秩序被恢复，那么牺牲就是成功的；而替罪羊的处决（暂时地）驱除了混乱，"证明"了替罪羊是问题的根源。

　　但是在这一事件中，即使对于城里那些见证了这个场面的人来说，仪式的有效性也消失了。处决破坏了仪式所具有的期望：砍头应该比枪毙更好，而替罪羊唱戏对死亡表示了蔑视，这样做失去了其所扮演角色的神圣性。事实上，鲁迅对大家反应的描写中所缺乏的，是一个对这一牺牲行为完全满意的角色。顾明栋认为包括《药》在内的很多鲁迅的小说都需要被视作开放的文本，它们没有单一的含义，吸引着广泛的不同诠释，而文本会表明所有这些诠释都是合理的。对阿Q的处决有这么多的视角，这就是鲁迅给我们所示范的实例，它进一步证明鲁迅自己是有意让他的文本保持"开放"的。[64]

---

[62] Neumann, 42.

[63]《鲁迅全集》，卷1，页552；*Complete Stories*, 113。

[64] 顾明栋在《多义性》中，通过对《药》的解读阐明了他的方法，其引用了七种不同的"寓言性"解读。

因为影子投射只能在隐藏的情况下才能成功，所以如果被牺牲的受害者的本质暴露的话，它的力量就会受到影响。王朝体系的取消象征性地意味着一个体系的结束，在这个体系中国家具有提供牺牲品的神圣责任，以保证自然秩序中的所有要素都处于和谐共鸣的状态，而倒台则标志着一个完全在世俗领域发挥作用的国家的开始。未庄当地感受到了在一场即将摧毁前一个封建王朝功能的革命的发生之际所产生的回响，部分是因为牺牲了的受害者的神圣效力的下降。正如吉拉尔所说："我们对系统的洞察和通俗化的解释必须与该体系的瓦120 解相一致。"[65] 作为一个历史现象，《阿Q正传》助长了这种瓦解，展现了该体系的最后挣扎，并揭露了这个过程。从这些方面来理解这篇小说的话，《阿Q正传》是一篇具有激进摧毁力量的小说，它同时描写了鲁迅对于影子投射、一个特定历史事件以及一个典型的人类现象的反思，这就是寻找替罪羊的强烈个人力量、历史力量和神秘力量。

《阿Q正传》和范式

《阿Q正传》告诉我们鲁迅的范式的几个特征。我们已经指出，阿Q和当权的精英们标志着可以反转的两极，而且通常所有人都想使他们迈向自己所喜欢的那一极，或是避免被降级到"较弱"的那一方。同时，故事的结构是闭合的。开场的叙述声告诉我们比其所讲的故事更早发生的一个事件——阿Q已经死了——鲁迅在《狂人日记》中也运用了这一技巧。寻找替罪羊需要三个方面：替罪羊或是受害者；祭司、行刑者或是施害者；人群或是社会，仪式的举行正是为了他们的利益。吉拉尔指出，在很多神话中，围观的人群所具有的功能是成为潜意识集体暴力的中介，它促使了仪式的完成。[66] 祭司和替罪羊占据了中心。这两个角色的不同种类和排列在小说中得以呈现，而事实上，大部分的片段可以用自我与影子来描述，这是一种对受害者和施

[65] Girard, *Violence and the Sacred*, 24.
[66] Girard, *Scapegoat*, 57-66.

98

害者的关系更为原型化的特性描述，描述成一种分裂的精神，以及前文已讲的多种成对的事物。从这一视角来看，叙述者拟人化了外在的状况。

然而，这样的特性描述在一定程度上将叙述者的角色过于简单化了，而且也扭曲了它。在第一章中，鲁迅故意模仿传统的传记写作模式，创立了一个叙述者，而他同时又是一个角色，他殚精竭虑地要完成给一个流浪汉写传记这样前所未有的任务，以其当时的标准来说，是不值得给这样的人作传的。他所知的传记形式中没有一个是合适的。[67] 刘禾仔细地分析这个叙述者的性格和社会地位，还有他给整个叙述所带来的复杂性。例如她指出了表明传记作者社会阶级的标志；叙述声的其他特征，如叙述语域的高低并举；叙述者力量的局限，如他所处的位置以及他所讲述的视角；他对于阿Q态度的情绪类别——责备、同情以及矛盾的心理；他分析和批评其主人公的自由。刘禾把这个叙述者想象成未庄的一个村民。[68] 她对于叙述声音复杂性的洞察，彻底否定了常见的诠释方式的合理性——常见的观点认为《阿Q正传》毫无疑问是对"中国国民性"所作的批判。叙述者也是一个角色，他在某些方面也是一个不可靠的叙述者，在第一章之后就差不多消失了。尽管没有完全消失，但是他被另一个在一定程度上无所不知的叙述者代替，新的叙述者可以知道阿Q的思想，但是无法了解其他角色的想法。

关于叙述声可以一言以蔽之：对于那些暗中用叙述创造了文本的讲者来说，鲁迅常常会暗中操控他们所允许拥有的权力。有时候叙述者是无所不知的，能够一览无遗，穿越时空，进入所有角色的思想之中。这样的一个叙述者通常看起来和作者本人是无法区分的。其他那

121

---

[67] 庄爱玲在《文学的余烬》中，阐述了在这篇小说中发现的一个关于传记体形式的有趣观点，以及一个喜剧性的、困惑的第一人称传记作者（页73—77）。她也注意到在有着文化修养的传记作者和他笔下文盲的主人公之间的社会差距中，有着"陈述的危机"。这指的是鲁迅普遍关心的关于如何在没有侵犯他们的整体人性，没有屈辱之感的情况下，带着自我批评的意识，怀着敬意描写底层人物的问题。

[68] Liu, *Translingual Practice*, 69-76. 亦见黄卫总（M. Huang）的《无可遁逃的困境》[The Inescapable Predicament(430-449)]，它也考察了叙述者的特性。

些具有有限知识的叙述者只能进入一个角色的思想，这样的策略是为了让读者更加同情这个角色。别的叙述声音，无论是充满了戏剧性的还是客观的，只能传达一个人在特定场景下所可能见到的事物。正常来说，读者在没有其他途径去接触人物和事件的情况下，会倾向于相信叙述者所说的。但是有时候作者会创建一种叙述声音，于是读者可以从一个与叙述者的理解相异的视角来理解叙述者所讲故事的含义。这样的一个叙述者就会被认为是不可靠的。鲁迅可能通过阅读西方文学学到了这些技巧，在他的小说中运用了这些叙述的策略。[69]

122　　《阿Q正传》中叙述声的复杂性和《呐喊》的《自序》中的那些意象有着相似之处，大家只需要懂得《自序》中的意象是静态的，而《阿Q正传》中的则一直是动态的。当想起幻灯片放映场景时，读者能够把阿Q和未庄的精英想象成两个被激活了的角色，他们进入了屏幕，在不同的时候担任自我/影子这两个不同的角色。当叙述者外在于故事时，处于和鲁迅同样的位置，就像那个对着屏幕发表评论的学生一样；而年长的鲁迅作为作者则在反思时处于外在的位置。而就叙述者内在于故事的程度而言，这个结构幽默地向我们暗示了鲁迅对自己定位的关注：究竟是在铁屋的里面还是外面。就这样读者会把叙述者看成内在的，与阿Q在一起的；在这个情况下，叙述者就起到了自我的功能，呈现出傲慢的姿态，认定自己有权去分析阿Q，并且声称相对于不能写自己名字的阿Q来说，读书人在社会上有着更高的地位。[70]进一步分析这种复杂性的方法是承认即使叙述声音与它的对象之间有着完全客观的关系，作者也必须在一定程度上想象自己进入了每一个角色，对此在结语中我会讨论。简言之，《阿Q正传》的结构用多种充满了讽刺意味的方式说明了这个范式，没有一个简单的一对

---

[69] 汪晖在《反抗绝望》中探寻了鲁迅对叙述声的使用。对任何关注鲁迅写作技巧的人来说，他的分析提供了基本的解读。汪晖的分析表明文本是如何在表达鲁迅个人情感的同时，创造具有客观性的效果。在探讨这些问题时，汪晖研究了叙述声的多样性和微妙作用，还有其他的叙述技巧，并反对就鲁迅和其短篇小说的关系做任何简单化的结论。特别参见其第三章。

[70] 黄卫总在《无可遁逃的困境》中、刘禾在《跨语际实践》中分别指出了这些叙述特点，这对我们很有帮助。但是他们没有将它们与《呐喊》的《自序》中的意象联系起来。

一的方式去解读它。不过，鲁迅的范式结构在他对寻找替罪羊的创意分析中充分地得以展现。

从替罪羊到烈士

《药》是鲁迅第二篇明显的政治小说，对当时的国家有着强烈的暗示。它同样探索了受害者与迫害者的关系，以及仪式对于大众的意义——暴力驱逐正是为了他们而上演的。但是《药》记述的是一个烈士，而不是替罪羊。对这两个具有象征意义的行为做比较，会表明这两个截然不同的故事有着相同之处，也充分证明鲁迅投入了大量的精力关注这一系列话题。

在《药》的第一部分中，一个名叫华老栓的贫穷而沮丧的男人买 123 了一个浸满了人血的馒头，这血来自一个刚被处决的囚犯。在第二部分中，他和他妻子把馒头喂给他们生病的孩子吃，不顾一切地希望这会医好孩子的病。在第三部分里，几个客人聚集在华老栓家的茶馆里讨论处决前所发生的事情：他们对这个囚犯的举止感到不解，他拒绝贿赂狱卒，反而宣扬说"这大清的天下是我们大家的"。他所说的超出了他们的认知范围，他们无法了解他的意思，总结认为这个名叫夏瑜的囚犯一定是疯了。在故事的最后部分，在几个月之后的一片穷人坟场里，孩子的母亲和被处决的男人的母亲互相不认识对方，却在他们死去儿子的坟前互相安慰。这些角色中没有一个人有着和读者一样的理解，那就是囚犯的死去是因为想要推翻清王朝，从而让像他们这样穷苦绝望的人受益。鲁迅默认读者了解这一段历史，用这样的方式塑造了这个故事，读者则通过它了解了夏瑜的动机，也知道他的抱负获得了最终的胜利。[71]

如果《药》描述的是殉道而《阿Q正传》则是寻找替罪羊，那么两者应如何做区分？寻找替罪羊和殉道都是集体暴力的仪式，它们是由自我的力量所执行的，目的是摆脱混乱的现状，重新肯定已制定的

---

[71] 夏瑜这个名字让人联想到历史上的女烈士秋瑾（1875—1907）。赖威廉在《鲁迅的现实观》中解释了夏瑜名字的意义（页252）。

社会秩序和价值，并安抚这个集体。[72] 两者都明显地排除了各种纯粹是误解——以为一个无罪之人被错杀——的可能性。寻找替罪羊和殉道都需要相同的四个方面：自我/迫害者、影子/受害者、群众和叙述者。和《阿Q正传》一样，《药》具备了所有要素：自我/刽子手/狱卒、影子/囚犯、围观的群众/华家的人/茶馆的客人，以及戏剧化的叙述者的叙述声音。因此，寻找替罪羊和殉道的区分不在于事件的结构或是人物塑造的安排。

124　进一步来说，旁观者可能不能够区分这两种不同的情况。《阿Q正传》采用了多种策略，为了控制或消除影子对其权力和管制的挑战。阿Q和掌权的精英调整了对威胁力量的解决办法。细微的不安带来了适度的回应。他们设法用模仿（把威胁重新定义成讨人喜欢的东西——捉虱子、一场"好的"革命）和合作（参加——捉自己的虱子、成为革命党以及盗用它的标志物）来控制更大的挑战。重大的威胁可能会引发他们在两个选择中二选一：运用法律、公开的报复或是规定进行牺牲性的杀戮。在《药》中，法律事实上处决了有罪的一方，但是普通民众无法看清这两种惩治行为在形式上的区别。

两种行为最显著的区别在于视角。[73] 寻找替罪羊没有损害所有参与者的社会价值，而仪式也肯定了相关的社会价值。但是各方是在潜意识下合作的。即使替罪羊尝试去逃避他的个人命运，他也不会从根本上挑战仪式性的驱逐。如果换成其他人做受害者，他也是会同意的。殉道则要求具有竞争性的世界观，在那些执行驱逐或处决的势力与烈士和他武装起来的同志之间有着价值观的不同。一个必要的条件是影子角色必须代表着一个不同的现实，这个现实挑战了仪式旨在强化的社会秩序。通常烈士会拒绝默认影子这一角色，但这并不是必然的。一个人可以在身后再被追认为烈士，只要他的追随者主张并维持一个不同的价值系统，而对所发生的历史事件做出相反的解读。如果没有这一切，那么处决就只是简单地消灭了可替代的观念，而这样的

---

[72] 诺伊曼在《深度心理学与新道德》中写道："因此作为意识的中心，自我正常地变成任何特定时间内集体价值观的承载者和代表。"（页36）

[73] Kirwin, "Girard, Religion, Violence," 909-923.

观念不会再有人知晓。

虽然殉道必须有一个持异见的证人，但即使寻找替罪羊的四个方面都相信行为的正义性，寻找替罪羊的行为被承认依靠的也是其本身。正如吉拉尔所指出，一个讲述寻找替罪羊事件的人，在对潜意识动力缺乏认识的情况下，可能会为在该世界观之外的人提供足够的信息，而以后的读者可能从一个不同的视角把这种描述看成一种牺牲性的杀戮，而不是正义的惩罚——尽管讲述者相信他所记录的是正义的惩罚。[74] 为了让旁观者认识到殉道，描述必须具有可替换的价值体系，这通常不会发生，除非讲述者同情烈士的动机。

最后，因为寻找替罪羊需要意识形态的一致，影子投射的潜在动力必须保持其隐秘性；替罪羊必须不能被发现是个代替品。烈士和信徒之间的意识形态不同是被清楚阐明的，而它通常允许驱逐发生在一个意识更为清醒的层面：各方都可能是在对利弊有着充分了解的情况下行动的。对鲁迅这两篇小说中的一些人物来说，的确是这样的。但是对于普通大众来说并非如此，他们压根无法想象一种和他们自己的观念全然不同的观点，因此当一种挑战出现时，他们甚至无法认出这是一种挑战。在此，会让读者回想起《呐喊》的《自序》中毫无边际的荒原意象；鲁迅在呐喊，但是没有人能听到他。相反，不管夏瑜的演说多么慷慨激昂，大众把他和阿Q当作一类人，都将两者看成罪犯。两篇小说在结构上的不同往往掩盖了证据，而这证据表明两个故事都在处理同一个问题。

在殉道中没有影子投射吗？当然，鲁迅在《药》中没有提及这个问题。但是，诺伊曼提出（如前所述），从心理层面来说所有宗教和政治暴力都包含着影子投射。简单重申，寻找替罪羊驱逐的是影子，影子对社会秩序毫无威胁，而社会秩序却要求将它驱逐。从所有的外在表现来看，殉道所采取的是同样的行为，它需要一种有计划的挑

---

[74] 在《替罪羊》中，吉拉尔以14世纪法国人马绍（Guillaume de Marchaut）的叙述为例。他记录了关于犹太人的大屠杀，他们被控在井水中投毒并造成不明的死亡（页1—11）。通过将"投毒"理解成瘟疫，吉拉尔能揭开马绍单纯叙述的面纱，而将其视为一种寻找替罪羊的行为。

战，使得社会／自我的意识知道对这个世界有着另一种不同的理解。

替罪羊和烈士：基督、阿Q和《俄狄浦斯王》

1924年12月20日，鲁迅写了散文诗《复仇（其二）》，在描写基
126 督受难的过程中，它与《马太福音》和《马可福音》非常相似。由于
鲁迅显然对基督教没什么兴趣，这个话题就显得特别突兀。他的叙述
保留了福音的很多基本特征：兵丁们嘲笑基督自以为王，他们脱去他
的衣服，辱骂他，路人、祭司长、文士和两个盗贼也讥诮他；基督拒
绝喝使人意识丧失的没药；以及黑暗。鲁迅和福音的不同之处有两个。
第一，他使用了一个只在一定程度上无所不知的叙述者，他可以了解
耶稣的想法，并且通过这一策略能将这一事件塑造成一种施虐和受虐
的交换：以他人的痛苦为乐，以自己的痛苦为乐。第二，他提出了耶
稣受难是宗教性的寻找替罪羊还是殉道的问题。[75]

他详略有度地通过基督绝望的话来保持对文本的忠实。基督说：
"我的上帝，你为甚么离弃我？！"鲁迅对此诠释说：

> 上帝离弃了他，他终于还是一个"人之子"；然而以色列人
> 连"人之子"都钉杀了。
> 钉杀了"人之子"的人们的身上，比钉杀了"神之子"的尤
> 其血污，血腥。[76]

但是在《马太福音》里，这些话之后紧跟着的是在基督去世的一刻世
界上出现了超自然的现象：

> 忽然，殿里的幔子从上到下裂为两半，地也震动，磐石也
> 崩裂，

---

[75] 柯德席在《中国散文诗》中将这首散文诗理解成对"社会所鼓励的暴力下虐待狂的快
乐"的沉思（页184），并认为鲁迅对基督教的态度可能受到尼采（页181—186）的影响。
和众多鲁迅作品一样，最好的解读方法通常不是"非此即彼"，而是"兼而有之"。

[76]《鲁迅全集》，卷2，页179；*Wild Grass*, 17。

> 坟墓也被震开了，许多已经死了的圣徒都复活起来……
>
> 百夫长和一同看守耶稣的人看见地震并所经历的事，就极其害怕，说："这真是神的儿子了！"[77]

《马太福音》肯定了基督的神圣性：他的牺牲把神圣带到了人世间。从这个角度来说，《马太福音》中对基督的肯定和那些从中东发源的 127 宗教中所出现的其他替罪羊的功能相仿。[78] 牺牲让罪恶烟消云散，给人间带来了神圣。鲁迅对此没有做任何的描写。他的基督是一个人间的烈士。神圣并没有进入人类社会，对他来说，人类社会纯粹是人的领域。

吉拉尔的写作比鲁迅晚几十年，他在耶稣受难的历史事件中发现了同样的问题。这究竟是在寻找替罪羊，还是殉道？吉拉尔比较接近鲁迅的观点，但是由于不同的理由，认为西方文化的一个显著特征在于不断增长的识别寻找替罪羊的运作机制的能力，而且通过识别让寻找替罪羊不再发挥作用。在吉拉尔的假设中，基督的热情标志着西方思想和宗教史中的一个关键时刻，它让人们第一次有能力看到作为替代品的牺牲者是无辜的。根据吉拉尔，过去两千年的基督教神学错误地把这一事件神圣化了，把基督当作了一个宗教的替罪羊，而掩饰了基督启示的真正含义——让集体的暴力不再具有神秘性。吉拉尔认为如果我们合理地理解这一事件，那么基督的热情在西方引起了文化转型，它让加害替代者这样的行为不再神圣。[79] 在此我们不讨论吉拉尔对基督热情的重新诠释的合理性，以及他对于西方世界中不存在寻找替罪羊的过分自信。对我们来说，有趣的是鲁迅在用转变中的概念范式写作时，同样察觉到了耶稣基督受难这个故事中相同的根本问题。

---

[77]《圣经》（英王钦定本，King James Bible）27:51-54 的《马太福音》和 15:17-34 的《马可福音》与鲁迅所用的细节非常相似。

[78] Perera, *The Scapegoat Complex*, 11-17.

[79] 吉拉尔在《替罪羊》中指出本丢·彼拉多（Pontius Pilate）并没有想要将基督钉在十字架上，但是他屈服于大众的意愿，而大众则被邪恶的潜意识投射的力量控制，需要一个受害者作为替代品（特别参见页 105—106）。彼拉多的不情愿可能与鲁迅在《阿 Q 正传》中对并不想收监的判官的描写相呼应，后者也同样面对着一次寻找替罪羊的行为。

他把耶稣受难重新解读成一次社会殉道，而不是一次神圣的寻找替罪羊之举，这样的解读极为简明地表明他在这样的历史时刻，对这个世界做了激进的重新定义。[80]

社会性的寻找替罪羊消失了吗？

在 20 世纪，阿 Q 的故事有着长久的生命力和巨大的影响力。不计其数的评论者研究了这篇小说和关于知识分子就中国国民性所作的广泛讨论之间的密切关联，这样的讨论是 20 世纪早期的主流。保罗·福斯特在《阿 Q 考古学》中记录了这篇小说在多种组合和文化形式下所产生的共鸣。关于《阿 Q 正传》所作的大量研究和在舞台、电视、电影、芭蕾舞、木刻、漫画以及其他方面的无数通俗化的改编，都说明了"阿 Q 精神"所具有的巨大影响以及强大的阐释力。和《阿 Q 正传》一起，阿 Q 将失败转化成胜利的能力与他的其他典型特征继续吸引着解释学的讨论，讨论《阿 Q 正传》在哪些方面是真实的。在此所作的分析为这样的讨论介绍了一个原型的视角。

就其阐释力的程度来说，这些深层的共鸣可能在一定程度上和俄狄浦斯的复杂性是相同的，但是当然两者表面的内容不一样。在西方文化中，俄狄浦斯是通过索福克勒斯的戏剧而为人所知的。当弗洛伊德把这一戏剧重新诠释成一出揭示儿童正常心理发展的家庭戏剧时，他具有了额外的精神力量。在 20 世纪差不多同一历史时期，当关于人类潜意识的新观念在欧洲和中国出现时，这两个文学角色的名字成为一种标志，代表了精神特征的复杂性，并在他们各自的文化中赢得了广泛共鸣。这可能仅仅是出于偶然。吉拉尔对索福克勒斯《俄狄浦斯王》的解读，以及前文对《阿 Q 正传》所作的分析，都认为两个文学作品可以被视为对寻找替罪羊的揭示，两者都认为寻找替罪羊是管理和引导人们暴力行为的集体性策略。

作为如此伟大的文学作品，《俄狄浦斯王》和《阿 Q 正传》都不可能仅仅通过任何一个诠释的视角就被完全理解。这样的断言也许是

---

[80] 顾明栋在《多义性》（页 440—441）中提出了一个论断，认为《药》和十字架的故事有着共同性。

荒谬的。然而，尽管通常没有人用这些术语来描述它们，但是两者的某些阐释力可能和两部著作的力量有关。它们用很不同的方式，通过文学的象征，来探寻人们对这个看起来越来越错乱的世界的基本回应方法。无论是作为仪式还是仅仅作为一种相互作用的方式，祭祀和寻找替罪羊都可能是为人所熟悉的，无法抗拒而令人不安的，而与此同 129 时，要被完全感知也是极为罕见的。

　　因为鲁迅靠直觉知道了其小说中原型的真相，所以也许他担心其小说的预言性。他没有在杞人忧天吗？

第三章

复述范式

第一部分 :《祝福》

从幻灯片放映、毫无边际的荒原、缢死的女人以及铁屋意象可以提取出一个外部视角,从这一视角可以观察到这个范式。它是一个两极封闭系统,塑造了《呐喊》与《彷徨》中的大部分小说(但并不是全部)。人物、情节以及叙事策略的丰富多元性往往掩盖了背后巨大的共同性。[1] 虽然这一范式可以用于轻松地揭示被忽视的特点,并凸显小说之间微妙的联系,但它在加深每一篇小说的理解方面的效用却不一定均等。尽管如此,接下来的两个章节将会考察这一范式的形成过程。至少,这一范式揭示了这些小说间以往被忽略了的相互联系,它也常常会带来新的见解,这种自传式的写作手法也往往会促使大家了解智慧是如何形成的。

自我与影子,刽子手与间谍,施害者与受害者——幻灯片放映场景将这一范式置于国家政治场域中,在这一场域内人物间的互动会对国家产生影响。当影子角色或力量尝试与自我展开对话时,结局就是影子的死亡。因为强迫自我完全承认影子的存在,可能会引发权力关系的改变,因此试图展开对话就是一种煽风点火的行为。在《药》对

---

[1] 沈雁冰(即作家茅盾,1896—1981)评论道:"在中国新文坛上,鲁迅君常常是创造'新形式'的先锋;《呐喊》里的十多篇小说几乎一篇有一篇新形式。"(译者按:见茅盾《读〈呐喊〉》)胡志德翻译了这一著名的评论,但他认为这种实验主要并不是出于美学上的意图,而更多是为了与当时的艰难境况做斗争。见 Huters, *Bringing the World Home*, 253。

反清革命的侧面描写中，以及《阿Q正传》的中国国民性话语中，它们的情节都围绕着影子试图与自我对话所造成的影响而展开，这种对于国家意义层面的影响或是现实的，或是潜在的。而以1917年清廷试图复辟为背景的《风波》，似乎也可以归入这一类别。不过在这篇小说中，主人公的不幸还没有超出他的家庭与村庄的范畴。而具有明显社会意义的鲁迅小说处女作《狂人日记》将会在第四章中探讨，在那一章中我们能最为清楚地看到《狂人日记》与治愈后的国家之间的关系。

《阿Q正传》是鲁迅最后一篇明确设定在国家语境中的小说。显然，他的结论是当影子力量在国家领域活跃时，自我会不遗余力地排斥它或是毁灭它。这是生死存亡的问题。消除影子，甚至只是幻想这么做，就能让自我保持内在的平衡，将自性中那些令人生厌的部分驱逐出去，并且至少能暂时保有政治上的权力。《阿Q正传》的创作似乎满足了鲁迅这一部分的思考。不过《阿Q正传》前面的一些章节表明影子在社群场域的活动所造成的后果较为有限，也并非令人生畏：阿Q加入革命这一举动的意义绝不局限于其所在的地域，在此之前，村民们对他所造成的小破坏采取的行动无非是殴打、罚款、嘲笑或驱逐，但从来没有危及过他的性命安全。

鲁迅的大部分短篇小说探讨了小镇或是村庄里的生活。鲁迅把很多故事的背景置于小群体之中，来思考自我与影子角色对话的可能性。他仿佛在问："如果以这样的对话开始，那么可能会有怎样的后果？"

《祝福》：三次叙述

137

写于1924年2月的《祝福》[2] 出色地探讨了自我与影子在社群场域的关系，探讨了为何这两种原型角色尝试开展对话但最终失败的复

---

[2] 刘禾在《生活如形》［Life as Form (46)］中有力地说明了这篇小说的标题应翻译为《祝福中的祷告》（Prayers for Blessings）。尽管如此，我保留了杨宪益与戴乃迭译本的译法，因为这一翻译已为人所熟知，且是基于研究的前后统一的考虑。

杂性。这篇小说最为吻合铁屋比喻所指出的道德复杂性，而该小说的叙述结构则表明，小说的整体结构是与其意义密不可分的。在许多小说中，事件的因果关系或多或少随着情节展开而展开——甚至在一个有组织的叙述内也会出现这种情况——但《祝福》与此不同。这篇小说的含义很大程度上浮现于叙事结构之中。[3]

第一人称叙述者三次讲述了他在鲁镇的四天逗留经历。他所讲的和未讲的对于理解他是何人至关重要。在对其到访的每一次详细描述中，他都具有不同的基本视角：观察者、参与者或历史学家（historian），每一个角色都在另一种叙述中短暂地登场。小说以不带感情的观察者视角开始，记录了他在夜晚时分到达鲁镇的叔叔家，用了两天时间去拜访正在准备祝福仪式的朋友，并决定在第四天离开。在第一天晚上，他表明了他作为进步知识分子的立场，与他那保守的叔叔完全不同。他接着几乎是从人类学的角度描写了村民们为新年仪式所做的准备。在第二天他遇到了朴实的祥林嫂，她问了三个简短却令自我破碎的问题，他惊慌失措，在此时他情感上的距离消失了。他无法回答这些问题，选择从祥林嫂身边逃离。在第三天，他不止一次说到他将会在明天（第四天）离开鲁镇。那天晚上，在知晓祥林嫂已经死去之后，他又恢复了情感上的淡漠，并将祥林嫂一生的故事写了下来。

138 在丈夫死后，祥林嫂从婆婆身边逃离，并在叙述者的叔叔家里当仆人。她是一名优秀的佣人，但被其婆婆强行带走并被强迫再嫁，她做了反抗，却只是徒劳。在她第二任丈夫死后，她的儿子被狼吃了，她丈夫的亲戚又将其驱逐。她回到了叙述者叔叔的家中。她不断地讲述她的伤心往事，起初激起了村民的怜悯之心，之后又引起了嘲笑。因为从礼法来看，她不幸的经历是不洁的，所以她被禁止参与宗教仪式的准备过程。她试图抹去厄运所造成的污点，但并没有用。接着她的精神崩溃了，主人家将她赶了出去，最后她成了乞丐。结束了她的故事之后，叙述者在第四天的早晨，重新热情地参与了社群活动，他在仪式中很是高兴，而这一仪式的准备过程象征着祥林嫂的毁灭。

---

[3] 这一分析主要采用了拙作《铁屋的范式》（The Paradigm of the Iron House）中的研究成果。

　　此处的分析以叙述者的第三次叙述为起点，并回溯到故事的起始。这一过程关注的是叙述者对于其自身故事的抗拒越来越少，这对于理解叙述者的角色至关重要。

　　叙述者的第三次叙述主要出现在祥林嫂的故事中，它清晰地表达了鲁迅对这一不人道的社会系统及其加害者的控诉。这一叙述也揭示了这一系统破坏性的诱因所在。举例来说，祥林嫂的婆婆逼迫她再婚，是因为她要为另一个儿子准备彩礼。尽管如此，村民们的残忍之举很多并没有缘由。例如，对于人口的非法交易，媒人只视其为简单的经济交易行为。村民们对祥林嫂的故事最终失去了兴趣，然后又转为社会性的排斥。宗教信念、社会规范以及道德冷漠合起来毁灭了这个女人，使她两次成为寡妇的不幸遭遇更为不幸。在第三次叙述中，作为历史学家的叙述者（narrator-historian）以全知叙述者的声音出现，讲述了所有的事实，拒绝评判，揭示了社会规范在受害者身上具有谋杀性的影响。

　　对于祥林嫂被人类社会驱逐的原因，在叙述者的第二次叙述中揭示得更加清晰。139在这一次叙述中，叙述者在街上意外地碰到了祥林嫂。此时祥林嫂已经变成了乞丐，因此当她走近时，他理所当然地认为她是想要钱。但她又拒绝这么做，而表现得只是一个被形而上问题深深困扰的人，而这个问题的答案会给她的生活带来潜在的实用效果。"一个人死了之后，究竟有没有魂灵的？""那么，也就有地狱了？""那么，死掉的一家的人，都能见面的？"[4]一个乡下人，一个女人，一个来自社会无意识的声音，以如此直接的力量打破了叙述者的自觉，以致自我叙述者不得不与影子做正面对抗。在《阿 Q 正传》中，因为自我叙述者想象他是一个能镇定自如地面对这些黑暗问题的完整自性，所以当影子说话时，他总是显得十分意外。尽管在某种程度上，自我知道影子的存在，而作为与其保守叔叔相反的"进步分子"，他应该是影子的盟友，但他依然低估了影子的存在，当影子出现时，他不加掩饰其意外之感，就好像影子是不知从什么地方突然冒

[4]《鲁迅全集》，卷 2，页 7；*Complete Stories*, 155-156。

111

出来的一样。对祥林嫂的问题，叙述者并不准备也没有能力去回答，他回避了这些问题，只给出了一些含糊不清的回应，并逃回了叔叔的家中。

虽然在叙述者眼中这是一个可耻的举动，但他始终未能逃脱这一道德困境：如果事态不可收拾的话，他将要负什么样的责任？他对责任的反复逃避，说明在他看来他是有罪的。第二次叙述暗示了村民们对于祥林嫂的排斥即使不是可接受的，至少也是可以理解的。过于热情的介入将会对他们造成情感与道德上的负担。如此一来，作为参与者的叙述者与作为历史学家的叙述者之间的矛盾便产生了道德上的张力，使根本问题悬而未决。"我"是不是应该承担起责任？或者与铁屋的意象相呼应，"我"是应该呐喊还是保持沉默？

140　　在第三天晚上，叙述者——同时也是参与者——的担忧得到了证实：祥林嫂死了。叙述者在震惊过后，获得了某种解脱之感。那个人以其饱受磨难的道德难题来挑战他和其他人，如今这个幽灵终于消失了。在同情、顺从以及道德钝感交织起来的复杂情感中，他想象祥林嫂的死亡不管对他人还是对她自己来说都是一种解脱。（自我通常将影子的移除视为一种解脱。）

不过，即使叙述者继续着他在道德上的撤退，他依然意识到他和祥林嫂其实是相似的。他现代的外表让其保守叔叔的平静内心泛起涟漪，而祥林嫂对他自己的内心来说也是如此。同样，他叔叔欢迎他的离去，就好像他欢迎祥林嫂的离去一样。在无意听到叔叔指责祥林嫂在不合适的时间死去，使祝福的仪式受到了亵渎之后，叙述者怀疑叔叔也可能会用同样的话语指责他。这一口头的指控回荡在叙述者的心头，他重复着叔叔的确切话语，这次是用于他自己身上。"我从他俨然的脸色上，又忽而疑他正以为我不早不迟，偏要在这时候来打搅他，也是一个谬种。"[5] 叙述者在这个故事中第四次表示次日要离开的意愿，让他的叔叔放下心来。随着道德行为的终止，叙述者再次获得充分的情感上的距离来重构他的故事，开始了第三次叙述。

---

[5]《鲁迅全集》，卷 2，页 9—10 ; Selected Stories, 164。

话语的呼应标志着鲁迅已经创造出两个表面上对立但实质上有着极强共同性的人物。鲁迅轻松地建构起明显的平行对照物。失去了家庭的根基，又不能作为一个完整的成员被周围的社会接受，祥林嫂很明显在情感上饱受困扰；而叙述者也观察到其他人认为他是精神不稳定的人。祥林嫂无休止地复述着她的创伤故事，而叙述者也将他四天的拜访复述了三次。不止如此，叙述者在标志着祥林嫂毁灭的祝福仪式中感受到了愉悦，这也显示虽然他提倡现代性，但他也跟祥林嫂一样折服于这些宗教活动，并沉浸在传统的魅力之中。他不仅是怯懦的，而且也是守旧的。

通过用相似的段落去描述这两个人物，鲁迅创造性地将自己表现为集主体 / 客体、受害者 / 施害者、自我 / 影子于一身之人。鲁迅理解受害者的痛苦，同时也理解施害者的动机，他对施害者的谴责并不是彻底的。但对受害者强烈的同情使他摆脱了人性中乐于保持沉默的倾向。想要谴责施害者之时，他被约束了。他意识到施害者是出于自我保护的目的而避免让受害者痛苦。沉默与呐喊这一铁屋中的矛盾心理被编织进了小说的结构之中。

作为观察者的叙述者的第一次叙述首次讲述了那些在第二次叙述中出现的事件。然而他对偶遇那个寡妇的事只字不提，而且关于他们偶遇的证据，只出现在整篇小说中他第一次宣告次日要离开鲁镇之时。甚至这也可以被理解为仅仅是在回忆中对这次偶遇所作出的回应，之后他重复了三次要逃离的决心。作为观察者的叙述者缺乏情感，他的叙述是三者中最为简短的。实际上，接下来的每次复述都增加了篇幅，这表明叙述者在拒绝承认祥林嫂的存在中逐渐崩溃的过程。（自我角色渐渐不那么拒绝承认影子人格的倾向，这一特点也出现在其他几篇小说中，例如《一件小事》。）第一次的叙述者在描述他在鲁镇的逗留时成功地没有提及祥林嫂——他回避了她的令人不适的存在，但第二次的叙述者在此却失败了。在心理学意义上，如此强有力的抗拒是无意识活动强度的有力证明。

在观察者的声音开始出现之前，小说开头处的叙述声音通过描述天空的愉悦气象加入人们欢庆的过程，而参与到社群生活中。这一声

音在小说结尾处再次出现，"懒散而且舒适"[6]，作为参与者的叙述者在
142 祝福仪式中感受到了愉悦。只有完全回避和遗忘了其方才所述故事的
意义，只有对礼仪的力量报以情感回应，并由此带来心理上的极度抗
拒与否认，叙述者才能在祝福仪式中感到愉悦，而这仪式标志着祥林
嫂一步步被社会驱逐，并确保了她的毁灭与死亡。

鲁迅的小说在开始时就已经结束了，这暗示了对叙述者来说，他
在其身处的两难困境中无路可退。通过在三个闭合的循环中讲述祥林
嫂的故事，鲁迅的叙述者重构了铁屋的两难命题。幻灯片放映场景中
的对立两极是相互分离并且清晰的，缢死的女人的画面中的对立两极
开始模糊，而铁屋意象中的对立两极则可以相互转换——但只有在没
有出路的情况下，也就是说只有在第一层次改变时才能实现，这样的
变化出现在体制内部，不会从根本上破坏体制。

对于面对他人的苦难应承担怎样的道德责任这一问题，这篇小说
的最终答案当然不是拒绝同情或是压抑认知。安敏成、胡志德及其他
人极力证明，在第二次叙述和第三次叙述之间有着强烈不和谐感，它
破坏了读者获得解脱之感的可能，并建立起位于封闭二元性之外的第
三种视角。[7]鲁迅故意留下的悬而未决的文本，意在把读者推到精神
治疗者的外部位置上，只有在这里，从根本上改变体制的第二层次改
变才会出现。[8]简言之，在《祝福》中，鲁迅再次运用故事结构重申
了铁屋意象中曾简要阐述的那些难题。他创造了外部视角下的一个两
极封闭系统，这样就能将读者置于一个有利的外部位置。

---

[6]《鲁迅全集》，卷 2，页 21；*Selected Stories*, 179。

[7] 胡志德在《雪中花朵》中同样也指出了不可靠叙述者的问题，这似乎成为批评家关注的
焦点，安敏成又对此作了进一步的探讨，胡志德在《将世界带回家》(*Bringing the World
Home*)中又做了补充，做补充的还有其他一些学者。他们认为鲁迅意识到语言并不是清
晰明白的，并且担心他的著作将会被误读。安敏成在《现实主义的限制》(*The Limits of
Realism*)中更深入地探讨了这一系列的问题，并设想叙述者的道德失败干扰了读者，使其
体验不到解脱之感，即"净化"(catharsis)(页 90—91)。根据安敏成的说法，这一效果显
示鲁迅提供了"对自己的写作以及现实主义的整体方案的激烈的批评"(页 91)。在大学本
科阶段读到这篇小说时，我对这一效果是如何被创造出来的毫无头绪，并体验了无数因这
一效应所产生的不和谐之感。

[8] 证据是鲁迅并没有很好地实现这一意图。毛泽东时代的中国已经有太多评论集中于祥林
嫂身上，而关于祥林嫂与叙述者关系的研究则是空白的。

　　鲁迅写下这篇小说，证明了尽管他理解人类灵魂中那些复杂的冲突以及痛苦的歧义，尽管他自己也通过抄古碑来忘却那些伤痛的往事，但最终他还是拒绝以沉默来逃避。的确，当一个朋友邀请他为杂志写文章时，鲁迅不情愿地采取了有意识反思的外部姿态，凭直觉感知到范式的存在，并写下了《狂人日记》，它既是其处女作，也是其代表作。他被视为革命先驱，虽然这一地位的形成有着诸多因素，但是毋庸置疑源于他对于沉默的拒绝。

二元性：第一层次改变

　　铁屋意象暗示鲁迅并不知道他是处于第一层次改变还是第二层次改变之中，他的写作是没有改善苦难的根源反而加剧了苦难呢，还是为其他人开辟了一条逃离中国两难困境的新的道路？事实上，他也不能知道。如果他是处于第一层次改变中，如果确实没有任何出路，那么呐喊与沉默就是可以转换的，所有的人都将受苦并且死去，而整个系统将会被描述成一个施虐受虐狂式的困境。如果他是处于第二层次改变中，那么呐喊并不会导致无谓的痛苦，反而会唤醒沉睡的人，使他们可能会共同寻找逃离困境的办法。如果这一呐喊具有第二层次改变的功能，那么更适合将整个体系分析成一次对话，一次尝试进行但不一定会成功的对话。我们无法事先预测会出现什么结果，它将决定会出现什么样的改变。

　　《祝福》分析了幻灯片放映场景中着力表现的施害者与受害者之间的动态，并揭示了为何当一个人在意识到当下的社会结构是一个不可避免的前提条件之时，当他看到没有其他选择时，一个理性的人更愿意选择施害者而不是受害者的角色。如果没有出路的话，那么叙述者和祥林嫂之间的关系就是对缢死女人故事的模仿，他们不仅复制了其中的男性／女性关系，还复制了叙述者在这一施虐受虐狂环境下自己也将成为受害者的可能性。

　　在弗洛伊德的奠基之作中，施虐狂与受虐狂这两个用语有强烈的性暗示意味，而当代流行文化又大肆渲染"虐恋"（sadomasochism）并将其标语化。尽管如此，借助弗洛姆（Erich Fromm）在描述广泛意义上的人格症候时对这些术语的用法，本研究将揭示鲁迅关于"中国国民性"的卓识是在结合中国语境的情况下，对人类的心理动机的深刻洞悉。

在《逃避自由》中，弗洛姆将施虐受虐情结总结为个体想要逃避在宇宙间的无力感与孤独感。他写道，感到低人一等而微不足道的受虐狂试图通过成为更为强大整体的一部分来寻求补偿。而施虐狂则通过将他人变为一个无助的客体，来获得对他人完全的控制权，他们在折磨他人的过程中找到了其权力的佐证。支配与服从，这两种冲动看似是互相对立的，但同样都是出于无法容忍成为一个孤独、软弱个体的心理倾向。尽管在任一特定时间里，施虐狂和受虐狂都分属不同的派别，但事实上两者常常在同一个人身上体现。"人并不是施虐狂或受虐狂，但总是在这对共生情结的积极与消极面之间左右摇摆。"[9]

使它们联系到一起的因素是权力，不是因为权力所能带来的一切，而是因为权力本身。施虐受虐狂的人格对权力者充满了蔑视，即使在其为自己谋求更多权力时也是如此。这种人格"喜爱屈从于命运"[10]。弗洛姆坚称可以用施虐受虐情结描述这样一种社会文化现象，尽管施虐受虐关系所产生的痛苦依然存在，个人在其结构中仍明显表现出虐恋的特点。[11]这一描述完美地契合了鲁迅对中国人行为的分析：

> 遇见强者，不敢反抗，便以"中庸"这些话来粉饰，聊以自慰。所以中国人倘有权力，看见别人奈何他不得，或者有"多数"作他护符的时候，多是凶残横恣，宛然一个暴君，做事并不中庸；待到满口"中庸"时，乃是势力已失，早非"中庸"不可的时候了。一到全败，则又有"命运"来做话柄，纵为奴隶，也处之泰然，但又无往而不合于圣道。[12]

145

鲁迅预见了弗洛姆的理论：个人的相对权力决定了其身上的哪种

---

[9] Fromm, *Escape from Freedom*, 158. 这一分析主要是根据第141—179页的内容。

[10] 同上，170。

[11] 同上，163。

[12] 摘自林毓生《中国意识的危机》中对这一段话的翻译。见鲁迅：《通讯》，《华盖集》，《鲁迅全集》，卷3，页27。

潜在倾向将被激发；角色是可以相互转化的；所有人都注定在其中永远挣扎着，除非第二层次变化出现——通常这指的是除非受虐者反抗。但如果"奴隶"依旧"处之泰然"的话，这种情况发生的概率会很小。

这一串联的关系在《祝福》中十分明显：就"激进的"叙述者/影子来说，四叔是自我/保守势力，而对那个乡下女人/影子来说，叙述者就是自我。如果并无出口可以逃离铁屋的话，那么经典症候中施虐狂与受虐狂之间既同时存在又彼此相异的关系，也可用于描述叙述者与祥林嫂之间的关系。

二元性：双重人格

但是，如果出路是可能的话，那么呐喊所带来的苦难就有了不同的意义。它表明有人从无意识中出现，来推动精神获得完整性，并激励整个自性的治愈。荣格对无意识有着目的论的理解，他在双重人格的结构与功能中找到文学性的展示。透过这一视角，读者可以将叙述者与祥林嫂理解为一种文学人物的典型表达方式，它在19世纪与20世纪西方文学中十分常见，在这一时期的欧洲无意识的观念方兴未艾。在卡尔·开普勒的《第二自我的文学》中，对文学中双重人格做了清晰的定义与分类，他的分析十分有助于我们理解这两个角色的关系。

根据开普勒的论述，双重人格是一种描述心理结构的文学技巧，146 在现实世界中并没有对应物。双重人格有两个角色，在外表和行动上都截然不同，被一种紧密的关系联系到一起。他们不同于分裂的角色，在一个单一的身体内显示出变化着的人格，也不同于描述性格时的各种不同的双重现象。真正的双重人格显示出创造性的"极端不和谐的和谐"[13]，是同时存在的一和二。双重人格只在想象中出现，它在逻辑上是不可能的，而在心理上是真实的。

开普勒所提供的类型清晰地阐明了叙述者与祥林嫂之间的符号学

---

[13] 关于开普勒的定义及解释，见 chapter 1, "The Nature of the Second Self," in *Second Self*。"极端不和谐的和谐"这一用语出现在第10页。

关系。他区分了这种组合中两个角色的功能，称其为第一自我与第二自我。第一自我与第二自我的功能是可以互换的。

第一自我更容易吸引读者的注意力，通常也是读者的视角，他是相对较天真的自我，至少在假设其为完整的自我方面是天真的，因为他几乎没有任何意识，直到其遭遇了另一个参与到其伪装中的自我。[14]

第二自我是"从影子中冒出来的闯入者"[15]，通常是通过第一自我进入读者视线的。第二自我"倾向于拥有第一自我所无法理解的秘密"[16]；"他（她）是被遗留下来的、被忽视的、尚未被实现的，或者从第一自我的概念中驱逐出去的那个自我；他（她）是那个必须被勉强接受的自我"。[17]在鲁迅的小说中，叙述者是第一自我，他通过第二自我祥林嫂引起了读者的注意。他表明对其道德优越感具有"天真"而自满的信念，他通过这一点将自己与其保守的叔叔相区分。

双重人格之间有一种特殊的密切关系，这是其他角色之间并不具备的，例如在《祝福》中，其他角色都十分无知与愚昧。这一密切关系通过数种形式显示出来："通过（他们）对另一方作出的含混的情感反应"——祥林嫂坚定的疑问与叙述者惊慌失措的逃离；"通过一方对另一方无意识的或是双方都意识到的持续的忧虑"——叙述者对祥林嫂故事的困扰；以及"通过对另一方的思想与灵魂直接的洞察……；通过往往使双方以及读者都十分意外的相互行为……"[18]——叙述者用同样的语句描述了这两者。

147

---

[14] Keppler, *Second Self*, 3.

[15] Keppler, 3.

[16] Keppler, 11. 周蕾（Chow）在《妇女与中国现代性》（*Woman and Chinese Modernity*）中认为鲁迅选择把祥林嫂处理成对读者来说是未知的状态，是因为拒绝"理解"她所受的苦难以及"消除"由此产生的问题（页112）。把这两个角色作为双重人格去看待的话，就提供了回答周蕾问题（页110）的一种思路，即"为什么这个叙述者，就像鲁迅笔下许多其他的叙述者一样，当面对他们受社会压迫的'他者'时，会感到如此恐惧？"

[17] Keppler, *Second Self*, 11.

[18] 同上，11。

但根据开普勒的说法，这些影响的交互性并不是对称的。因为第一自我是最为读者所熟悉的，而第二自我看上去更神秘，往往令人费解。开普勒写道："通常来说，第二自我是开始二者关系中行动的一方，而第一自我是显示行动的影响的一方。"[19] 读者的兴趣通常在于"第二自我**做了**什么，以及第一自我**遭遇了（外在或内在的）**什么"[20]。第一自我"在任何重要的交互影响中，最终都是接受者而不是触发者"[21]。《祝福》再次为开普勒的抽象概念提供了实质例证。祥林嫂引发了两者的相遇，并在心理学上具有主导力量。有些评论者将《祝福》解读为祥林嫂的故事，他们也许对叙事结构是十分无知的。他们很直接地认为祥林嫂就是整篇小说的主导者。叙述者对它的抗拒展现了她的力量，并且表明是她造成了叙述者的妥协。

开普勒详细阐释了双重人格关系发展的诸种形式。在某些案例里，第二自我对第一自我来说似乎十分可怕骇人，甚至是邪恶的。在其他案例里，从影子中产生的第二自我成为第一自我的"拯救者"，唤醒了第一自我，使第一自我走向其并不愿意意识到或理解的道德必然性。

> 从第一自我的观点看来，他自身的邪恶不论是否保守，都是一种合理且正当的生活方式，第二自我对其施加的好的影响注定是毫无根据的、有害的，有时是某种不道德的干扰。[22]

在祥林嫂的人物功能中，第二自我充当了拯救者的角色。通过鼓 148 励叙述者放弃自我保护并报以同情，她为其提供了扩大意识的道德救赎机会，这是一个真正的改革者赖以诞生的基础。在阶级观念的完全转换中，农民往往是作为精英阶层以及社群的拯救者出现的。然而叙述者对这一点的坚决拒绝，使祥林嫂成为"失败的拯救者"。

---

[19] 同上，25。
[20] 同上，25。
[21] 同上，101。
[22] 同上，102。开普勒该书第六章的标题是《作为拯救者的第二自我》(The Second Self as Savior)。

在欧洲，文学上的双重人格的涌现与心理学的发展是同步出现的。一些历史学家将弗兰茨·安东·梅斯梅尔（Franz Anton Mesmer，1734—1815）的著作视为心灵潜意识因素研究从宗教领域转向现代动态精神病学的关键。[23] 荣格认为这一发展是补偿性的，在这个发展过程中出现了浪漫主义时代对非理性与神秘的关注，这抵消了启蒙运动对人类行为及成就中的理性与秩序的重视。在 18 世纪末，医药领域从其他早期与之混淆在一起的领域中独立出来，为弗洛伊德、荣格以及其他人的出现做了准备。[24] 早在 19 世纪，文学性的双重人格就出现在文学作品的浪漫想象中。[25] 德国浪漫派是最早的一批实践者。德语术语 dopplegänger 差不多就是"双重"（double）的同义词。[26] 在整个 19 世纪中，欧洲、俄国以及美国的作家用这一文学手法来探索心灵无意识与非理性的种种表现。[27]

很少有西方批评家像开普勒这样对"双重人格"作出精确的定义。尽管如此，大部分批评家都至少在分析下面这些小说时讨论过这一现象，它们包括：E. T. A. 霍夫曼的《睡魔》（*The Devil's Elixirs*，1815）、詹姆斯·霍格的《罪人忏悔录》（*The Private Memoirs and Confessions of a Justified Sinner: Written by Himself*，1824）、埃德加·爱伦·坡（Edgar Allan Poe）的《丽姬娅》（*Ligeia*，1838）和《威廉·威尔逊》（*William Wilson*，1839）、费奥多尔·陀思妥耶夫斯基的《双重人格》（*The Double*，1846，1866 年再版）和《卡拉马佐夫兄弟》（*The Brothers Karamazov*，1880）、史蒂文森的《化身博士》（*The Strange Case of Dr. Jekyll and Mr. Hyd*e，1886）、居伊·德·莫泊桑（Guy de Maupassant）的《奥尔拉》（*The Horla*，1887）、奥斯卡·王尔德（Oscar Wilde）的《道连·格雷的画像》（*The Picture of Dorian Gray*，1891）以及亨利·詹姆

149

---

[23] Ellenberger, *Discovery of the Unconscious*, 69.

[24] 同上，53. 亦见 Herdman, *Double in Nineteenth-Century Fiction*, 153.

[25] 关于双重人格在欧洲文学中的发展简史，参见约翰·赫德曼（John Herdman）的著作。

[26] 赫德曼解释了 doppelgänger 这一名词的起源（页 11—15）。

[27] Herdman, 153. 赫德曼认为史蒂文森（Robert Louis Steveson）的《化身博士》（*The Strange Case of Dr. Jekyll and Mr. Hyde*）提供了一个双重人格的医学化版本（页 154）。

斯（Henry James）的《欢乐角》（*The Jolly Corner*，1908）。[28] 弗洛伊德和荣格就是在这样的文学氛围中出现的。鲁迅能阅读德语，他知晓其中的某些作家和作品，他与它们的相遇很可能对他的文学实践产生了影响。[29] 又或者他可能因为自身对潜意识问题的敏感，从而创造出了这个人物。最可能的情况是，这是这些可能性共同作用的结果。

鲁迅也运用了补充性的写作技巧，将一个角色的精神分裂开来，就像他在《阿Q正传》中所做的那样。开普勒观察到，通过这种分裂，合一性和二元性就不能同步出现，而只能二择其一，尽管作为双重人格他们可能会同时出现（就像在"缢死的女人"这一画面中那样），但这并不是必然的。[30] 开普勒坚称，因为很多伟大的作家都运用了这一手法，所以不应只将其简单视为一种修辞手法，而应该将其视为这些伟大作家创造力的一个基本表达方式。[31] 不管鲁迅笔下那些双重或分裂角色的灵感来源是什么，这些人物在鲁迅的小说中比比皆是，并成为表述其隐秘意图的重要方式。

在探寻双重人格的心理学意义时，约翰·赫德曼与开普勒都参考了不同的弗洛伊德理论，最后得出的结论是，双重人格在荣格的影子理论中得到了最佳的描述。[32] 赫德曼写道，双重人格"往往会撕裂那些自满并对其正义深信不疑的角色……并且会引起他们对其黑暗的影子自我的激烈抵抗。被压抑的影子便会突然闯入，在道德优势的逆转中显现，将其自身从有意识的自我中分裂出来，并成为双重人格中的

---

[28] 亦见 Miyoshi, *The Divided Self*; K. Miller, *Doubles*; Rank, *The Double*; Rogers, *The Double in Literature* ;以及 Tymms, *Doubles in Literary Psychology*。1924 年，鲁迅在翻译厨川白村《苦闷的象征》的过程中，得知《化身博士》是关于意识与无意识的精神分裂的文学表达。见 1973 年版《鲁迅全集》，卷 13，页 108—109。

[29] 顾明栋在《多义性》中认为鲁迅阅读了"莎士比亚、果戈理、陀思妥耶夫斯基、尼采以及其他作家，弗洛伊德认为他们探讨了潜意识"（页 444）。

[30] Keppler, *Second Self*, 8.

[31] 同上，2。

[32] 赫德曼的《19 世纪小说中的双重人格》（*Double in Nineteenth-Century Fiction*）解释了他为何反对一些弗洛伊德式阐释者，并以他的方式为威廉·詹姆斯及荣格辩护（页 154—156）；开普勒在《第二自我》（*Second Self*）中也有类似的争辩（页 184—190）。有几位弗洛伊德主义者写了有关于双重人格的著作，包括三好将夫（Miyoshi）的《割裂的自我》（*The Divided Self*）、K. 米勒（K. Miller）的《双重人格》（*Doubles*），以及兰克（Rank）的《双重人格》（*The Double*）。

一方"[33]。因为开普勒是在基督教语境中描述其例子的，所以他将这一模式归结为善与恶的对立，这在中国语境中当然并不恰当。在叙述者与祥林嫂的故事中，鲁迅建立起完全不同的"自我"与"他者"之间的坐标轴：传统／现代、精英／农民、城市／乡村、意识／无意识，诸如此类。

150   祥林嫂这一荣格式的影子人物，在小说中被赋予了拯救叙述者的目的论的功能，并且将无意识与意识联系到了一起。也就是说，如果叙述者允许他自己带着同情心介入其中，并将她当成一个完整而值得尊重的人去对待的话，那么他的意识领域就会由此扩大。如果叙述者开始思索她那些问题的形而上实质，那么他就会变得更加智慧。[34] 这种合作所产生的创造性力量将把他变为一个名副其实的激进主义者，而不仅仅是"逃离他叔叔的家"，而是会逃离那个在老旧的甚至能带给人愉悦的祝福仪式中感到安慰的自我（这是鲁迅小说中很明显的范例，在他的小说里，身体行为模仿的是心理上的真相）。因祥林嫂的叫喊，自我得以唤醒而扩展，这也许会使第二层次改变成为可能，并寻找到逃离铁屋的出口。

荣格自己对其著作的社会影响有着高度的自觉，即使他的职业生涯一直都只聚焦于治疗室。1946 年，在反思二战的过程中，他写道："有一个简单的规则……那就是大众心理学是根植于个人心理学之上的。"[35] 但他的追随者并没有致力于他关于社会影响方面的思考。[36] 米莉卡·济夫科维奇（Milica Živković）的《作为文化"无形之物"的双重人格：关于"双重人格"的定义》似乎是文学领域中一个值得注意

---

[33] Herdman, 159. 阿 Q 将其对小尼姑的迷恋归因于后者对其做出了某些行为，这一点体现了影子投射。在引文中赫德曼说，影子投射是作者实施的一种行为。

[34] 刘禾在《生活如形》（页 46—51）中探讨了祥林嫂所问问题的形而上学层面。

[35] Jung, "Fight with the Shadow," 10:218.

[36] 二战之后，很多欧洲知识分子立即致力于思考为何大屠杀会出现在"文明"的中心。荣格的《文明的变迁》（*Civilization in Transition*）收录了几篇关于二战后个体精神与集体精神的关系的演讲。不过总体上来说，荣格的分析只局限于实验室而没有进入学院（见 Mattson, et al., *Jung in the Academy*），也没有进入更广泛的大众话语中。一个少见的与荣格的社会关怀相共鸣的荣格主义治疗师，写了一本关于在社会与政治世界中自我与影子的行动力量的著作，即詹姆斯·霍利斯（James Hollis）的《为何好人会干坏事》（*Why Good People Do Bad Things*），特别参看第七章和第八章。

的例外。济夫科维奇向荣格看齐，强调了双重人格在社会背景中的补偿功能。双重人格也就是他者，它"是作为对人类限制及社会图腾的强烈冒犯而将自己表达出来的"，因此具有"颠覆的功能"。济夫科维奇解释道：

> 通过表明想要与个性中丢失了的核心部分重新联结，双重人格将"人类社会法则"与无意识心灵对其的抵抗之间的张力有形化了。双重人格以这种方式使人们对内在心理学的关注向社会结构转移。它指向了无法看到的文化秩序以及文化中失语之处的共同基础：这是被象征性的理性话语禁言的内容。[37]

151

在探寻究竟是什么被"禁言"、被变得透明及不在场的过程中，她指出双重人格看起来是一个消极因素，除非它被（读者）意识到是"文化中的无形之物"。在《祝福》的第二次叙述中也的确如此：祥林嫂使其他人感到惊骇，因为任何"无形之物"与"失语者"所发出的声音都会使社会结构受到威胁。往往是影子人物引出了与阶级结构有关的问题，因此荣格模式表明鲁迅所关注的问题既具有社会意义，也具有心理学意义。

批评家们经常会思考鲁迅的小说是如何反映并在何种程度上反映"现实"世界的。一般情况下我会避免涉及这方面的讨论。[38] 尽管如此，如前所述，双重人格是一种并不存在于寻常所看到的世界中的想象性构造，而德国浪漫主义文学中的双重人格的出现，是作为启蒙运动的补充，在启蒙运动中理性自我具有压倒性权威，而非理性自我则处于次要地位。鲁迅似乎凭直觉就感知到启蒙运动中的这种不平衡。

---

[37] Živković, "The Double as the 'Unseen' of Culture," 121.

[38] 作家对现实世界与文本表达的关系是怎样理解的所带来的影响，是现代中国作家和评论家关注的重点之一。关于鲁迅短篇小说的"现实主义"的有趣讨论可以见安敏成的《现实主义的限制》；徐健（Jian Xu）的《审美转化的意志》[The Will to the Transaesthetic (61-92)]；唐小兵的《中国现代性》，此书在现代主义的语境中探讨了"现实主义"，特别是第51—56页；以及白培德的《现实的构造》，此书的主要关注点包括从"五四"概念化的现实主义到社会主义现实主义的延续性。

在他的小说中，心理学上的真实与现实世界中的"事实"具有同等的效力。刘禾就曾指出，祥林嫂也可以被视为一个转世的佛教圣徒，并且发现这个人物可以证明鲁迅对另一种看不见的现实进行过思考。[39]李欧梵也指出过鲁迅的民俗学观点与荣格的集体潜意识观点之间的平行关系。[40]在现实主义中寻找"现实"，这并不是一个文学运动，而是"现实世界"的再现，学者不仅需要关注小说与世界外在功能之间的关系，同时也需要更深入探讨艺术作品如何反映并隐喻了内在世界。可以说，鲁迅出色地完成了这两种类型的"现实主义"。他对双重人格技巧的微妙掌握再一次印证了他那极端丰富与复杂的想象力。

第二部分：双重人格，分裂人格，以及其他小说中的范式

作为小说，《祝福》是对铁屋比喻的最佳表述。《呐喊》和《彷徨》里的大部分小说都部分或整体地显示出类似的特点，有时在基调或内容上像是回应了《呐喊》的《自序》中的其他意象。即使当范式无助于从根本上深入地理解某篇特定小说时，它也依然指出了鲁迅想象力中与众不同的结构性特点。

《阿Q正传》与《药》探讨了当自我拒绝接受影子知识以及影子拒绝屈服时，在国家场域自我与影子之间的关系。《阿Q正传》运用了精神分裂的技巧，并描绘了一个寻找替罪羊的过程。《药》则运用了双重人格的技巧，描绘了殉道者的形象。鲁迅担心《阿Q正传》是一个预言，而不是历史。直到1926年他的这种矛盾心理依然存在。鲁迅并不确定夏瑜的死能否促成第一层次改变，还是能使第二层次改变成为可能。《药》和《阿Q正传》提出的问题是他自己也无法解答的，这可以从其暧昧的结尾中得到证实。

---

[39] L. Liu, "Life as Form," 46-51.
[40] Lee, *Voices from the Iron House*, 28-30.

《药》包含了范式和两极闭合的结构，并以有趣的形式运用了双重人格的技巧。双重人格由殉道者与孩子构成了两极，墓地里的母亲们是双重人格的合一体，虽然严格来说他们并没有构成一个围墙，但依然是紧密的联合，而乌鸦则是外部视角的体现。第二自我即殉道者，他实际上在小说中从未出现过。就像《阿Q正传》中"坏"的革命者那样，夏瑜是一个只在传闻中出现的有巨大影响力的神秘影子角色。就像其他影子角色一样，他是引发其他人作出行为的诱因。《药》通过孩子吞下殉道者之血，而将这两者联结为一体。这一荒唐的行为是为了使第二自我成为孩子生理上的拯救者，带着殉道者精元的鲜血让孩子的身体恢复活力，使影子有意识地充当了精神拯救者的角色， 153 这一角色在《祝福》中由祥林嫂扮演，但后者对此是不自觉的。

完整的自性体现在两位母亲身上，在墓地她们通过对其死去儿子的悲伤联结了起来。就像很多人指出的那样，两家人的姓氏——华与夏都有中国的意思，因此合起来组成了完整自性的融合版本。[41] 就这样，试图拯救所有孩子未来的殉道者很好地诠释了在荣格模式中目的论的治疗功能，而这正是无意识所追求的完整自性——中国。

批评家们对《药》结尾处的乌鸦做了很多重要的讨论。当夏瑜的母亲问飞向她儿子坟墓的乌鸦是不是其还魂的时候，乌鸦一动也不动。顾明栋猜测这只乌鸦拒绝了任何解释，并且这篇小说的"最终"结尾就是夏瑜母亲看到乌鸦停在树枝上一动不动时问出的问题："这是怎么一回事呢？"在这一问题被提出之后，乌鸦飞走了，就好像它的离开就是答案一样。顾明栋认为，鲁迅将这一问题加在了读者身上。[42] 在《呐喊》的《自序》中，鲁迅就将坟头上的花圈解释为一个"曲笔"，并暗示了这些曲笔对情节来说是必不可少的。通过运用这些曲笔，他增强了外部视角的潜力，这一视角比乌鸦本身更为明确。鲁迅是否描绘了施虐受虐的困境和第一层次改变？乌鸦飞向天际是否意味着不确定的未来？追随者中有没有愿意尝试的人？有没有可以改变

[41] 例如，Chou, "The Political Martyr," 152。

[42] Gu, "Polysemia," 442.

社会并引起第二层次改变的人？就如顾明栋所说的那样，在小说中，这些问题的确都是开放的，而鲁迅也的确无法预见未来。

在《呐喊》和《彷徨》中，鲁迅把大部分小说的背景都设定在社群场域。强调范式的普遍性并不意味着这一范式对解读每一篇小说都有着同等的效力。就如我在前文所提到的那样，范式体现在所有的名篇之中，而在其他某些篇目中是被忽视的。接下来我将根据它们的创154 作时间排序，对每篇相关的小说进行讨论，为的是揭示在鲁迅构建其想象的过程中范式的普遍性，以及其自传式的曲笔。尽管如此，我所关注的在于范式，而不在于将所有小说作为一个整体进行再阐释。原则上我希望为理解鲁迅的文学实践增加新的维度。在第四章中我将讨论另外几篇在这个编年体系外的小说。

范式的四个元素在《孔乙己》（作于 1919 年 3 月）中得到了戏剧化的呈现，这篇小说描绘了咸亨酒店的客人与老板、第一人称叙述者以及可怜的旧式文人孔乙己之间的关系。孔乙己以誊抄糊口，但不幸有偷书的癖好。这篇小说有两种叙事角度，一种是长大后的叙述者回忆往事的角度，另一种是童年叙述者的角度。童年叙述者扮演着社会自我的角色，但因为过于年幼而没有很好地完成这一角色：证据是他并没有掌握往酒里掺水的技巧。作为影子自我的孔乙己，是鲁迅笔下众多被社会系统碾压的异类之一，对他们他深表同情。作为影子，他在很大程度上是隐形的：在他没能把欠下的账还上之前，没有人注意到他的存在。客人与老板作为围绕成一圈的人群，嘲笑奚落着孔乙己。[43] 童年叙述者不太情愿地卷入与孔乙己关于写字的讨论之中，就好像人与人之间的交往一样——他太年幼以致还没完全地社会化，但他也采取了与人群一样的态度。小说戏剧化地呈现了我们所熟悉的时刻，那就是影子出人意料地不知从哪儿突然出现并说话。在消失很久之后，孔乙己最后一次来到咸亨酒店时，他已经不能走路了。

---

[43] 运用荣格概念去分析鲁迅短篇小说的评论家很少，刘柏君是其中的一个。他用荣格人格面具的概念，将《孔乙己》解读为完整个人向世界表达的受限版本。他认为在孔乙己将自己理解为学者的自我表达与人群揭穿这一表达的过程中，荣格的这一概念体现得淋漓尽致。

一天的下半天，没有一个顾客，我正合了眼坐着。忽然间听得一个声音，"温一碗酒。"这声音虽然极低，却很耳熟。看时 155 又全没有人。站起来向外一望，那孔乙己便在柜台下对了门槛坐着。[44]

成年的叙述者相当清晰地回忆起他更年轻的自我，这提供了反观这一行为的外在位置。当孔乙己没能在一年后回到咸亨酒店时，成年叙述者总结说"大约孔乙己的确死了"[45]。这一结构很像幻灯片放映或毫无边际的荒原的意象，在其中自我与影子没有杂糅在一起，也没有成为可以转化的两极。时间让成年的叙述者在回顾往事时无法对其采取道德行动，但就像《祝福》里的身兼历史学家身份的叙述者一样，即使在孔乙己的苦难似乎应引起其道德反省时，他对此依然毫无表示。这一失败或许就是《阿Q正传》中没有任何预设立场的评判者的先声，它将文本推向了一个开放式而非结论式的结尾，并促使读者对此作出道德回应。[46]

《明天》（作于 1920 年 6 月）讲述了一个贫穷的寡妇想尽办法治好她的小儿子，给他吃了传统中医开的药，却使孩子很快去世的故事。范式在小说的结构中无处不在。在小说的开头和结尾，咸亨酒店里深夜的酒鬼声扮演了围观人群的角色。寡妇单四嫂子是社会的影子。骗子何小仙和贾（与"假"同音）家药店代表了社会的自我，是虚假和行将灭亡的。自我与影子在根本上没有任何关系。通常来说人们不认为《明天》展示了一场从未开始的对话，但放在其他小说语境中，范式暗示了的确如此。小说这一绝望的基调隐含了毫无边际的荒原意象。就像青年鲁迅在这个意象中所做的那样，寡妇的经历似乎也是在呼吁一个道德回应。两者遭遇的都是沉默。

---

[44]《鲁迅全集》，卷 1，页 460；*Selected Stories*, 43-44。

[45]《鲁迅全集》，卷 1，页 461；*Selected Stories*, 45。

[46] 顾彬（Kubin）在《未完成的文本或作为多层结构的文学》（The Unfinished Text or Literature as Palimpsest）中，用很长的篇幅论述了鲁迅短篇小说中叙事声音是现代性的表征，其中提供了关于《孔乙己》中复杂的叙事声音的敏锐的解读。

156   鲁迅的确创造了一个处于第四位置的外部反省声音，但这一声音重申了旧的立场，而并非为即将发生的激进行动腾出空间。故事的叙述者保留了古典白话小说的传统，会在讲述的过程中停下来进行道德评判。他五次用"粗笨"[47]来形容单四嫂子。通过对主人公居高临下的评价，叙述者的声音介入叙述之中。鲁迅以一种有趣的方式重申了难题所在：叙述声在回溯过去的同时，削弱了解放寡妇苦难的道德使命的力量，而她的苦难与叙述者的傲慢之间存在着道德隔阂，并由此产生了不和谐。这看起来和《祝福》的结尾非常相似，尽管它并没有以戏剧性的力量表达出来。虽然这篇小说看上去似乎只是一个简单的故事，但鲁迅再次在其中重申了那些令他感到困扰的难题。

    《风波》（作于 1920 年 10 月）严谨地运用了范式。一艘小船上的知识分子想象岸上的村民都过着田园诗般的生活，而现实与此恰恰相反。模仿着传统文人，知识分子建立起了一种外部视角，这种外部性进行着倒叙，《明天》的叙述者也是这样做的。岸上的事件是随着七斤的际遇展开的，他是一个船夫，在之前进城的时候把辫子剪掉了。[48]在帝制短暂复辟之际，七斤没有辫子就成为一件很麻烦的事，但随着民国的迅速光复这个麻烦又很快消失了。七斤的辫子象征着传统与现代这两极，它们是随着帝制程度的变化而相互转换的。虽然这篇小说中没有突然出现影子人物，但带来帝制复辟这一消息的老学究赵七爷的介入，似乎也起到了类似的闯入作用。尽管如此，他摇摆不定的政治忠诚使他不可能成为一个影子人物。这篇小说确实描绘了鲁迅笔下常见的另一种人际关系：影子投射。七斤嫂因为邻居对她的记忆提出挑战而大为恼火，但只是对邻居大喊大叫而已，却在她自157 己无辜的孩子身上实施了暴力。（在《肥皂》中鲁迅将这类行为归结为"打鸡骂狗"[49]，是微缩版的寻找替罪羊之举，这两个例子都谴责了成年人对弱小的孩子所做的行为。）通过七斤家的恐惧的喜剧性描写，

---

[47] "粗笨女人"，《鲁迅全集》，卷 1，页 474。

[48] 随后将要讨论的鲁迅短篇小说《头发的故事》，思考了发型的符号学复杂性及其带来的实际后果。

[49] "打鸡骂狗"，《鲁迅全集》，卷 2，页 52；*Complete Stories*, 200。

高高在上的叙事声音构建了一种和船上的文人别无二致的叙事距离，从而使小说开篇文人的无知复杂化，以至于事实上看起来好像复制了这一种无知。

　　客观的叙述声似乎赞同作者所持有的观点，如果这是真的话，那么这一赞同就使我们对作者关于道德优越感的观点产生了疑问。在《明天》中，鲁迅有意识地暗示进行叙述的角色是在回想这个故事，就如同古代的说书者一样。《风波》的叙述者也同样带着某种优越感，但没有迹象显示这是有意为之。读者会猜想，作者是因为对于他的叙事基调没有十足把握才没有写好呢，还是因为在其艺术发展的这一阶段，鲁迅有时对其笔下角色的苦难也有某种优越感？当然后者的可能性并不大。

　　《头发的故事》（作于 1920 年 10 月）公式化地运用了范式的结构。这篇小说是以一个男人（N 先生）为中心的独白，此人在年轻时观点激进，但随着他的希望落空而变得满腹牢骚。他的叙述嵌套在某次他去造访一个年轻亲戚的故事中。N 先生回忆起他剪掉辫子以后发生的故事。他的客人［嵌套结构叙述者（the framing narrator）］建构起一个外部的有利视角，他的经历与政治态度都是明显在属于上一个世代的 N 先生之外的。叙事策略似乎很简单：第一人称叙述者在小说的第二段接待了他的亲戚 N 先生，并在小说的结尾将他送到门口。这一对话性质的情节使小说完成了结构的闭环，并且似乎与小说的核心故事没有什么关联，但在范式的语境中就具有了另一种价值。这篇小说中两极的明显倒转全都发生在 N 先生的经历之中，他与满怀希望的年轻自我已完全不同，而沉溺在持悲观态度的年长自我中。N 先生完成了从希望到绝望，从叫喊到沉默这一方向的转换，在此语境中是属于第一层次改变。N 先生争论道，在结构叙述者那一代人里，公认的问题已经从辫子变成了年轻女性的短发，而不是剪掉头发这一象征性行动将会弄巧成拙地带来严重后果，以至于毁掉创造新未来的机会。（如果她们剪掉头发——也就是呐喊——她们将会被禁止参加考试并被学校除名，但如果不这样做的话，"仍然留起，嫁给人家做媳妇去"——也就是保持沉默——也会抹杀新未来的可能性。）嵌套结构的叙述者

158

没能对他亲戚的故事作出评价，留下了未言明的外部评判，并映照出毫无边际的荒原中的沉默。这是一个第一层次改变的世界。（周姗指出这篇小说展示了鲁迅自己剪掉辫子的个人经历轨迹。[50]）

《端午节》（作于 1922 年 6 月）记录的是幻想破灭的方玄绰的视角，他失去了因不正义而愤怒的能力，反而将世界视为一个无处可逃的施虐受虐困境：在无穷无尽的羞辱之中，每一个个体不管处在什么地位，都对比自己阶层要低的人的困难漠不关心。方玄绰是在抗争的，因为他的两种身份——大学教授和政府公务员——都不能按时给他发薪。他既不肯加入他的教授同事的行列去抗议欠薪，作为一名公务员他又拒绝低声下气地去亲自讨回过期未发的工资。他自己靠赊账生存，但他对那些亟须他还债的债主也很不尊重，就好像他的上级对待他那样。他说这一经历教会了他反对是没有用的。这篇小说抓住了他绝望的逻辑：抗议或乞求都会导致收入上的不愉快——一些抗议者被打了，但不这样做又会增加不发薪的风险。方玄绰是懦弱的，一边乐于坐享其他人抗议的成果，一边却又很不合理地认为强烈159 的反对并不会带来体制的变革。这篇小说的标题是讽刺的，因为在端午节这天，按照习俗所有的账都会清掉，而这在所有阶层都有人被欠薪的情况下是不可能实现的。[51] 小说情节并没有提供一个观察这个施虐受虐困境的外部视角。尽管如此，小说标题的讽刺意味显露了外部视角的痕迹，并暗示其实范式不动声色地塑造了这篇不为人赏识的小说。

《白光》（作于 1922 年 6 月）在基调上甚至更为绝望。它讲述了在乡试中第十六次落榜的旧式知识分子陈士成的疯狂堕落。在这篇小说中，鲁迅主要运用了非全知叙述手法，它常常会引起对主人公的同情，而在这篇小说中这种手法的作用在于，这一僵死的体制已经崩溃了差不多二十年，而主人公对其却依然如此忠诚。读者看到这一点便知道他正在经历着痛苦，而这与主人公错误的价值体系之间产生了张

---

[50] Chou, *Memory, Violence, Queues*, chapter 3, especially 109-113.

[51] 赖威廉在《狂人日记》中将这一标题翻译成"龙舟节"（Dragonboat Festival），赛龙舟是五月初五这一天进行的节庆活动，并标注了清偿债务是这一节日的重要元素（页 172）。

力。这篇小说是对精神错乱进行诊断的一个实验，它将陈士成的灵魂分裂了出来，因此陈士成无法识别自己的声音，这一技巧在《阿Q正传》中得到更充分的运用。这声音让一个摇晃不定的两极体系产生了绝望感：它既指责了主人公，宣布他"又一次失败了"——引起绝望，又鼓励了他，给了他一个据说隐含了宝藏所在地的隐语——给出了虚假的希望，提供了一个虐恋式的选择。陈士成在挖宝藏的过程中坠湖而死后，一个无所不知的叙述者继续讲述着故事，鲁迅通过这种方式凸显了其外在的位置。围成一圈的人群对确认其尸体漠不关心。这篇小说体现了范式的几个元素，但没有将它们融为一个整体。

《呐喊》的最后三篇小说——《兔和猫》《鸭的喜剧》《社戏》的写作日期都是1922年10月——看起来更像是回忆录，而不是短篇小 160 说。因为这几篇作品没有体现范式，所以在此不作讨论。

当差不多一年半后重新开始写小说时，鲁迅再次将范式引入了小说之中。不过在第二部小说集中，随着叙事声音变得更为复杂，自我与影子原本鲜明的关系也变得十分模糊了。

《在酒楼上》（作于1924年2月）中的范式是清晰可考的。小说描述了叙述者与其前同事教师吕纬甫意外重逢的故事，他们都回到了早期工作过的地方。吕纬甫在其母亲的要求下，去做两件饱含着爱与人道情感的事情：一是为其小弟迁坟，二是给一个曾经帮助过他的女孩送去剪绒花。不过，他并没有完成他的任务：坟墓被水冲走了，女孩去世。叙述者所提供的简短叙述为吕纬甫的故事提供了一个围绕成一圈的结构。叙述者在开篇讲述了曾经熟悉的风景产生了变化，这表明小说的主题是离别与回归，并暗含了南方／北方、新式／旧式的对立，这些都是在一个限定环境中两极对立的意象。

吕纬甫这一典型影子角色的到来使叙述者大吃一惊，在此之前，叙述者作为自我角色的功能并不是很明显。希望在楼上的桌子边独处的叙述者，听见了不属于店伙计的陌生的脚步声。

> 约略料他走完了楼梯的时候，我便害怕似的抬头去看这无干的同伴，同时也就吃惊的站起来。我竟不料在这里意外的遇见朋

友了，——假如他现在还许我称他为朋友。[52]

鲁迅标明《在酒楼上》写于 1924 年 2 月 16 日，大约在一周前，即 1924 年 2 月 7 日他写了《祝福》，因此在意料之中的是，两篇小说都运用了相似的双重人格手法。就像开普勒在分析双重人格角色时所指出的，以及《祝福》里所展示的那样，影子的功能——人物所**做**的事情，在《在酒楼上》中也占据了核心位置，而自我／叙述者是"相对天真的自我"，这个角色的功能是用来表达——或拒绝表达——小说的道德影响。

吕纬甫把他自己的人生理解为互相反转的两极之一，从旧的方式离开了又回到其中，他用苍蝇和蜜蜂飞去又飞回来比喻这一点。离开／回归的模式标识了他的两项任务以及他的教师生涯：热切的想象，在此热情的基础上的有意义的行动，被外部环境打破的希望，绝望以及辞职。如他所说，在一个局限于第二层次变化的语境中，试图打破常规是徒劳无功的。他对巨大的社会压力屈服了，并以充分的自觉承认了这一点。在这次会面之前，叙述者并没有意识到他自己的人生也将遵从同样的模式。当吕纬甫问他的朋友，"你不能飞得更远些么？"时，叙述者回答道："这难说，大约也不外乎绕点小圈子罢。"[53]

吕纬甫才刚给叙述者提供了一种更高的自省可能，而这一机会在其他小说的语境中，尤为凸显了双重人格的角色。鲁迅通过描写这一对人物在望向窗外废园时的反应，揭示了他们之间的互补性质。叙述者的反应是倾向于理智的：这景色使他想到了过去与现在、南方与北方之间的差异。吕纬甫的反应是倾向于情感的，过去又在他身上浮现了："但当他缓缓的四顾的时候，却对废园忽地闪出我在学校时代常常看见的射人的光来。"[54]

废园又是一个具有暗示性的象征，它本身就隐含着一个小型的范式。尽管鲁迅并没有具体写到废园是由墙围起来的，但他很可能将其

---

[52]《鲁迅全集》，卷 2，页 26；*Complete Stories*, 174。
[53]《鲁迅全集》，卷 2，页 27；*Complete Stories*, 175。
[54]《鲁迅全集》，卷 2，页 26；*Complete Stories*, 174。

想象成其心理意象的一部分。小说中的人物是俯视废园的，这是一种
外部视角。梅花与山茶花，唯一提到名字的两种植物，有着多种阐　162
释：梅树属于古代，但山茶花承载着热情，"愤怒而且傲慢"，尽管小
说没有具体写到它的颜色，但一般来说梅花是白色的，而山茶花是红
色的。它们似乎是两个对话者之间的理智与热情的矛盾反映，吕纬甫
和叙述者两次提起山茶花，吕纬甫提起它时是为了讲述那些充满希望
的、积极向上的行动——购置棺材、买剪绒花。废园的结构有象征的
作用，暗示着范式普遍存在于鲁迅的视觉想象中。

　　因为吕纬甫与叙述者是小说中唯一在说话的角色，他们之间关系
的张力，作为文学双重人格的特点，并没有他们在楼上打量两种花朵
时那么强烈。不过吕纬甫还是有几次提到了自己使叙述者失望的担
忧，而叙述者对吕纬甫教授传统典籍的惊讶确实有情感谴责的意味。
与《祝福》的双重人格相比较，他们之间的联系依然是很淡的。

　　尽管如此，就像《祝福》那样，在此文本通过塑造一个似乎不能
掌握他自己所讲述的故事的意义的叙述者，来将外部观察位置加于读
者身上。[55] 当他和吕纬甫分别，各自**朝着相反的方向走去**时，叙述者
感到又重新振作起来：从表面看来，他不再认为他的人生与前同事是
相似的。对吕纬甫令人心痛的故事，对吕纬甫的个人生平以及两个差
事的道德反应，叙述者是持否定态度的：叙述者逃离了，因可以避免
承受道德压力或自我检讨而感到松了一口气。吕纬甫是一个失败的拯
救者。

　　在第四章中我将提到鲁迅接下来写的两篇小说:《幸福的家庭》
（作于 1924 年 2 月 18 日）以及《肥皂》（作于 1924 年 3 月 22 日），这
两篇都是以家庭生活为题材的。并将在《狂人日记》的语境中顺带提　163
到另一篇描写疯狂的小说《长明灯》（作于 1925 年 3 月 1 日）。依照编
年顺序，下一篇小说是《示众》（作于 1925 年 3 月 18 日）。在第一章
中，就像许多批评家那样，我提到了《呐喊》的《自序》中的幻灯片

---

[55] 胡志德在《雪中花朵》（页 71）中以及安敏成在《现实主义的限制》（页 90—91）中指
　　出，叙述者在道德上是失败的，并且参与构建了他所批判的社会系统的残酷性。

放映场景与这篇小说中所描写的一群人聚在一起冷漠地围观警察与囚犯的情景之间的相似性。《示众》中客观的叙述声看起来很像鲁迅在学堂里的视角，除了没有提供对于场景的阐释，两者都是从外部描述事件的，《示众》中的叙述者身处得更为遥远。

《高老夫子》（作于 1925 年 5 月 1 日）描述了一个到女子学堂里任职的教师，他装模作样，肤浅又不称职。除了重申了鲁迅其他小说中的一些主题如知识分子、旧式伪君子的道德破产之外，这篇小说还采用了鲁迅所熟悉的叙事策略，有意地模糊处理了人物的观念究竟是根植于现实还是只基于其内部想象这一问题——（年轻女性是真的嘲笑了高老夫子吗？），并引出了寻找替罪羊的心理学主题。寻找替罪羊是为了避免痛苦的感受，也是为了将虐恋作为一种规范性社会行为。

《孤独者》（作于 1925 年 10 月 17 日）显示了自省是一种复杂且含糊的天赋。这篇小说详细描写了叙述者与魏连殳之间奇怪且逐渐演变的友情，叙述者的生活遵循着与他朋友一样江河日下的模式。在小说开头的段落中，第一人称叙述者宣告了情节的循环结构。"我和魏连殳相识一场……竟是以送殓始，以送殓终。" [56] 小说有两套双重人格的系统：第一套中，叙述者是第一自我，魏连殳是第二自我；第二套中，魏连殳是第一自我，他的祖母是第二自我。在这两套系统中，角色都可以互换。鲁迅并没有一直对角色行为的动机作出有效的解释，而这种作者的沉默并不能有助于维持一种现实主义的幻觉。尽管如此，这一空白的确使读者将更多的注意力放在了小说的结构上。

作为两套双重人格系统中共同的角色，魏连殳经历了物质与精神上的反转。在他的父亲去世后，他的祖母以织布为业供养他，而他在长大成人后也同样供养他的祖母。精神上，作为社会影子而出现的魏连殳所持的观点大多是激进的，随后他更深地陷入这一角色中，直到他陡然调转了方向，并最终使自己成为一个社会自我——接受了师长参谋的工作。随着故事的展开，魏连殳遭到各种诽谤，丢掉了工作，并陷入贫困之中。他的道德原则部分地在他对孩子们的态度上体现出

[56]《鲁迅全集》，卷 2，页 88 ; *Complete Stories*, 232。

来：从宣告他们是无辜的到表达怀疑，到最后操纵他们羞辱他们自己。当某个人（没有具体说明是谁）从他的生活中消失时，魏连殳突然转换了道德立场，并拥抱了他之前所反对的毫无原则的生活，在一段时间里生活富足且受人尊敬。与鲁迅其他小说中的角色不同，魏连殳十分清楚拥抱了社会规则就等于道德上的失败。

　　这篇小说的关注点主要在于第一人称叙述者与魏连殳关系的转变，就像绝大多数影子角色那样，魏连殳是自我反思的诱因。叙述者一开始是围观人群中的一员，因为好奇而参加了魏连殳祖母的葬礼；魏连殳对此人并不感兴趣。随着叙述者的境况日渐困窘，他似乎逐步从人群中走了出来。魏连殳变得很同情他，而他们之间的友情也加深了。这时叙述者是作为遵循社会规则的第一自我发挥作用的，而魏连殳则是更加激进的第二自我。这一点十分明显，举例来说，叙述者为那些想通过过继拿到魏连殳祖母房子的亲戚辩白，说他们"也还不至于此"。实际上，这些亲戚就是这么坏，而魏连殳无视了他的判断。随后叙述者的生活轨迹与魏连殳别无二致。他也遭到了流言蜚语的攻 165 击，丢掉了工作，变得穷困，并逐渐过渡到经济上的社会影子角色。在魏连殳成为社会自我的那一刻他就成为了魏连殳。鲁迅像诗人一样构筑了这篇小说，将两个朋友的社会立场并置在一起，即呐喊／改革与沉默／承认传统，这两极又逐渐相互转换。

　　叙述者出席了魏连殳的葬礼，遵循礼节去吊唁了他的遗体，就像魏连殳在其祖母的葬礼上做的那样，在离开之后又复制了魏连殳之前的行为。正如在其他几篇小说中那样，鲁迅用了几乎一模一样的语句描写了魏连殳在其祖母葬礼上的号咷与叙述者在魏连殳葬礼上的号咷："像一匹受伤的狼，当深夜在旷野中嗥叫，惨伤里夹杂着愤怒和悲哀。"[57] 魏连殳是这样解释他的行为的："可是我那时不知怎地，将她的一生缩在眼前了，亲手造成孤独，又放在嘴里去咀嚼的人的一生。而且觉得这样的人还很多哩。这些人们，就使我要痛哭……"[58] 就像魏连殳

---

[57] 我的翻译保留了鲁迅用完全一样的语句去描述叙述者与魏连殳悲愤的感受这一事实，这一细节确认了叙述者——很典型地——变成了魏连殳。

[58]《鲁迅全集》，卷 2，页 100；*Complete Stories*, 243-244。

在呐喊过后在祖母的床上熟睡了那样，叙述者也感受到相似的情感慰藉与宁静："我的心地就轻松起来，坦然地在潮湿的石路上走，月光底下。"[59]

《孤独者》似乎为铁屋意象所提出的问题提供了一个不太确定的回答：如果没有出路的话，是应该呐喊并摇醒几个睡得没那么沉的人，还是应该让他们在麻木的昏睡中死去？当一个人被卷入了施虐受虐的困境之时，是应该成为自我 / 加害者 / 施虐者，还是应该成为影子 / 受害者 / 被虐者？魏连殳与他的祖母置身于传统家族制度之内，互相为对方提供经济支持。尽管祖母在这一制度内受的苦更多，但在道德层面上她是"成功"的。魏连殳说她在生命的最后几年并不快乐。魏连殳以改革者的自觉生活着，但也对社会规则屈服了，在那封信中他也表示，他是一个道德上的失败者，但同时他也很快活。对他来说，快活与伦理上的无望（绝望）已经成为同样的东西。

在《孤独者》中，鲁迅的第一人称叙述者和《祝福》甚至《风波》的叙述者不同，是一个不可靠叙述者。因此，与其说他构建了一个两场葬礼之间的外部立场，毋宁说他向读者展示了一种不停重复的模式。祖母在受尽折磨后死去了，魏连殳尽管想追求一种不同的生活，但也受尽了折磨，并逐渐从小说中消失了——从一个说话的角色，变成通过信件出现的角色，最后变成一具尸体，而叙述者也在经受着类似的折磨，并且似乎也在通向最后无望的终点。小说绝望的心境似乎是对毫无边际的荒原这一意象的回溯。如果存在一个外部视角的话，那么这篇小说并不属于那些对未知的未来持开放性态度的小说。更准确地说，情节中的并置结构试图在读者意识到的范围内，创造一个似乎无穷无尽、反反复复的第一层次改变。

1925 年 10 月，鲁迅在北京女子高等师范学校做了《娜拉走后怎样》著名演讲的十个月后，完成了《伤逝》的创作。[60]*1918 年胡适把亨里克·易卜生（Henrik Ibsen, 1828—1906）的《玩偶之家》译成

---

[59]《鲁迅全集》，卷 2，页 110；*Complete Stories*，253。

[60]《鲁迅全集》，卷 1，页 165—173；*Selected Works*，85-92。

*《娜拉走后怎样》为 1923 年 12 月 26 日所作的演讲，《伤逝》于 1925 年 10 月 21 日完成创作，因此两者相隔应为一年零十个月。——编者注

了中文。这部戏剧激起了对女性解放与性自由的激烈讨论。娜拉在意识到她的丈夫托瓦尔德从没爱过她之后就离开了他，中国年轻一代的知识分子在这个角色身上看到了自己从传统家庭制度中解放出来的希望。鲁迅在这篇演讲中认为，这一戏剧性的姿态在中国的语境中将会走投无路，结果将会是灾难性的。《伤逝》探讨了"新女性"这一问题，即一个现代的、城市里的受过教育的女性，被灌输了应从将其禁锢于家庭角色的传统家长制中逃离出来的理念，认为一个女人应该反抗家庭制度，并作为一个拥有自己的权利与独立思想的个体而更自由地生活。它同时也审视了新女性的"新男性"的特质。批评家一致认为这篇小说是对娜拉命运的回应。但鲁迅的回答又是什么呢？

《伤逝》讲述了两个年轻知识分子——涓生与子君相爱并同居的故事。之后他们的关系恶化了，男人丢了工作，他将自己日益增长的抑郁与绝望归咎于子君（将其作为替罪羊），并宣告已不再爱她，使子君回到了自己的娘家，在耻辱中死去。这篇小说是以涓生——不可靠的第一人称叙述者——的回忆展开的，他在子君死后回想起各种事情。

批评家将这篇小说解释为一个关于被社会阻挠而在社会中已无容身之地的现代年轻情侣的故事。更重要的是，这是对那些想成为娜拉的青年的警告，如果他们想要效仿易卜生虚构剧作中的角色的行为并离开家庭的保护，那他们的下场将会是凄惨的。鲁迅在他的演讲中也预言了这一点，说离开了之后要不就是堕落、饿死，要不就是回来。[61] 在更深的层面上，小说批判了当时以男性为中心的现代爱情话语体系，在这种话语体系中，激进的男性知识分子把一个解放了的"现代女性"的意象作为他们对独立与自由欲望的替代物。刘禾注意到在对现代爱情的反思中，鲁迅指出"以男性为中心的话语体系讽刺地复制了它要推翻的家长制"。[62] 冯进深入考察了鲁迅与叙述者的关系，猜测鲁迅自己曾陷入难以察觉的家长制视角之中，因而他用第一

---

[61] 批评家发现鲁迅是在与他的学生许广平关系日益亲密的时候写下这篇小说的，许日后成为他实际意义上的妻子。例如，参见 Feng, *The New Woman*, 49。

[62] Liu, *Translingual Practice*, 167. 刘禾探讨了叙述者观点的复杂性，并指出在这篇小说中鲁迅反思着现代爱情。

人称叙述者以忏悔的形式写作的选择过度地引起了读者对他的同情。她认为叙述者的情感力量降低了鲁迅的社会批判力度。[63]

庄爱玲在数篇论文中从不同的角度审视了这篇小说，更深入地探讨了这些问题。她有力地论证了涓生这个鲁迅所创造的男性知识分子，是一个自封为"进步的"且被西方的各种时髦意象诱惑的人。他对当时的女性解放和自由恋爱话语都只是鹦鹉学舌，他多愁善感、自命不凡并用肤浅的姿态来邀请女性与其一起过上不光彩的生活，但他对给女性带来的灾难性后果却并无丝毫的自觉。[64]

目光犀利的批评家们很恰当地通过分析小说的内容，来理解作者对"新女性"与"新男性"的观点。除此之外，读者也很可能对小说的结构产生兴趣，将其视为鲁迅熟悉的难题的升级版本而进行探索。如果将小说的内容放到一边，就会发现它的结构是范式的另一个升级版本，与《呐喊》的《自序》里缢死的女人的意象有着强烈的呼应。从这一角度看来，涓生与子君的关系是在两极这个层面来发挥其功能的，因此二元性中某些令人不解的元素也在范式结构的语境中得到了解释。[65]

在两极化的层面上，恋人们很容易被描述为处于家庭位置中的双重人格。涓生这一激进的男性知识分子是第一自我，即自满的、有意识的自我，因他的幻觉和自命不凡而过度膨胀。作为女性的子君是来自影子的声音、社会无意识、第二自我，读者只通过第一自我扭曲的感知去了解她。自我／影子的对立是以性别来区分的。他展示了男性操控女性声音的"权力"，这是他笔下延续现代家长制的几个例子之一。他甚至极少会引用她说的话。但他依赖于她的道德力量、鼓励与爱，这使得他能坚持下去。就像前文提到的那样，第一自我通常并不

---

[63] 尽管最终我并不同意她的结论，但我发现冯进在《新女性》[*The New Woman* (40-59)] 中指出第一人称叙述者是自欺欺人的，这一点十分敏锐且富有洞察力。

[64] 主要参见 Eileen Cheng, "Recycling the Scholar-Beauty Narrative"。也可参见 Cheng, "Gendered Spectacles" and "In Search of New Voices from Alien Lands"。在《才子佳人叙事的再运用》（ Recycling the Scholar-Beauty Narrative ）中，庄爱玲提供了一个强势的文化语境，并指出鲁迅揭示了"盲目地沉浸于国家主义热情与个人欲望、翻译文本与商业广告的迟钝的知识分子所做的危险决定"（页 13）。

[65] 陈清侨（Chan）在《绝望的语言》（The Language of Despair）中从男性作家把女性作为"他者"去治疗的角度探讨了这篇小说。

欣赏第二自我提前带来的有希望的价值，甚至还会对其拒绝。当他们的经济状况恶化时，她用家务劳动取代了娜拉式的叛逆思想。而他已不再能从她声称的独立中获得勇气了，并斥责了她。鲁迅习惯于将物质与精神融合在一起，她正是这么做的。她将为数不多的几件家当留给他后离开，象征着他的生活得以存续。小说进行到这一步，她已经成功地在物质层面上拯救了他。她在祥林嫂以及其他影子角色失败的道德形式　169
（作为拯救者的影子）层面上是否也取得成功还有待观察。

　　与那个农妇相仿，子君——第二自我——不管是生前还是死后都左右着小说的发展。就像开普勒指出的那样，读者的兴趣主要在于第二自我对第一自我产生的影响。的确，叙述者整体的言语倾诉都关注着她对他的生活所产生的影响。范式更深地暗示，子君不仅是 20 世纪 20 年代革命性的社会背景中"新女性"的代表，也承担着影子更广泛的功能，也就是自我的心理互补角色，这在其他小说中是由男性、农妇和被家长制家庭掣肘的城市女性（这一点将会在分析《肥皂》时讨论）所承担的。

　　这种环绕的结构是显而易见的。不但这篇小说是以回忆的口吻叙述的，小说是在事情结束之后展开的，而且涓生是在同一所旅馆的同一个房间开始并结束故事的，他在开头和结尾说了完全一样的话，显而易见他是在重复自己：他最明显的目的，就如他所说，是"写下我的悔恨和悲哀，为子君，为自己"[66]。

　　《伤逝》使人联想到《呐喊》的《自序》里缢死的女人的画面：受困于令人窒息的社会环境的女性在肉体上死去了，而存活下来的男性可能经历了精神上的死亡。绍兴会馆院子里的两极系统是不稳定的。鲁迅与那个缢死的女人看起来是相互对立的，但实际上相差无几且关系紧密：一个虽生犹死，一个虽死犹生。庄爱玲指出子君与涓生在小说的中间位置互换了。子君这一娜拉式的人物，放弃了对保守势力的反抗，成为经济上所必须的操持家务的角色；而涓生因严酷的现实与他错误的自我认识之间的矛盾而大受打击，成为娜拉的角色，声称他

---

[66]《鲁迅全集》，卷 2，页 113；*Complete Stories*, 2:254, 273。

是为"自由与个性作徒劳的挣扎"[67]。刘禾强调了涓生个性中的摇摆不定，在悼念（记忆）与遗忘之间左右摇摆。[68]（在这一点上他和《祝福》的叙述者相仿。）确实，所有人都在令人窒息的传统中被院子的墙围困住了。最后涓生甚至认为他已陷入了施虐受虐狂的陷阱，没有了第三种选择：回想起他对子君的治疗，他只能想象两种选择——伪善或扼杀真相。在这一认知中真相是存在的。尽管涓生有一些卑劣的行径，但他的社会与心理困境是真实的。身处这个社会中的他无法为他们想出第三种出路。

鲁迅为这篇小说提供了外部的有利视角吗？

当鲁迅在《呐喊》的《自序》里回忆起他在会馆的岁月时，他是从外部的姿态上去回忆的，这既是从时间上而言的，回忆是在数年后，又是就观念而言的，它允许另一种感知的方式。在那时他至少能承认不管墙壁多么牢不可破，也可能存在一个外部的位置，而铁屋中的"呐喊"就可能开辟新的通道。即使在预言涓生的未来将会带着悔恨、绝望甚至是死亡的重担时，鲁迅也并没有完全否定另一种未来的可能，但这可能性似乎很小。小说开篇鲁迅用"涓生的手记"作为副标题，但副标题的出处却不太明确。是涓生提供了副标题中所说的东西吗？是某人找到了他的手记并将其贴上这个标签吗？他后来怎么样了？他成功地创造新生活了吗？还是一直生活在小说结尾那种情感的绝望之中？他死了吗？

当涓生接受了子君死去的事实之后，他的精神变革开始了吗？当然随着她的死，他意识到："那时使我希望，欢欣，爱，生活的，却全都逝去了……"[69]当子君的狗回来时，它已经奄奄一息了，而涓生拒绝了部分救赎的可能，遗弃了那只狗——这一子君的替代物。[70]即使如此，现实还是穿透并打破了他的幻想，他终于开始面对他错误的姿

---

[67] Cheng, "Recycling the Scholar-Beauty Narrative," 17.

[68] 刘禾在《跨语际实践》中列举了涓生的叙事中其他一些对立的内容（页164—171）。

[69]《鲁迅全集》，卷2，页132；*Complete Stories*，272。

[70] 张闳在《野草》中说，狗的回归使涓生闪现了痛苦的回忆，因此是其无意识的替代物（页43）。这篇论文关注的话题是回忆与遗忘，而这也是分析鲁迅作品中潜意识的最佳入口之一。

态和残忍的行为所带来的后果。又或者他并没有？影子角色成功地唤　171
起他的道德救赎了吗？（这一点后面将会变得很清楚，同样的问题在
第四章对《狂人日记》的分析中也会问到）。

最后，小说对"中国的娜拉和她的托瓦尔德究竟会怎么样"这一
问题的答案是什么？冯进相信鲁迅写这篇小说是具有社会批判的意图
的，但认为鲁迅将主人公处理得太令人同情，以致削弱了小说的批判
效果。[71] 可是，社会批判是鲁迅唯一的意图吗？关于娜拉的演讲中他
所说"人生最苦痛的是梦醒了无路可以走"[72]，这篇小说难道不是对鲁迅
这种观点的另一种探讨吗？这句话同样也适用于涓生在小说最后所处的
境况。如此开放而不确定的结尾表明虽然鲁迅自己可以证明铁屋没有任
何出路，但他也不能否认其存在的可能性。顾明栋关于开放式结尾的概
念也适用于此处。可能比起将《伤逝》视为对娜拉问题的回答，读者
更愿意考虑鲁迅是否在范式的运用中表达了对更深层问题的思考。

《彷徨》中的压轴之作《离婚》（作于 1925 年 11 月 6 日）也是鲁
迅的最后一篇现代小说。一个乡下女人爱姑为了解决一桩婚姻冲突去
到慰老爷的家中，与一个调解官再次见面，此人是慰老爷家族中颇有
威望的一员。爱姑坚称虽然婚姻关系混乱而不愉快，但她依然尽到了
妻子的本分，不过她丈夫的家族坚决要求他们离婚。起初她为了自己
的案子大吵大嚷，但后来在慰氏家族一名高层成员的威胁下屈服了。
这篇小说深刻地表明即使是一个如此固执的影子角色，也会被社会环
境规则压制而归于沉默。在此范式没有提供更深的启发意义。

结　论　172

1924 年 11 月，鲁迅写了一篇杂文《论照相之类》，在文中他描述

---

[71] 冯进在《新女性》中写道，鲁迅延续了"以男性为中心的凝视。为了男性主体的表达与
防御，以男性为中心的凝视引导他们在文学中的创作以及对女性的利用"（页 59）。而刘
禾在《跨语际实践》中则强调了涓生表达中的摇摆不定（页 194）。
[72]《鲁迅全集》，卷 1，页 166；*Selected Works*, 2:87。

了绍兴拍摄肖像的一些流行手法：

> 较为通行的是先将自己照下两张，服饰态度各不同，然后合照为一张，两个自己即或如宾主，或如主仆，名曰"二我图"。但设若一个自己傲然地坐着，一个自己卑劣可怜地，向了坐着的那一个自己跪着的时候，名色便又两样了："求己图"。这类"图"晒出之后，总须题些诗……然后在书房里挂起。[73]

几行之后，鲁迅将这些手法的意义普遍化为中国人的行为：

> 凡是人主，也容易变成奴隶，因为他一面既承认可做主人，一面就当然承认可做奴隶，所以威力一坠，就死心塌地，俯首帖耳于新主人之前了。……中国常语说，临下骄者事上必谄，也就是看穿了这把戏的话。但表现得最透澈的却莫如"求己图"……[74]

鲁迅继续描写这种为纪念重要事件照的相片或自以为是的大人物照的半身像，并称其为"半张'求己图'"。鲁迅是第一个从虐恋角度描写双重人格的视觉对应物之人，而在"半身图"中，又呈现了精神胜利法的视觉表达，在成功地把影子删除之后，自我想要成为完整的自性。鲁迅对双重人格与割裂人格的反复运用，以及他对影子投射与173 寻找替罪羊心理的挖掘，证明了这一影响深远的原型贯穿了他的两部小说集以及后来的创作。

---

[73]《鲁迅全集》，卷1，页193，《论照相之类》。这一翻译出自我本人。庄爱玲在《求新声于异域》(In Search of New Voices in Foreign Lands) 中提供了这种照片的另一个例子（页595），并对其意义作出另一种解释（页600）。邓腾克（Denton）在其《中国现代文学思潮》(Modern Chinese Literary Thought) 中全文翻译了这篇文章，页196—203。

[74]《鲁迅全集》，卷1，页193—194。这是我自己的翻译。

第四章

治疗精神

当青年鲁迅表达了自己以文学治疗中国人精神的愿望时，他期待发起一场可以孕育出开明思想的文学运动。当这位成熟的作家将精神挑战的解决方法置于数篇小说的文本之中时，其具有象征性的表述方式的全部含义对他来说并不具有特别的意义，对他人来说也明显如此。这是由于针对困扰着中国的问题提出了解决方法的小说情节，只是描写了家庭和自我的内在生活。而鲁迅和"五四"时期的大批作家都希望文学是社会变革的一种工具，而并不仅仅是针对个人或家庭的一种疗法。

我认为鲁迅在《故乡》《一件小事》《肥皂》《弟兄》中隐藏了一种心理治疗的模式，鲁迅可能会对我的论断感到惊讶，并且会依然确信要是把他的洞察推广至社会层面，就会遇到巨大的阻碍。然而，根据其自省以及其撰写剖析性短篇小说的决定，在一定程度上他很可能通过直觉就具有了一种领悟，1917年荣格在一战期间撰写的文章对此有过明确的阐述：

个人的心理反映于国家的心理之中。国家怎么做，个人也就 180
会怎么做，而且只要个人继续这么做，国家也会同样这么做……
人性的巨大问题从未被通常的法律解决过，而只能通过个人观念
的革新来解决。如果真的有一瞬间自我反省是绝对必需而唯一正
确的，那么就是当下，在我们现在这个灾难性的时代。然而，无
论是谁对自己做反省，都必然会触动潜意识的边缘，它们包含着

他首先需要了解的事物。[1]

无论是不是完全有意识的，鲁迅以及他在这一时期的创作将范式从国家领域运用到个人层面，这使得他和他的创作看上去已经设想到了一个情况，那就是个人层面的心理力量可能会发现一连串的表达方式，它们在不同层面得以显现。

赖威廉曾以集中分析鲁迅的传记并评价其作为作家的成就为出发点，发现了鲁迅将自己的经历转化成小说的能力，这一能力和他的读者产生共鸣，成为"其用自己的生活来理解中国人的整体情况这种特殊能力所具有的一种功能"[2]。白培德并没有被鲁迅非凡的天才打动，他从一个截然不同的出发点，对鲁迅的才能得出了相似的评价，认为他反映了其所处时代的本质。白培德将其视为其所处时代的一种症状，并认为他有能力使"一群不同的、有力的以及有时相矛盾的倾覆力量贯穿其作品之中"[3]。这样的态度初看上去也许有所分歧，但再看起来却并非如此。如果鲁迅的文字之中隐藏了他最为私人的关注点，同时也抓住了时代的脉搏，如果他既是中国历史风起云涌之际的代言人，也是这一历史时刻的化身，那么读者也许会期望对其所处时空的共鸣会与他最为个人的表述完全相吻合，而他所阐述的精神治疗尽管只局限于家庭与自我领域，却仍可以对整个社会具有意义。

181　　当荣格写下下面这一段文字时，他完全理解精神与道德责任一体化的任务需要道德勇气：

> 任何经历过自我认知这一条路的人必然不可避免地将其个人潜意识的内容带到意识之中，从而扩大了其人格的范畴。我应该立即指出这种扩大首先和个人的道德意识以及个人对其自身的认识有关，因为潜意识的内容是通过分析才被释放并在意识中

---

[1] Carl Jung, "Preface to the First Edition (1917)" of "On the Psychology of the Unconscious," 7:4.

[2] Lyell, *Lu Hsün's Vision of Reality*, 196.

[3] Button, *Configurations of the Real*, 86.

发挥效用的，它们通常是令人不快的——这正是为什么这些愿望、记忆、癖好和计划等被压抑……被加于意识的所有材料会可观地拓宽视域，造成一种深入的自我认知。人们会认为和其他因素相比，它对人之所以为人起到了最为重要的作用，并且能使人谦逊。[4]

荣格断言精神有着自发融入意识的冲动，这正是关于影子的认知，是被自我压制而最为急需的。荣格学派的治疗师所担任的角色是支持并促进这一自然的过程，当需要时则引进包括梦的解析和积极想象在内的多种技术，以突破自我的抗拒，使得潜意识得以浮现并发挥其补偿性的治疗功能。甚至荣格看起来对这一过程的可靠性感到高兴。看上去他是带着笑声写下这段文字的："经常可以有趣地观察到梦是如何逐渐带着最佳选择揭示要点的。"[5] 对于荣格来说，艺术家可能在有的时候扮演着一个同样的角色。[6]

荣格设想治疗通常需要一个多种认知的延展过程。鲁迅则在短篇小说这一浓缩的体裁里进行创作，最好一次只能阐述一个这样的事件。他的语言风格极简，对细节有着甄选，对结构操纵自如，还具有诗人一样感性的表达，这些都可以在有的时候对知识分子起作用，用某种方式激发知识分子的情感，而这种方式可能和治疗师帮助病人解读其潜意识中所出现的烦人意象采取的方式是类似的。[7] 当然，这种试验性的解释假设鲁迅的艺术创作传递了其在情感上的影响力。可以 182 确定的是，鲁迅的四篇小说《故乡》《肥皂》《一件小事》和《弟兄》展现了自我认知，而这种自我认知正是荣格在现实生活中会大加赞扬的：人物内部的道德转化，他们视域的拓宽，他们观念的人性化，并引导他们更为谦逊。

---

[4] Jung, "The Relations Between the Ego and the Unconscious," 7:136-137.

[5] 同上，7:136。

[6] 荣格对艺术和社会之间关系的观点收录于 *The Spirit in Man, Art, and Literature*, vol. 15。

[7] 鲁迅在《我怎么做起小说来》中描述了他极简主义的行文方法，见《鲁迅全集》，卷 4，页 526—528；*Selected Works*, 3:263-265。

第一部分：关于康复的小说

《故乡》

《故乡》跨越了社群、家庭与个人多个场域，并且也涉及了从童年到成年观念的转变。如果将小说作为一个整体来诠释，那么这个范式对我们来说并不是特别有帮助，对此唐小兵曾敏锐地做过分析。[8]但是这篇小说的确展现了这个范式中为人所熟悉的几个特征，而且在《故乡》里，鲁迅富于暗示性地勾勒出了治疗的过程和康复的美妙景象，这些在其他的小说中有着更为完整的展示。

《故乡》用第一人称描述了"我"为了关闭祖屋，将母亲和侄儿迁徙至其工作所在地而最后一次返回故乡的经过。他讲述了对同年挚友闰土的回忆，他们的重逢，并且痛苦地认识到横亘在他们之间的巨大社会差异；讲述了他与一个自幼就认识的粗鄙村妇的相遇；讲述了他的离开，并希望对他的侄子和闰土的儿子来说，未来会更为美好。唐小兵的分析触及了小说的批判性主题：理想和现实、记忆和历史之间的矛盾，以及包括旧路与新路、农村与城市、农民与精英内在的其他二元体。他将小说置于"故乡文学"的体裁之内，并用时空等观念来分析它，把它看作离开并失去了农村的生活方式。他没有指出（但也许也认为）这些二元体因乡愁而得以增强，而乡愁则是源于童年的逝去。唐小兵强调了叙述者在时空中的迁徙，将小说描述成一个"简短的关于现代中国男性意识的心理传记"。[9]

叙述者回乡之行的开始和结束都是通过船来展开其旅程的，这暗示了鲁迅范式的封闭性结构。叙述将对童年的热情回忆与成年人的反思交织在一起。叙述者和他的朋友闰土组成了一个童年的完整"自

183

---

[8] 唐小兵在《中国现代性》中提供了充分的理由，表明这篇小说的标题应该翻译成"My Native Land"（页74—96）。但是如前所述，我还是选择保持杨宪益和戴乃迭所译的标题"My Old Home"。

[9] 唐小兵在《中国现代性》中将这个故事定性为"对潜意识领域的探索"，事实上则推广到了整个"故乡文学"。在其中过去、故乡和童年记忆都变成了一种"他者的语言"（页86），但是他的重点在于社会学。

性"，这是通过无邪的文字和生动的意象来描写的。他们组成了成年后的一对对立面，被社会阶级的现实分成了两半。但是即使在童年时，叙述者也经历过一次隔阂：他被院墙包围的无聊生活与他朋友自然而丰富多彩的乡村生活形成了对比，自我的灰色感受与影子"色彩缤纷"的勃勃生气之间的对比，影子生动地呈现为文化上的"他者"。

尽管叙述者的母亲已经提醒他闰土会来拜访，但是当影子人物出现时，叙述者 / 自我又一次震惊了。

> 一日是天气很冷的午后，我吃过午饭，坐着喝茶，觉得外面有人进来了，便回头去看。我看时，不由的非常出惊，慌忙站起身，迎着走去。[10]

叙述者被童年回忆淹没，他目瞪口呆，几乎说不出什么话来。在这一场景中，叙述者的母亲在社会阶级中属于一位自我人物，而从性别来说则属于一位影子人物，她能够跨越两者之间初现端倪的裂缝，促使他们像儿时一样相处。可是闰土用"老爷"这个致命的词来称呼他儿时的好友，于是加固了两人之间的分裂。

杨二嫂在叙述者小时候就已经是一个成人了。她之所以来拜访，是想通过购买或是其他方式，确保在他们搬家后得到那些遗留之物。她精心利用了旧式的社会分类法，重新定义并吹捧了叙述者如今较高的社会地位，这是为了使得他们之间的关系变成一种具有施虐受虐狂性质的约束。在把它重新塑造成一种统治和服从的关系后，她宣称叙述者就好像以前的道台一样阔气了，并把她自己表现成一个穷苦的农 184 妇。她控制了自我与影子之间的分裂，还通过假装处于低级的受害者位置，以免费攫取其他的财物——这实现了一个关于两极的出人意料而自私自利的反转，以至于叙述者吃惊得不知所措！这个喜剧性的角色看起来像是一个负面的影子，是鲁迅全部叙述中的异类。在通过假扮卑微而获取自我的控制性地位之前，她突然地出现让叙述者惊讶，

---

[10]《鲁迅全集》，卷 1，页 506；*Complete Stories*, 61。

这正是影子的惯常手段。失败转化成了胜利！

　　这篇小说主要关注的是把人和人相区分的多层面隔阂。治疗的模式占据了不大而重要的篇幅。叙述者的母亲请闰土去拣择他们留下的所有器物，他要了一些祭祀用的香炉和烛台。当全家人乘船启程时，叙述者讲述了自己的希望，他希望他的侄子和闰土的儿子会拥有比他和闰土更好的生活，会有"新的生活，为我们所未经生活过的"[11]。接着便是他自我认识的时刻：

　　　我想到希望，忽然害怕起来了。闰土要香炉和烛台的时候，我还暗地里笑他，以为他总是崇拜偶像，什么时候都不忘却。现在我所谓希望，不也是我自己手制的偶像么？只是他的愿望切近，我的愿望茫远罢了。[12]

叙述者突然完成了一次两极的反转：在很小程度上他曾在物质层面是农民的救助者，现在他发现农民可能是他道德层面的救助者。这意味着闰土给予了他一个机会，通过这个机会，叙述者用自省将他对闰土的蔑视转化成对其自身自欺行为的自觉承认。他含蓄地认识到在儿时他们曾组成了一个完整的自性，这使得闰土对成年的"我"来说具有道德拯救者的功能。胡志德将小说的最后几句话理解为一个"不祥之兆"，指出叙述者每一次所表达的希望都无一例外地会因残酷的现实而破灭。尽管的确如此，我们也应该知道有证据表明鲁迅将对童年的怀念与对过去的怀念交织在了一起。这两种突如其来的念头从概念来讲是明确的。[13]因此，由于叙述者刚刚经历了一次自我觉醒，其乌托邦式的愿景可能比其较早的幻想具有更为坚实的基础。也许，这一结论和《呐喊》的《自序》中所讲的"我虽然自有我的确信，然而说到希望，却是不能抹杀的，因为希望是在于将来，决不能以我之必无的证明，来折服了他之所谓可有"[14]相呼应。可以确定的是，这篇小说

185

[11]《鲁迅全集》，卷1，页510；*Complete Stories*, 65。

[12]《鲁迅全集》，卷1，页510；*Complete Stories*, 65。

[13] Huters, *Bringing the World Home*, 263.

[14]《鲁迅全集》，卷1，页441；*Complete Stories*, ix。

标志着鲁迅另一次因不确定而具有挑战性的结尾：

> 我想：希望是本无所谓有，无所谓无的。这正如地上的路；其实地上本没有路，走的人多了，也便成了路。[15]

鲁迅在此生动的描述可能让读者回想起本章之前所引荣格的那段话，在其中荣格建议在"自我认知的路上"旅行以及将潜意识内容带至台前，这会导致一种"加深了的自我知识"，它会使人变得通情达理而谦逊质朴。

《肥皂》

《肥皂》（1924 年 3 月 22 日）更清楚地描述了治疗的过程，对治愈后的状态也做了更清晰的定义。[16]鲁迅在完成了模仿作《幸福的家庭》（作于 1924 年 2 月 18 日）之后仅三日，就写了这篇小说。《幸福的家庭》描写了一个现代男性知识分子，他尝试创作一篇关于理想化的欧式家庭的小说，而其自己家庭的混乱现实却令其无法集中精神。而《肥皂》的创作则好似鲁迅在问自己，一个幸福的家庭看起来会是什么样子，而什么又会让它如此。

在其演讲《娜拉走后怎样》中，鲁迅指出娜拉会寻求经济上的独立以支持其新的觉悟。通过区分心理自由和摆脱身体压迫后的自由，他暗示妇女并不仅仅是因为身体受到压迫就必然意味着精神上的压抑，也不是仅仅因为她们发现了所遭受的压迫就要出走。如果说《伤逝》记录了返回家庭的可怕，那么《肥皂》则详细讲述了一个嫁给了保守的男人并受到传统婚姻束缚的女人，却声称自己拥有心理的自由。四铭太太不是娜拉——她没有离家出走，而且也几乎不满意"新女性"的形象。她的这一角色得到了充分地展现。她重新解读了她的丈夫对孝行的理解——那是其丈夫所认同的具有儒家色彩的行为规

186

---

[15]《鲁迅全集》，卷 1，页 510；*Complete Stories*, 65。

[16] 这种分析来自拙作《作为比喻的女性：鲁迅的〈肥皂〉》（Woman as Trope: Lu Xun's Soap），在获得了 MCLC Resource Center 允许的情况下在此使用。

范，就和《狂人日记》中的狂人一样确然地解构了儒家经典中的"道德"意义。她看起来扮演的是顺从的妻子角色，站在沉默的影子这半边，但当她被触怒时，会愤怒地用令人尴尬的真相来对付她自己的"托瓦尔德"，给他的行为带来变化。有人也许会说《肥皂》所探讨的是当新觉醒的娜拉选择待在家里时会发生什么。

除了赖威廉的详细分析之外，在文学批评领域《肥皂》在很大程度上被忽视，常见的评论只是关于四铭男权观念的退化。[17] 这可能是因为在表面上它的情节探讨了一个传统的城市主妇与其守旧的丈夫之间的家庭关系，显得对中国社会的问题反思有限。这样的判断也许有所偏差。《肥皂》提供了对标准儒家行为的某一方面的解构性解读。它也展示了治疗过程的一种模式，还有鲁迅对精神治疗的定义。另外，它是鲁迅最为苦心孤诣创作的小说之一，有着简洁的情节，精心选择的细节，以及对人们行为的微妙观察。对于这篇小说主要元素的评论是我分析的基础。

187　　四铭回家把一块外国肥皂当作礼物送给太太。她细细端详了奇特的包装，表明这是一件非常特别的礼物。她所用的皂荚子使她的脖子留下许多老泥，对此她感到难为情，于是想在晚饭后用肥皂来洗一次，解决这个问题。四铭要他的儿子翻译一个英文单词，有三个女学生用这个单词来形容他。当儿子为这个任务而焦头烂额时，四铭抱怨那些粗鲁的女学生，表扬一个他在街上遇到的年轻女乞丐，她把所有乞讨到的食物都给了她祖母。他赞扬这个"孝女"的道德，批评一个旁观者的下流建议——建议她用肥皂洗一遍身子，就可以让她好看起来。在整个过程中，四铭太太都几乎没有出声。稍后在晚饭时，当儿子夹起四铭早已看中的一片菜心送入嘴里时，他开始批评儿子没有完成他交给的翻译任务。他儿子没有说出翻译，很明显是不想告诉父亲他被人叫作"老笨蛋"。当四铭因为孩子的支吾而大骂时，他的太太怒气冲冲地插话了。她站在儿子这边，斥责四铭对孝女不怀好意。他心虚的否认无法抵消她的怒气。

---

[17] 见赖威廉的分析，*Lu Hsün's Vision of Reality*, 155-160 and 274-276。

　　两个朋友的来访拯救了慌乱的他，他们是来搜集移风文社的第十八届征文题目的。四铭提议孝女行可以作为一个合适的诗歌题目。一个已经见过她的朋友同意她的行为的确值得表彰，但对四铭的提议表示反对，因为她不会写诗歌。四铭反对这个理由，再次讲述了路人们的冷漠以及那位旁观者的下流言论。当他的另一位朋友大声重复这些下流话时，他试图让他不要出声。朋友们接受了四铭的题目离开了。他往堂屋里看，看到太太坐在角落里一动不动，而那块没有用过的肥皂则在桌上。四铭让了步，这一夜他睡得很晚。第二天早晨，四铭太太用这块作为礼物的肥皂洗了她自己的脖子。

　　小说中出现了对环形结构的重复。在故事的开头和结尾，无所不知的叙述者对肥皂的气味都加以关注，但是这一审美的载体并没有改变小说的含义。我们所熟悉的自我与影子的动态出现在男性自我四铭和女性影子四铭太太之中；而当影子出人意料打断他的自鸣得意和长篇大论时，小说也再次戏剧化地表现了自我的惊讶和气馁。鲁迅展现了定义女性角色的文化象征，利用的同时又摧毁了她们。事实上，《肥皂》具有如此多的女性角色，它可以被视为关于20世纪20年代中国城市女性存在之意义的冥想。小说凸显了三位女性形象：四铭太太、女学生（对立的角色）和年轻的乞丐。作为背景的则是乞丐的祖母——她象征着年轻乞丐的未来生活——和四铭太太的两个女儿。

　　孝女的形象来自"才子佳人"这种常见的浪漫主义文学模式。这种模式中最典型的故事讲的是一个美貌与德行兼备的年轻女子和一个帅气而聪明的年轻书生没有通过媒妁之言而相爱，他们会遇到重重阻力，然后克服困难，最终通常会喜结连理。最早是鲁迅在其《中国小说史略》中给这种体裁命名，不过它有着悠久的历史，在清朝特别流行。[18] 作为这一传统的分支，20世纪初叶的"鸳鸯蝴蝶派"则是改进后的版本。当时北京和上海的畅销书出版社大量出版了关于三角恋的小说：一个年轻男子被迫在一个传统女性和一个现代女性之间做选择，前者是顺从而被动的，而后者更为自由、更为进取，也受过更好的教

188

---

[18] 见 McMahon, "The Classic 'Beauty-Scholar' Romance"。

育。好 / 坏以传统 / 现代而得以重塑，而男性依然妄言自己有着定义理想女性的权力（鲁迅在《伤逝》中探讨了同样令人不安的狂妄）。

四铭和他的朋友向移风文社提议征文比赛的主题是宣扬将妇女视为道德楷模的儒家观念，以推行"恭拟全国人民合词吁请贵大总统特颁明令专重圣经崇祀孟母以挽颓风而存国粹文"[19]。好女人（母亲、孝女）服从于父权制，她的性别是为了繁衍，她维持家庭的秩序；坏女人（以女学生为代表）控制着男性的性欲，破坏社会和家庭的秩序。《肥皂》指向了女性的新角色所带来的挑战。四铭非常清楚让妇女受教育会失去两性间权力的平衡：女学生竟胆敢公然地嘲笑他。

通过表扬孝女，四铭和他的朋友盗用了这一模式，从而使得他们可以无视年轻女子极为贫穷的现实——他们没有人给她施舍。鲁迅机敏地揭示了另一个自私的动机：如果四铭的儿子以这位年轻女子为榜样，那么他就会把好吃的菜心留给他父亲。并不仅仅在性爱的领域才会有高雅的话语来掩饰低俗的生理需求。

关于那个漂亮善良女子的比喻具有第二层影子的一面：如果妇女的道德能够拯救社会，那么她的邪恶则能够摧毁它。这与《阿 Q 正传》中将寻找替罪羊的合理化产生了共鸣：具有制造破坏能力之人物也具有将破坏消除的能力，而假定的破坏之源必须投射到一个缺乏报复能力的人物之上。在《肥皂》中，鲁迅暗示对那个孝女的比喻不恰当地让女性承担起社会道义，却允许掌握权力——在这里是金钱——的男性逃避他们行为的责任。鲁迅在其写于 1918 年的杂文《我之节烈观》中明确地讨论了女性作为替罪羊的话题，它抨击了女子遇了强暴便需要自杀以维持社会秩序的儒家观念。站在反对把男性的欲望归结于女性的立场，鲁迅坚持认为，恰恰相反，男性的性欲责任属于男性，因此任何应得的惩罚都应该施于真正负有责任的一方。[20]

因此，《肥皂》中鲁迅思考了相同的影子投射心理现象，这正是他在《阿 Q 正传》中所思考过的，但是这一次是通过性来表现的。当

---

[19]《鲁迅全集》，卷 2，页 53 ；*Complete Stories*, 201-202。

[20]《鲁迅全集》，卷 1，页 121—133 ；*Selected Works*, 2:13-25,《我之节烈观》。

四铭把女学生（他认为她们比土匪还糟糕）和善良的孝女这两类在街 190
上遇到的女子并举时，他复制了这一话语模式：邪恶的女子和有德的
女子。他和他的同僚们否认了他们对"孝女"的性幻想，并把它投射
了出去。尽管如一些评论指出，这可能反映了弗洛伊德主义的影响，
但是鲁迅在《阿Q正传》对这一话题的详尽探讨表明他对于许多其他
领域内的影子投射有着广泛的思考。

　　不管它的排列组合是什么，好女人／坏女人的两分法是男人在通
过定义她们两个群体的影响从而控制女性后所构造出来的。在《肥
皂》中，鲁迅将这一话语模式的两种版本综合成了一种新的构造。鲁
迅用好女人／坏女人以及传统女性／现代女性这两种模式来思考中国
的未来。他浓墨重彩地讨论孝女和过去，关于女学生和未来却只是寥
寥数笔，这也许告诉我们对他来说，儒家道德观念的崩塌是必然的，
但是对于女性在未来的角色他却并不那么清楚。[21]

　　然而，把一个女性视为道德的象征或是原型意味着把她当作一个
意识形态的产物。看起来像是为了证明这样的男性投射的局限性，鲁
迅创造了四铭太太这一形象，她否认了传统的分类方法。她不是顺从
的理想女性，也不是独立的"新女性"，她既是一个太太，也坚持自
己的性欲。她处于男性的投射之外，把这一话语模式又踢回给了她的
丈夫。她最初对他的回家没什么反应，但通过肯定他的地位表现了她
因其所赠礼物而感到的欢喜。她附和他的观点，但是并不表明她相信
它们。她甚至帮着叫他们的儿子。在聆听四铭讲述他的外出经历时，
她渐渐地沉默了。在他还在说话的时候她甚至离开了房间，这与她先
前的关切之举形成了彻底的反转。鲁迅因此暗示她从一个不同的价值
体系在审视四铭所说的话。她保持着沉默，直到四铭训斥儿子。为了
保护孩子，她用证据直面其丈夫，指出他在讲到孝女时隐藏着淫秽的 191
念头。

　　鲁迅给予了四铭太太独立判断和自己发声的力量。在叙述其经

---

[21] 鲁迅对孝女这样的女性充满了同情。她们信奉传统的道德，又受到了它的压迫。他自己
　　的婚姻生活正是这种情况的典型：他的发妻象征着传统，他的同居妻子象征着现代；当他
　　和后者"结婚"时他继续赡养着前者。

历时，四铭估摸了祖母、女学生和孝女的年纪，分别为六七十岁、十四五岁和十八九岁。当四铭太太"重新解读"男人的话时，她简化了他的陈述，把年纪调整为她的重点。"你们男人不是骂十八九岁的女学生，就是称赞十八九岁的女讨饭……" [22] 鲁迅已经给予女性以其自身的经历为视角而进行解读的权利。她已经逐字逐句地进行了解读，带着确信的态度（我们即将见到）重新诠释了儒家对于"孝"的行为规范，而这种态度正是狂人发现根植于儒家经典中的吃人主义时所具有的。

如果说四铭太太将她的分析限于身边的情况，那么狂人把他的发现推而广之至整个儒家的经典。但是他们观点的性质是相同的。在每一个事例中，鲁迅都表明能指已经给所指带来了一种它本身并不具有的含义，在这个事例中，能指则是这位女性。在拒绝传统文学模式对女性的设定时，鲁迅揭示了文化秩序中未曾言说的信条。话语模式的影响之一是让社会理念看起来是自然的。通过四铭太太的不同表述，鲁迅再次表明关于烈女的种种修辞是一种理念。那些只是根据《伤逝》来评价鲁迅之女性观的学者对他有着极大的误解。

在保护其儿子免受丈夫斥责时，四铭太太说："'天不打吃饭人'，你今天怎么尽闹脾气，连吃饭时候也是打鸡骂狗的。" [23] 在现实主义的描写中，这是颇具母性色彩的行为。在使用这些谚语时，她反对四铭将其性欲的影子投射到孝女之上，并且将道德重新定义为人与人关系中的诚实和坦率。当她快做结论时，说"我们女人，比你们男人好得多" [24]，她阐述了女人作为社会道德模范的传统角色，但是重新定义并深化了这一角色的意义。在讲述了深层的仁义道德时，四铭太太认为讲述真相的道德影子这一角色给了她的自我／丈夫承认自己盲目的机会，开阔了他的视野，让他"获得拯救"。鲁迅大部分小说都记录了影子试图对自我启蒙而遭遇的失败。在《肥皂》中，影子揭示了黑暗的真相并获得了胜利。

[22]《鲁迅全集》，卷2，页52；*Complete Stories*, 201。

[23]《鲁迅全集》，卷2，页52；*Complete Stories*, 200。

[24]《鲁迅全集》，卷2，页52；*Complete Stories*, 201。

　　习惯于太太顺从的四铭被这番攻击搞得不知所措。他无力的辩解无法阻挡她慢慢形成的观点，那就是被他送肥皂的她，不过是他对乞丐的性幻想的替代品。他宣称自己被冤枉，这是真诚的——他的自我没有意识到他的影子所表达的升华意图。如前所述，意识无法认识到潜意识的所想是鲁迅小说中常见的模式，在此它再次呈现。与阿Q的精神分裂，他摆脱失败的痛苦，以及众多鲁迅小说中所展现的文学重复技巧的相似之处，都表明评论家们在这篇小说以及《弟兄》中所发现的弗洛伊德的影响也许在一定程度上是正确的，但是这样的视角过于狭隘了。鲁迅对潜意识在多种社会层面都会得到升华的方式的关注体现在很多地方。[25]

　　鲁迅通过四铭对其太太不断展开的回应阐明了精神疾病的治愈过程，表明他逐渐吸收了影子的知识。最初四铭否认她的指控。当他的朋友到来时，他重复了那些下流的话，可是驳斥了那些要求孝女写诗歌的言辞。这标志着四铭在重新思考其立场吗？对于如何诠释这一细节，鲁迅没有给任何线索。在他的朋友离开后，四铭看到那块没有用过的肥皂被挪到了方桌上，知道他太太决定不会用它了。他知道最好先不要进去，于是等到她睡觉后才去睡了。除了表明四铭怕他太太之外，鲁迅没有提供关于其心理状态的更多证据。

193

　　但是四铭太太对于潜在的尖锐问题采取了实用主义的解决办法。在维护了自己并指责了她丈夫后，她第二天一早就用了她的礼物。她没有任何思想立场。她没有要求他放弃其旧式的儒家观念，而是满足于他将自己的性需求转移到了她身上。四铭太太不是娜拉，她采取了中庸之道。她没有反对或是屈服，没有呐喊或是沉默，但是在其生活的现实中找到了个人的空间，找到了在被限制的二元性之外的第三维空间。她满足于——至少平静地接受了——对其丈夫行为的改变以及对他性欲的唤醒。影子进行了抗议，并获得了一个虽小但却持久的胜利。鲁迅在这里预测了未来：在六个月的橄榄味后，新的檀香味洋皂

[25] 例如，在《弗洛伊德主义与20世纪中国文学》（Freudianism and Twentieth-Century Chinese Literature）中，王宁（Ning Wang）认为在《肥皂》和《弟兄》中鲁迅在其角色的心理发展中运用了弗洛伊德的潜意识理论，但是并没有严格地遵照它（页8）。

出现了。为什么？

鲁迅笔下的象征经常允许多种解读，这块肥皂也不例外。这里的洋皂当然意味着被介绍到中国的西方文化。鲁迅把孝女视为儒家秩序的象征，指出传统已经奄奄一息，美容式的调整——轻度的西式改革——是于事无补的。给乞丐擦洗，她依然是乞丐。庄爱玲进一步将这块肥皂诠释成西方殖民者将观点强加于中国人的卫生习惯之上。[26]

在小说的开头，无所不知的叙述者告诉我们四铭太太的想法，从清洁能力的实用性优势出发，她认为橄榄皂和皂荚子相比具有优越性。在小说的结尾，叙述声告诉我们其丈夫的想法，用霄壤之别这样夸张的语言来描写肥皂的优越性。他的性欲得以公开（也许得到了满足？），四铭太太也愿意——也许是想要——成为其性欲的接受者。在这样的情况下，四铭现在能够真正地享受适当的鱼水之欢。在这样的新状态下，他的快乐获得了提升，而这样的快乐是在承认了真相后才出现的。吸收了影子的知识对自我与影子来说皆有裨益，好处大得使他现在开始购买更为贵重的肥皂了。[27] 四铭作为自我角色毫无疑问依然是守旧而赞同父权的，但是在遭遇自己的潜意识元素后，却接受了性冲动无法转移的事实，并做出了改变。从小事出发，鲁迅勾勒出生活于铁屋之外时生活可能会是什么样子。他从第三个位置出发，一个人既不是施害者也不是受害者，不是自我也不是影子，但是却为了更大的整体而完全地吸收两极。在一篇写于 1916 年却直至 1957 年才发表的论文中，荣格论述了将潜意识的内容带入与潜意识的对话之中："它就好像一个发生在两个具有平等权利的人之间的对话。"[28] 在《肥皂》中，鲁迅出色地赋予这种对话以小说的形式，并且提供了一个解决方法，将荣格的比喻转化成了一件难忘的艺术品。

《肥皂》中的影子揭示了自我的秘密——不正当的性欲，并阐述了一个健康的解决方式。另两篇关于治愈的小说《一件小事》和《弟

---

[26] Cheng, "In Search of New Voices from Alien Lands," 296-297. 四铭太太对肥皂意义的重新解读加强了庄爱玲更为广义的论断：鲁迅警告中国切勿全盘接受西方事物，而是要洋为中用。文棣的《从阿 Q 到雷锋》（页 68）通过弗洛伊德的视角诠释了肥皂。

[27] 立夏在《蓦然回首》中指出上海产的檀香皂被认为是很昂贵的。

[28] Jung, "Transcendent Function," 8:89.

兄》则没有对于性的影射，而是通过个体化的自我发现与对其道德缺陷的公开承认，来描述个性化的过程。

《一件小事》

《一件小事》（1920 年 7 月）中所描写的事件非常微小。[29] 在北京的一个清晨，一条没什么人烟的街上，一个人力车夫拉着第一人称的叙述者"我"去 S 门。他们遇到了一次意外，车夫撞倒了一个老女人，尽管并不是他的责任。他停了下来。叙述者料到老女人没有受伤，也没有被人看到，就催车夫继续赶路。车夫没有理会他，去看了那位受伤的女人。作为叙述者的"我"很是生气，相信她仅仅是在假装受了伤，车夫会引来麻烦。车夫还是没有理会叙述者，陪她到了附近的巡警分驻所。来了一个巡警，告诉叙述者另雇一辆人力车。叙述者从他的口袋里拿出了钱，请巡警交给车夫。小说结尾的很大部分则是叙述者对其行为意义所作的道德反思。

尽管很简短，这篇小说却蕴含了这一范式的很多内容。它的开始和结尾都有着叙述者的反思，告诉我们和其他国家大事相比，这个事件才让他至今难忘。不过，这个结构和《肥皂》以及其他几篇小说的结构相似，主要为的是提供一种审美的一致性，并不是一种可以改变事件意义的虚构元素。

这个故事可以用简单的以阶级为基础的视角来解读，它将自我 / 叙述者视为道德败坏而铁石心肠的特权阶级的一员，而人力车夫则是底层阶级中正直的一员。叙述者只见到了车夫的功能，而没有看到他的人性。然而，尽管一个和荣格的分析方法相一致的以阶级为基础的分析方法，却掩盖了人物们在经济和心理上的独立。自我与影子同时都是整个自性的必要元素。

和往常一样，作为自我的人物认为他自己就是整个自性，只有他自己才重要——直到影子通过拒绝服从打破了这种幻觉。叙述者的回

---

[29] 我引用的是杨宪益和戴乃迭 1963 年的译文，但采用了他们 1981 年的标题。1981 年版的标题翻译成"A Small Incident"，而 1963 年的则很简单——"An Incident"。

应是一个无意识的自我所作的典型回应。"我有些诧异……"[30] 叙述者把道德的优越性转化成了身材的大小和肌肉的力量：

> 我这时突然感到一种异样的感觉，觉得他满身灰尘的后影，刹时高大了，而且愈走愈大，须仰视才见。而且他对于我，渐渐的又几乎变成一种威压，甚而至于要榨出皮袍下面藏着的"小"来。[31]

小说剩余的部分详细讲述了叙述者对其在事件中的可耻反应所做的反思。

在《肥皂》中，四铭转变的证据是微妙的，几乎只出现在潜台词之中。在《一件小事》中，自我对其道德失败的承认是明晰而广泛的。这则故事也反映了心理的折磨是清醒的代价——这是关键点：

> 这事到了现在，还是时时记起。我因此也时时熬了苦痛，努力的要想到我自己。几年来的文治武力，在我早如幼小时候所读过的"子曰诗云"一般，背不上半句了。独有这一件小事，却总是浮在我眼前，有时反更分明，教我惭愧，催我自新，并且增长我的勇气和希望。[32]

荣格认识到自我并不会自动地导致以道德为基础的行为。人们会做出选择。就像四铭一样，《一件小事》中的叙述者选择了"变革"。对两者来说，自我知识也给予了回赠。在这个事件中，国家大事所产生的负面影响让他脾气不好，而"勇气和希望"则对此做了反击。作为影子的人力车夫通过道德榜样，在没有明显试图说教的情况下，成为了自我的拯救者——在这个情况下，因为叙述者在见证了影子远比其所展示的堕落具有道德优越性后感到心悦诚服，所以才有变革（治愈了他的麻木不仁）作为结果。

---

[30]《鲁迅全集》，卷 1，页 482；*Selected Stories*, 66。
[31]《鲁迅全集》，卷 1，页 482；*Selected Stories*, 66。
[32]《鲁迅全集》，卷 1，页 482—483；*Selected Stories*, 67。

《弟兄》

《一件小事》是鲁迅最早期的短篇小说之一。为人所忽视的《弟兄》则是他倒数第二篇小说，写于差不多七年后[*]。[33] 在中间这一段时期，他在社群和家庭内部用多重探索，尝试一种自我和影子对话的可能性。《弟兄》以梦为故事的结构，为的是把潜意识展现给意识，并提供一扇管窥在职场中精神治疗如何可能影响工作的窗户。

这篇小说讲述了公务员张沛君知道他弟弟的病可能是一种重病后的反应：他对弟弟健康真切的焦虑和不安的担忧以及其自私的忧虑，都被反映在一个梦里。他想到如果他的弟弟死了，他就不得不担负起养育他弟弟孩子的经济责任；而当医生诊断说疾病不过是疹子的时候，他得到了解脱。

故事的框架由公益局的三位公务员之间的对话组成，他们为两种 197 兄弟的行为做了对比：一种是雇员秦益堂的儿子们，他们不断地为了钱而争吵；另一种是张沛君和他弟弟靖甫，他们之间非常融洽。当第三位雇员汪月生表扬张家兄弟时，沛君不但肯定了所受的赞扬，而且自以为是地表明自己乐意作为他人的榜样。

当张沛君知道可能是致命的传染病猩红热正在流行时，他惊慌地冲回家，担心他生病的弟弟可能已经染上了这个严重的疾病。小说多方面证明他的关心是真心的，例如他放弃了一贯的节俭，找了一位昂贵的西医。他的行为真的是好兄长的典范；但是，沛君的影子部分通过梦的片段得以向他展现，并随着它们逐渐显露而逐渐增强。

首先是一个半梦半醒之间的幻想场面，张沛君想象靖甫死了，而自己则要为支撑两个家庭而担忧。医生来造访，并确诊靖甫的病不严重，这打断了之前的这些画面。在医生走后，梦境的碎片又重新开始，且愈演愈烈，这反映了沛君的残忍。这一切和清醒的状态互相交

---

[*]《一件小事》于 1920 年 7 月完成创作，《弟兄》于 1925 年 11 月 3 日完成创作，因此两者相隔应为五年左右。——编者注

[33] 赖威廉在《狂人日记》（页 371、页 373）中记录了这篇小说和鲁迅所经历的其弟弟周人染疾之间的相似性。

替，在清醒时兄弟俩进行着正常的对话。有一些证据表明梦对沛君清醒时的状态造成了影响。有的是身体的反应：出冷汗，感到疲倦。尽管意识努力地去压制它们，梦境在整个清醒的状态中无处不在：他梦见了他自己用力地扇他弟弟的儿子耳光，而他的手"比平常大了三四倍，铁铸似的"，接着在下一个梦里，他对邻居和家人撒谎隐瞒自己的残忍。和《一件小事》一样，鲁迅通过相对的身体大小来投射心理的现实。最后，沛君醒来，恢复了他正常的有意识的生活，照顾起他弟弟。

198　　梦境改变了他，证据出现在第二天。办公室里什么都没有变化，但是对他来说每样东西看起来都两样了。一个同事注意到他看起来也不同了。当汪月生再一次赞扬张氏兄弟的模范榜样时，沛君这一次没有夸夸其谈，而是没有开口。新的工作任务出现了，它和梦的主题有着呼应，这时他坚持自己来处理这项任务，"十分安心似的"[34] 着手进行工作了。

　　范式的元素在此一一呈现：环形的结构，相互转化的两极的二元性，以及现在一个自我与影子、清醒状态与做梦状态之间的对话，这导致了自我从潜意识中吸收知识，并被潜意识击溃。汪月生对两种兄弟关系的对比基于一种期望，认为从社会角度来说，张氏兄弟可能成为秦氏兄弟的"道德拯救者"。然而，这会使社会性自我成为社会性影子的拯救者，这种情况在鲁迅的小说中从未发生过。双重对比的熟悉模式让人预期张靖甫会成为其兄长的道德"拯救者"，而他确实也做到了——他为他的兄长提供了自我反思和顿悟的机会。张沛君梦中的残暴让我们想起了鲁迅在其他小说中对施虐受虐狂的描写，在那些小说中强有力的一方虐待了弱小的一方。不管这是因为自我越来越弱还是影子越来越强，沛君对梦中所见逐渐失去了抵抗，正如同《祝福》中的叙述者对讲述祥林嫂的故事的抗拒感越来越小一样。不过，和那位叙述者相反，沛君吸收了困难的知识，并且被治疗了。证据呢？他增加了的热情以及内部压力的释放就是证据。

---

[34]《鲁迅全集》，卷 2，页 146 ；*Complete Stories*, 285。

《肥皂》《故乡》《一件小事》《弟兄》都将问题置于两极封闭系统内，但是这些小说没有一个外在的观点。这是因为当自我吸收了影子的知识时，两个角色都处于外在之处——一个外在于施虐受虐系统的地方，所以小说不需要从结构上指出角色在心理层面已经实现了什么。解决方法出现在小说的内部，正是在这里心理上的不和谐得以消失，而自我和影子则合成了一个整体——治愈了的自性。 199

在这四个心理治愈例子中的每一个里，自我向着更为伟大的整体性的运动也许表现得很轻微，但却是极具意义的。如第一章所述，荣格知道精神治疗的过程必须一再地重复，问题必须被"逐渐解决"，而在生活中心理健康并没有确切的终点。但是，鲁迅勾勒出了一个过程，它是荣格在其著作中所阐述的，也是通过其治疗实践所研究的。

梦

在其创作《弟兄》的前一年，梦一直萦绕在鲁迅的心头。在 1924 年 9 月下旬，他开始翻译厨川白村的《苦闷的象征》，它讨论了弗洛伊德主义以及其他的话题，包括弗洛伊德认为梦有两方面内容的观念：梦的意象中所显现的内容以及其根本的意义——潜在的内容。厨川白村赞同弗洛伊德的理论，认为梦和艺术都来自潜意识，并且支持两者都通过象征符号交流这一观点。[35] 鲁迅至少在 1922 年写《呐喊》的《自序》时就得出了这样的结论，那些短篇小说正是其所不能忘怀的梦。也许翻译厨川白村的作品再一次促使他思考梦这个话题。同时，他也正在创作《野草》中的二十三篇散文诗，其中的八篇用梦作为结构，它们通常是明显的，有时候则是通过暗示。[36] 所有这些都写于 1924 年 9 月 24 日至 1925 年 7 月 12 日之间，就是他与《弟兄》（1925 年 11 月 3 日）的几个月前。几首关于梦的诗歌蕴含或暗示了这一范式，也就是说，这意味着范式"跨越"了体裁。短暂地离开主业，进

[35] 石静远在《失败、国家主义与文学》中对厨川白村的《苦闷的象征》以及其他影响了鲁迅的作品做了很好的分析（页 195—221）。
[36] 参见柯德席在《中国散文诗》中对梦所作的讨论和分析。李欧梵的《铁屋中的呐喊》第五章（页 89—109）也有助于对《野草》的讨论。

行散文诗创作，这凸显了在这一时期范式的影响在塑造其思想的过程中无处不在。[37]

200   鲁迅非常清楚关于梦境，中国有着丰富而多样的传统。对于梦的描述以及对它们的诠释，至少可以追溯至商朝，多种不同的资料都有所记载。它们包括甲骨文以及其他早期的占卜、儒释道的传统典籍、哲学著作、信史和野史、传记、日记、杂录、解梦指南和医学文献。[38]另外，诗歌、戏剧、短篇小说以及文言和白话长篇小说都提供了文学性梦境的巨大宝库，后者在明末清初的小说中尤为重要。[39]梦同样在中国的视觉传统中出现。[40]中国关于梦的传统有时候认为，梦对于国家和社会也许亦有着价值。以至于米歇尔·思特里克曼（Michel Strickmann）指出，至少在传统的中国社会中，梦从未被弗洛伊德主义那样单纯地视为个人的心理现象。[41]荣格将梦理解成四种类型：进行加工的梦、补偿性的梦、原型的梦或预言性的梦。[42]尽管他认为梦主要是进入个人潜意识的开始，但他的确相信有时候梦可能发源于集体潜意识中，并且可能在极少数情况下具有预言性[43]——这

---

[37] 我引用的《野草》来自 1974 年的外文出版社版。

[38] Strassberg, "Introduction," (2) in *Wandering Spirits*. 斯特拉斯堡对中国人的梦境作了简短的历史回顾，特别是 16 世纪中叶以前经典传统中的梦境。同样有用的是罗伯托·翁（Ong）的《古代中国梦境的诠释》（*The Interpretation of Dreams in Ancient China*），它根据内容和方法分析了梦境。拙编《精神汉学》（*Psycho-Sinology*）收集了 1986 年威尔逊国际学者中心（Woodrow Wilson International Center for Scholars）所召开的关于中国人梦境的小型会议中的有关论文。

[39] 林顺夫在《贾宝玉初游太虚幻境》（Chia-Pao-yu's First Visit to the Land of Illusion）中提供了对中国传统梦境理论的概述，并把它们与现代西方梦境心理学的要素做了对比。

[40] Strickmann, "Dreamwork of Psycho-Sinologists" (27) in *Psycho-Sinology: The Universe of Dreams in Chinese Culture*, (*A Conference Report*), ed. Brown. 例如，见斯特拉斯堡在扉页的肖像，页 xvi。亦见辛辛那提艺术博物馆的《司马槐梦苏小小图》和藏于弗利尔 - 赛克勒美术馆（Freer and Sackler Galleries）中唐寅的《梦仙草堂图》。非常感谢孟絜予（Jeffrey Moser）告知我后两者。

[41] Strickmann, "Dreamwork of Psycho-Sinologists," (26). 思特里克曼对一些关于中国梦境传说的材料做了概述（页 25—46）。

[42] 和詹姆斯·霍利斯的谈话，2015 年 12 月 15 日。

[43] 荣格声称预见了希特勒在德国的兴起，其写于 1918 年的论文《潜意识的角色》[The Role of the Unconscious (10:12-13)] 证实了这一点。在其中他写道："'金毛野兽'在并不舒适的蛰伏中蠢蠢欲动，其爆发不是不可能的。"在《与影子作战》[The Fight with the Shadow (10: 219)] 中，他对其德国病人们梦境的阴暗性做了思考，并参考了之前的那篇论文。

和中国传统相一致。

因此在他的处理中，鲁迅对梦的诠释至少有两大来源。在《野草》的七篇散文诗中，梦看起来展现了潜意识的观念，它们是传统的清晰意识所不知晓的。然而，它们一般来说给社会带来了有价值的知识，而并不仅仅对个人有益。只有《好的故事》没有这种意识/潜意识动力。它讲述的是一个怀念过去的梦，展示了传统的现实和幻象的二元性。[44] 这些梦意味着一个封闭的结构，清醒状态则标志着外在的有利位置。在《野草》的散文诗中，最清楚阐明了这一范式的是《死火》。

《死火》中的第一人称叙述者梦见他在冰山间奔驰，接着跌到了冰谷之中，在那里他遇到了"死火"。[45] 全体冰结，毫不摇动，但是还有炎炎的形状。叙述者把它塞入了衣袋中间，使它苏醒又燃烧了起来。如果它还待在冰谷里，它会冻死。如果它离开，它会把它自己烧尽，也一样会死。当叙述者声明他会离开时，火表明它也一样会离开。它也这么做了，像红彗星一样跃起。叙述者则在被碾死在车轮底下之前，为大家再也见不到死火而得意。

相似性是显而易见的。梦的封闭系统再一次阐述了铁屋的范式，在此和铁屋相呼应的是做梦者所坠入的冰谷意象；而梦把做梦者的心理分成了两半，允许两个部分——自我/叙述者与影子/火——参与对话之中。最初梦的叙述者和范式中的呐喊者是一样的：温暖这团火，使得沉睡者——在此是火——得以苏醒。一旦有了意识，马上就要死去的火和在铁屋比喻中的鲁迅一样，面临了一个选择：走还是留；两极并没有区别，因为两种选择都会导致死亡。但是，火看起来象征着希望，究竟在未来希望会不会有机会，这是做梦者/自我所无法知晓的，他的死让这种知识变得不可能。然而，梦的叙述者帮助了彗星的发射。

像《死火》一样，《野草》中的很多梦展现了影子/潜意识的知识对社会性的自我有着潜在价值；另外的单纯具有讽刺性；还有一些

---

[44]《好的故事》是通过叙述者阅读一部唐代作品而展开的，并且尝试在其醒来后记录下梦境，但是并不成功。梦境唤起了田园般乡村生活的传统符号意象，并且对现实/幻象的二元论做了思索，但没有暗示意识/潜意识的二元性。

[45] 这一分析更早的版本出现在《精神汉学》中，题为《鲁迅对梦的诠释》（Lu Xun's Interpretation of Dreams），页67—79。

则提供了一些难以破解的意象。[46] 所有的都具有两极，有的对结构来说很重要，有的则不然；另外，清醒的状态标志着一个外在的视点。在这些文章中，影子 / 潜意识与自我 / 意识人物之间最具有暗示性的对话来自《狗的驳诘》，其中狗 / 影子试图强迫做梦者 / 自我面对他在社会现实中的等级观念，但是做梦者逃避了冲突。而《立论》则讽刺了自我 / 社会不愿接受影子最为不证自明的真理，那就是死亡是不可避免的。其他的则暗示了两极和期望的反转：《失掉的好地狱》表明人类在征服地狱后情况反而变得更糟。《颓败线的颤动》暗示了一个像第 22 条军规一样的铁屋困境：一个女人为了喂养孩子让他活下去而去做妓女，后来却被这个孩子斥责为败坏道德。这样的相似性是很有趣的，但是当范式并不从某些方式揭示一个谜团的时候，我们并不需要使用范式来做诠释。在一定程度上，每一个梦的叙述都为潜意识的内容提供了一个载体，而这些内容则通常来自底部，是社会性的"潜意识思想"。梦让它们得以进入做梦者的意识中，并潜在地影响社会秩序。有一些则明确地承认做梦者在醒后记得梦境。这样的手法创造了一个清楚的外在有利位置，它和在鲁迅小说中具有强有力象征性的清醒状态很相似。

除了《弟兄》，《呐喊》与《彷徨》中只有另外一篇短篇小说描述了梦。《阿 Q 正传》用一个梦来反映阿 Q 的潜意识影响。如同这篇小说中几乎每一个特点都充满了反转和讽刺，阿 Q 的梦也展现了其对于意识和潜意识关系的标准观念。当阿 Q 得出结论，认为革命的观念吓坏了村民，因而在村里闲逛大喊"革命"，并为其所带来的恐慌感而洋洋自得后不久，梦就出现了。鲁迅如此自然地把阿 Q 意识的镜像和其心中所产生的梦的意象混在一起，以至于只有当叙述声说到"已经发了鼾声"时才明显地表明阿 Q 睡着了，做了梦。看起来此刻的阿 Q 是这般全然地认同了影子，以至于他的意识对潜意识的入侵没有做丝毫的抵抗。无论是睡是醒，阿 Q 都对"影子"的思想亦步亦趋。

---

[46] 张闳在关于《野草》的论文中用潜意识观念来分析《野草》中铭记和遗忘这一主题的发展，并指出鲁迅的另一些小说也有相似之处。

《野草》中对梦的叙述意味着对两种梦境系统的混合：西方的和中国的。前者认为梦境包含着来自潜意识的知识，它可能让个人更好 203 地认识其意识；而后者则认为梦境可能具有的知识不仅针对个体的做梦者，而且一般也针对整个社会。如果需要的话，《野草》提供了另外的证据，表明鲁迅在这八年间的写作充满了他所关注的内容，有时是完全有意识的，有时候看起来没有。他所关注的是全体人民中潜意识元素的行为和力量，以及作为其中一员的个人的角色。《狂人日记》提供了强有力的佐证。

《狂人日记》

鲁迅把自己最后一篇短篇小说《离婚》的创作时间标明为 1925 年 11 月 6 日，仅在《弟兄》（1925 年 11 月 3 日）后的三日。在《离婚》之后，鲁迅再也没有用同样的体裁来创作其他短篇小说。在这一时间框架之中，我们可以很容易地断言《弟兄》是写于其八年文学创作高峰期的尾声。

其小说处女作《狂人日记》通常被认为写于 1918 年 4 月 2 日，经常被认为是中国第一篇现代短篇小说。《狂人日记》从体裁来说具有极强的开创性，以至于最初大家并不理解它是什么，几年后读者才知道如何去诠释它。[47]《狂人日记》也是一篇关于兄弟的小说，但是它的这一主题并不明显。即使有读者和评论家用这些主题来考量它，也只是极少数而已，而且是出于善意的。鲁迅在小说中的意图看起来首先是质问中国社会的根本性质，而不是探寻兄弟关系。[48] 并且，小说中的多重人物冲淡了兄弟间纽带的影响。他们也使得小说更为复杂。然而，将《弟兄》和《狂人日记》一起阅读会让人对两者都产生有趣的理解。

鲁迅写《狂人日记》是为了回应一个请求。他并没有通过煽动性

[47] Chou, "Learning to Read Lu Xun," 1043.

[48] 一些新近的研究对鲁迅的意图有不同的看法。例如，可参见 Braester's analysis in chapter 1 of *Witness Against History*。

的文章来"聊以慰藉那在寂寞里奔驰的猛士"[49]——这是他所表明的
204 两大动机之一——而是写了一篇充满了歧义的小说，用它再次阐述了
铁屋的困境。[50] 这意味着他描写了其整个短篇小说写作生涯都在探讨
的问题，这是一系列复杂的问题，它们占据了他的大脑，让他感到困
惑。它们看起来有着无尽的变化，会一次又一次地出现在他的大多数
小说中，出现在所有他最为著名的名篇之中，尽管有着一些细微的差
异。这篇小说处女作也在一定程度上质问了其后来会探讨的所有场
域：国家、社群、家庭和个人。它甚至简单地勾勒了关于治愈后的社
会的神秘幻景。因此，在很多方面《狂人日记》对于鲁迅作为现代短
篇小说家的整个事业来说有着预言性。

　　小说从一位第一人称的叙述者开始，他绕道看望了两位兄弟，他
们是他在中学时的朋友。他听说其中一位生了病。兄长告诉来访者他
的弟弟早前经历了一段时间的精神疾病，现在已经痊愈，赴某地候补
了。兄长给他看了其弟弟在生病时所写的日记。这个来访者 / 叙述者
读了它，声称这病是"迫害狂"之类的。因为日记的语言颇为错杂，
他编辑了下，将其中略具联络的部分撮录成一篇，以供医学研究之
用。这个来访者 / 叙述者 / 编辑也证实是痊愈后的狂人题了书名，而
他作为叙述者则告诉了我们序言的日期。[51]（在随后的讨论中，我们
会用《狂人日记序》来称呼这篇小说的序言，以别于《呐喊》的《自
序》。）小说的这一部分是用文言文写的。

　　接下来是日记中的十三个篇章，用现代白话文写成，在其中狂人

---

[49]《鲁迅全集》，卷 1，页 441；*Complete Stories*, ix。

[50] 柏右铭（Braester）在《反证历史》（*Witness Against History*）中思考了《呐喊》的《自
　　序》和《狂人日记》之间复杂的相互关系，对历史意识问题报以了特别的关注（页 31—
　　55）。

[51] 我所看到的杨宪益和戴乃迭所做的四个翻译都将日期置于小说的末尾，而不是序言的末
　　尾，所有的都写成 1918 年 4 月或 1918 年 4 月 2 日。蓝诗玲将日期正确地置于序言的末尾，
　　将它翻译成 "2 April 1918"。赖威廉的翻译是最具敏感性的，他将日期置于序言末尾，并
　　且没有用西方的纪年方式："recorded this 2nd day in the 7th year of the Republic"。他也在小说
　　的末尾加上了 1918 年 4 月这个日期。这种关于日期的形式与位置轻微地影响了意思：叙
　　述者采用非西方的纪年方式加强了其观点的传统性（在 1918 年 5 月的《新青年》中，文
　　章的最后完全没有日期，相关材料见于 2015 年 1 月 27 日，大成数据库）。对这一问题的
　　讨论，参见 Braester in *Witness Against History*, 48-49。

记录了其初现端倪的认识，那就是中国社会是一个吃人的社会，每一个人都想吃别人。日记的开始是狂人记录了他在街上的遭遇，接着阐述了他对于这些事件的意义所感到的困惑，并表明他要回到儒家经典中寻找答案。[52] 逐渐地他得出了结论，那就是不但在历史上大家奉行吃人主义，而且到现在依然如此。同时，儒家经典所提倡的"仁义道德"掩盖了不可名状的压迫和残忍，而这样的压迫和残忍是文化所认同的，甚至是文化所规定的。他最后的观点是包括他自己在内的每个人深陷于这个长期存在的吃人系统之中，也许只有孩子除外。 205

　　这篇小说显然分成了两种叙述，每一种都有着它自己的叙述者：解释了日记来源的《狂人日记序》以及《狂人日记》本身。两种叙述一起能够被描述成对范式性的两极的表述：沉默与呐喊，对长期存在的文化模式的赞同和反对。《狂人日记序》中晦涩的语言证明了一个奄奄一息的过去，它在现在已经被逐步废弃，但是依然具有力量；日记本身使用的是当代的白话文，面向的是一个正在出现的现代世界。那位兄长是一个自我的角色，他代表的是秩序和旧社会的权威；那位弟弟则是来自影子的声音，他采取了破坏的姿态，迈向的是一个还处于雏形的未来。这样的两极是显而易见的：自我 / 影子、意识 / 潜意识、过去 / 未来、文言 / 白话、兄长 / 弟弟、沉默 / 呐喊，而最明显的则是清醒 / 疯狂。

　　《狂人日记序》中的两个人物分享了许多文学性对比的基本特性，但是并没有涉及最根本的，而且如果不是这些文学角色在鲁迅的小说中无处不在的话，他们可能永远不会以这样的方式被理解。兄长是第二自我，他事实上的确具有第一人称的叙述者（序言中的第一自我）所寻求的知识，还有可以帮助医学研究的医学知识。这些特性让我们想起了所熟悉的模式的元素。然而，这位兄长（像影子一样）通过第一自我的视角而为读者所知，他并没有代表一个不同的价值核心，而它则是鲁迅其他对比中的基本要素。

---

[52] 庄爱玲在《文学的余烬》中认为在从儒家经典寻找启示的过程中，狂人肯定了传统对经典的解读和诠释是一种自我理解和公共责任的手段（页 41—43）。

在日记中，包括自我与影子、沉默与呐喊在内的相反两极造成了第二种表象。《呐喊》的《自序》中的呐喊比喻是一种道德行为，而现在日记的作者对其反抗的叙述越来越明确，以此呐喊的比喻变得平实化。随着日记的推进和展开，它贯穿了鲁迅的整个思考领域，或多或少地"预言"了鲁迅在接下来的八年中大致的思考轨迹：从社群转至家庭，再到自性。整篇小说中对国家领域的思考是无处不在的，在小说中所有层面所发生的事件都被归咎于儒家传统。日记的写作者认识到中国的经典鼓励并创造了一个会吞噬自己的社会，对此的暗示则渗透至所有的领域。当狂人在痊愈后又赴某地候补时，小说在国家层面的意义又进一步被加强。[53]

沉睡的自我角色群体包括狗、街上的人、医生等，他们恭敬地接受了传统的社会规范。其他人则通过他们反抗的程度，暗示他们对真相有所管窥，但是压制了这种意识。例如日记的写作者表明，和因系统所施与的刑罚而遭受痛苦相比，有的人觉得挑战现有制度的场面更让人害怕。[54]一个年轻男人的反应标志着一种公然的压抑，听到对规范的质疑他甚至都会变了脸色。整个群体都牵扯于一个沉默的阴谋之中。

主要控制狂人生活的是其大哥。是他将儒家经典灌输给狂人，并解释给狂人听。他代表着家庭体系，他是社会控制的代理人，也是他在狂人和世界之间斡旋。就像典型的对比一样，在小说的角色中，他们之间是最紧张而令人担忧的关系。大哥也履行其照顾弟弟（"狂人"）的责任，保证其安全而免受外界的侵害，直到他"康复"。

从日记的最初几节来看，很明显狂人在日记中写下了自己的思想，但并不想告诉别人。在这一阶段他被允许一个人在街上闲逛。随

---

[53] 李欧梵指出狂人反转了一个人所关注问题的通常进展过程："他没有从自我发展到家庭以至于社会、国家和世界，他的经历表明狂人开始于外部，带着对邻居（社会）的怀疑，再慢慢地转到家庭成员（他的兄长），然后向内对自己进行反思。"见 Leo Oufan Lee, *Voices From the Iron House*, 208n9。

[54] 唐小兵在《中国现代性》中归纳出鲁迅在此想说的观点。唐小兵指出鲁迅对传统观念攻击的本质在于他通过展现处于众目睽睽之下却没人注意到的隐藏意义，来挑战礼教本身（页 65—66）。

着他对自己的理解越来越有信心并开始讲述他的异见，他被限制的程
度加强了。只有在第八节中鲁迅让狂人大段地对话以论述其观点。当 207
狂人挑战其大哥时，他讲得甚至还要多（鲁迅在《弟兄》中使用了同
样的技巧；随着情节的展开，来自潜意识的声音变得越来越坚持要求
它被听到和被吸收）。在最初几节，日记的写作者对他大哥参与共谋
的程度感到困惑，于是得出结论，认为大哥是沉默的共谋的一部分，
并最终认为他自己也牵涉其中。随着其探讨的深入，研究的层面开始
转移，从社群到家庭，再到自性。事实上，他活在一个封闭的到处是
施虐受虐的系统里，在其中每个人都不可避免地有危险。接着狂人完
成了跳跃。在背靠背的陈述中，他用最简洁的话对疾病和治疗下了
定义：

> 自己想吃人，又怕被别人吃了，都用着疑心极深的眼光，面
> 面相觑。……
> 去了这心思，放心做事走路吃饭睡觉，何等舒服。[55]

他把治愈理解为一种状态，在其中大家既不是施害者也不是受害者；
大家在铁屋之外；大家不用害怕。在此鲁迅描述了一个精神被治愈的
社会。但是，这当然不是狂人所在的社会。当他喊出"救救孩子"这
句名言时，他从沉默转向了呐喊，但他并不更自由、更安全或是没那
么害怕。两极可能反转，但是每一极都会导致死亡，无论是身体的还
是精神的。

　　顾明栋已经出色地指出鲁迅的小说"从内容到形式，都模仿了有
意识和潜意识状态下的心智"[56]。顾明栋阐明狂人通过他写日记的方式
表现了他的异常状态。证据如下：（1）狂人用自由组合的方式将完全
不同的事件联系在一起，这样的方法和"潜意识"或是梦境模式的推
进过程相似；（2）文本是脱节的，这证明了其心理是非理性和无逻辑
的，并非理性和有序的；（3）狂人犯了事实上的错误；（4）日记的写作

---

[55]《鲁迅全集》，卷 1，页 451；*Complete Stories*, 8-9。
[56] Gu, "Polysemia," 447.

208 者在不清醒时，比清醒时理解力更强。简言之，顾明栋认为："叙述的模式完全与一个疯狂的心智相吻合。"[57]

顾明栋所指出的几个特性也适用于另一个熟悉的影子人物阿 Q：（1）他的梦是作为社会潜意识的声音而出现的，它很难与其清醒时的生活相区分；（2）他向吴妈提出困觉的要求，靠的是联想出来的逻辑，它将并不相干的观念联系在一起；（3）他也一样对经典犯了事实上的错误；（4）他的无休止的困惑是其观点的来源——他把革命"误解"成偷盗。这些相同点在此有力地证明了应该把阿 Q 诠释成社会潜意识之声，而且在此表明了鲁迅艺术创作过程中的延续性。

当然，《狂人日记序》是一种提纲挈领的叙述。像《阿 Q 正传》以及其他小说一样，在开始讲述之前，就已经总结了小说的事件：第一人称的叙述者是在狂人痊愈之后写的序言。小说的整体结构复制了铁屋无处可逃的封闭性，而且如多人所述，降低了日记写作者感悟的力量。他的康复否认并拒绝了他"疯狂"的观点，表明无论从《狂人日记序》的层面还是在日记本身的领域之内，都无处可逃。

正如我在本书中已经指出的那样，如此多的鲁迅小说的结构蕴含着这种范式，它可以被有效地视为自我与影子角色和力量之间的动态相互作用。顾明栋用这种方式相似地论证了《狂人日记》中序言和日记的关系效仿了意识和潜意识之间的关系。顾明栋的诠释重点是出于类型学的，它深受雅克·拉康（Jacques Lacan）理论的影响，而拉康则是弗洛伊德的信徒。荣格关于心理的理论强调了心理有着渴望融合的自然冲动，也就是它目的论的推动力，基于这种理论，我们可以将顾明栋的观点更进一步，认为作为动态潜意识的日记写作者是在迫使意识吸收他的观点："你们可以改了，从真心改起！"[58] 和荣格一样，鲁209 迅坚持有意识的自我的任务是使自性能适应这个社会，它需要为了成功地帮助自性更好地面对现实而做出改变，在这一情况下，则是结束无缘无故的苦难。

---

[57] 顾明栋在《多义性》（页 446—448）中对这一部分文本进行了分析。他还探讨了鲁迅如此构建其小说的动机，包括明确表达的和潜意识的两方面。

[58]《鲁迅全集》，卷 1，页 453；*Complete Stories*, 11。

确实，两种叙述之间的关系显而易见地就是在一个完整的自性中意识和潜意识之间的关系。这种在鲁迅小说中随处可见的动态，在《狂人日记》中被描述得甚至更为明显。作为一个整体，它提出了一个活生生的问题：如果《狂人日记》真的再述了铁屋的比喻（以及其抽象的模式——范式），那么日记、序言和小说整体是否具有一个外在的有利位置，一个在施虐受虐困境之外的地方——这个位置是我们用来审视这一困局的？很显然对于日记来说，这个外在的位置是序言。序言的叙述者采取了《明天》的叙述者一样的立场（他反复地称单四嫂子为"粗笨女人"），在其中他们外在的位置会在时间上推后，并因此再次增强了这种困境。

对于《狂人日记序》来说，暗藏的外在位置更为模糊。序言的叙述者指出日记的写作者自己在康复之后题了书名，而作为叙述者的他没有做改变。因此，日记的题目和小说的题目是一样的。作为作者的鲁迅颇具创意地没有将自己置身于小说之外，而是进入了小说之内。那些谨慎的评论者们坚定地相信应该在作者和第一人称叙述者之间小心地保持理论上的区别，而鲁迅让评论者们不可能在这一事例中坚持这种区别的界限。鲁迅声称他自己就是这个狂人！他到底有没有这么做？

唐小兵在其对小说题目"狂人日记"的分析中阐明了"作者身份"的歧义性，同时也使得它更加复杂化。他指出在文中关于疯癫使用了两个不同的字：狂和疯。狂意味着一种表面上的疯癫，它表明的是一种非常激进的思维方式，和流行的世界观格格不入，以至于对那些深受占据着统治地位的松散惯例影响的人来说，它是无法理解的。相反，疯意味着病理学上的异常，是一种外在的标签，以此社群来设法解释并容纳一个具有破坏性的元素。[《药》中的革命者夏瑜明显是 210 狂，但是茶馆的客人们认为他是疯。同样，《长明灯》（1925 年 3 月 1 日）中的村民用疯来称呼那个想要熄灭庙里长明灯的疯子，而长明灯是过时而根深蒂固的迷信思想的象征。这篇小说没有那么清楚地阐明疯子的动机，但是他根本上看上去也是狂，而不是疯。]唐小兵指出用狂来定义他的日记，狂人（和用《狂人日记》来暗示的鲁迅一样）

"采取了反对令人窒息的教条化现实的最后姿态"[59]。就这样，标题构成了一个外在位置，从它出发把内容视为一个整体。于是，其与铁屋比喻的相同性就完整了：日记作者身份——鲁迅或是狂人——所假定的模糊性造成了外在位置的不稳定。正如在铁屋中一样，鲁迅并不确定他的位置是在内部抑或外部。

一些评论者提出了一种可能性，那就是狂人事实上没有康复，反而遭遇了可怕的死亡，因此那位兄长对叙述者撒了谎。[60] 这种观点通常只是顺带被提出，而没有被当真。尽管这是一种有趣而具有挑战性的解读，它违背了鲁迅在其整个短篇小说创作中所建立的模式。如果兄长事实上是在掩饰，那么他就是一个（影子）角色，"他就是不道德的"。除了《故乡》中显而易见的杨二嫂之外，这样的一种类型在鲁迅其他的小说中并不存在。只有杨二嫂可以靠自己完成从影子到自我的反转。

鲁迅的范式显示了另一种可能性。如果狂人真的用狂来命名日记，并去某地候补，那么他可能没有真的放弃他对现有秩序的反对，完全没有真正"痊愈"。和鲁迅之后小说中的许多角色一样，狂人可能保留着他的异见，但是服从于旧秩序的强大力量。《祝福》中的第一人称叙述者、《孤独者》中的"他"以及《在酒楼上》中的吕纬甫都是211 如此。因此，如唐小兵所述，狂人是在认输之前做最后的挣扎。

和讲述国家场域的其他小说一样，《狂人日记》暗示了一种从未开始的对话：对自我来说，让影子的知识被人听到的代价太高了。荣格主义的框架和这篇寓言性小说的其他多重观念联系在一起，再一次强化了证据，那就是和许多鲁迅其他小说一样，它可以有着多种的诠释。以一个完整自性的自我与影子为视角，关于兄弟的小说可以被视为鲁迅作为现代短篇小说家之事业的重要支撑。《狂人日记》展示的是精神疾病问题，而《弟兄》则展示了治疗的过程与治愈。

---

[59] Tang, *Chinese Modern*, 57-59.

[60] Hockx, "Mad Women and Mad Men," 317. 唐小兵的《中国现代性》也考虑了这种选择（页73）。

第二部分 治愈的过程

如前所述，鲁迅在他的心里有着一个清楚的精神治愈模式：他把诊断、病因、治疗过程和治愈的状态蕴藏在短篇小说之中。他能够想象治愈会出现在家庭与自我领域，但不会出现在国家或社群领域。

瓦茨拉维克、威克兰德和菲什提出了产生心理变化所必需的过程，它包括四个阶段。他们的框架帮助我们进一步梳理鲁迅自己对治疗过程的描绘。

1）用具体的话语对问题作出的清楚的定义；

2）对至今所尝试的解决方法的调查；

3）对（治愈）所期望达到的具体变化的清楚定义；

4）产生变化（治疗过程）的计划之构想与实行。[61]

第一阶段：诊断——问题的定义 212

尚未治愈的精神最根本的问题在于人们无法体验相互的痛苦，也就无法真正体验自己的痛苦。鲁迅如是说："造化生人，已经非常巧妙，使一个人不会感到别人的肉体上的痛苦了，我们的圣人和圣人之徒却又补了造化之缺，并且使人们不再会感到别人的精神上的痛苦。"[62] 分裂的精神是一种放弃痛苦的方法，最后会导致道德上的麻木。这是因为社会的灾难会由此无法通过亲身经历抑或想象而得以体验，麻木让人们不再采取改变社会的行动。所以一个改革者首先要做的，是让精神中的各个部分融合起来，把道德想象复原成世间行动的前奏。

鲁迅的二分元素——幻灯片放映中的战士和间谍、毫无边际的荒原中的反对与支持、绍兴会馆中的生与死，以及铁屋中的呐喊与沉默——都蕴藏了精神的两极，也就是个人和社会在精神上的分裂。从外在的有利位置来看，对立的双方是一致的。在一个个性和力量都被

---

[61] 引自 Watzlawick, et al, *Change*, 110。

[62]《鲁迅全集》，卷7，页83。

囿于施虐受虐困境的社会，每一个位置都会导致苦难或是死亡。即使成功地积累足够的力量以走向看起来更为有利的一极，依然会导致身体的死亡或是象征性的死亡：绝望。鲁迅用多种方式塑造了这种毫无胜算的困境：现代 / 传统、城市 / 农村、精英 / 农民、男性 / 女性的对立。两极则可以被抽象为第一自我 / 第二自我、自我 / 影子、意识 / 潜意识等。在这个自我认同的层面，出路是不存在的。鲁迅对苦难和死亡的大量关注可能因为他拒绝让其精神麻木，他坚持直面痛苦，以及他认识到病态的自性——以及推而广之至病态的民族——中固有的错误的两分法。

鲁迅由直觉知道分裂是一种幻觉，而自性在国家、社群、家庭和个人的层面都是一个单一的实体。它的众多元素难免会一直处于动态 213 的互相影响之中，每一个都在整体中扮演着一个必要的角色。影子、潜意识、充满生机的冲动，这些都具有必要的知识和充满活力的能力，它们是意识所需要的。通过精神有效地适应外部世界，意识得以充满能量，它需要接受并吸收潜意识的观点和能力，以使得自性能够全力来面对世界。对于内部政治分裂和外部西方侵略这一中国的双重困境，需要统治者和整体中国人民双方的合作能量，以面对和战胜挑战。大多数关于鲁迅小说的批评不可避免地从社会和文化的重要性来探讨其诊断。事实上，当时的要务是救国，并找到功能失调的原因和解决方法。鲁迅的过人之处正在于他不但以创造性的象征手法来表现外在的复杂性，而且将必要的多层次的细腻情感注射于麻木的人心之中。

第二阶段：解决方法的调查

调查问题的成因

他的小说表明鲁迅从几个方面寻找功能失调模式的根源。他在《狂人日记》和《阿 Q 正传》中指责儒家经典，在《在酒楼上》和《肥皂》中则更为广泛地指责旧式的文学。事实上，鲁迅发现文化行为的整个模式都存在问题。安敏成已经如此言简意赅地指出：

如小说所描述的那样，中国社会看似百花齐放，但却对其个人成员的生活有着极强的约束，有着专制的影响。与某个阶级有意识地控制——无论是社会学层面还是伦理层面——另一个阶级相比，这更多的是文化和传统之中客观而使人深陷其中的权威所造成的结果。[63]

安敏成进一步发展了一个观点：这个社会中的权力"更多是通过它令其受害者感到害怕而被意识到的，而不是通过其气势汹汹的执行，而旁观者的自鸣得意则助长了它"[64]。 214

调查失败了的尝试

鲁迅的小说探讨了处理不同社会层面分裂的多种策略。正如开普勒对第一和第二自我的分析所说以及小说在很大程度上所述，如果必须有一方的话，通常是影子、第二自我、潜意识开始对话，因为自鸣得意的自我错误地相信他自己就是整个自性。这种互相影响的文学性描述通常关注的是读者对自我、对第一自我以及对意识的反应所具有的兴趣。《狂人日记》放大了影子的声音，它是一个特例。接下来的总结则会阐述寻找解决方法时的失败尝试。

在一些小说中，甚至并没有开始对话。《示众》就是其中一例。在《明天》中，影子角色的知识非常有限，以至于她不能想象在其深受束缚的生活之外还有什么可能性。相反，大多数故事阐述了社会影子尝试进行干预。影子可能试图通过变成自我以进行反转。《白光》中的陈士成和将失败转化成胜利的阿Q就是这种情况。如果自我发觉威胁很小或是没有威胁，他（在这些小说中自我总是男性）会简单地断然拒绝这个角色。当他第一次想要参加革命时，有着权力的乡绅们赶走了阿Q；孔乙己成了玩笑的对象。通常第二自我的出现会惊吓到第一自我，即使第二自我的存在一直以来都是众人皆知的。接着，如果第二自我成功地抓住自我的意识，最常见的是自我发现这样的出现

---

[63] Anderson, *The Limits of Realism*, 85.
[64] 同上。

令人不安，并用多种方法来冲动地回应——带着不信任、困惑、羞辱、烦恼、害怕、否定，用"疯"来称呼影子，等等。正是影子的出现破坏了自我的控制感。

215　　如果影子所想的不仅仅是在现有情况下提高它自身的地位，如果影子角色努力想要创造一个新秩序，那么它就提出了一个真正的问题。如果代价足够高，就好像在国家场域的代价那样，那么自我角色就会派人杀死影子。《药》中的夏瑜和阿Q最终都被处决了。《狂人日记》再一次是一个例外。尽管狂人对于经典的重新诠释挑战了整个社会的意识形态基础，但是他获得了家庭系统的保护，所以死亡并不是不可避免的（在《孤独者》中，鲁迅展示了魏连殳的祖母生活中家庭同时所具有的两面性：它既有保护能力，也有破坏能力）。

在社群场域中进行干预的影子角色的命运没有那么确定。没有人公然地想要它消失，但是它不管怎样都会死去。无论这个角色是对旧制度忠诚（通过沉默，例如《祝福》中的祥林嫂）还是拥护新制度（通过呐喊，例如《伤逝》中的子君），结果都是一样的。或者，如果这个角色是一个有着足够教育资源以寻求新道路的男性知识分子，那么他可能避免身体的死亡，乔装成一个自我角色，但依然会被驱向绝望和心理的麻木。这是《理发》中N先生、《在酒楼上》中吕纬甫以及《孤独者》中魏连殳的命运，也许也包括了狂人日记的作者。

在每一个试图寻找解决方法的事例中，治疗的过程都会因为自我对影子可能提供的任何观念或知识的反对或压制而终止。这样的知识可能像认识到了影子人性的完整性一样简单，如《孔乙己》或《祝福》所述；或是像吸取了影子的知识一样激进，如阿Q把革命认作偷盗。在每个情况中，自我对于学习的拒绝导致自我与影子都深陷施虐与受虐的束缚中。通常，自我对此毫无意识，因为他们没有意识到所有人都会经历苦难、绝望，以及可能心理上的死亡。相反，每一方都尝试216　拯救他自己。因此，自我失去了了解影子知识的机会，而它原本可能提供一个拯救整个自性的方法。

瓦茨拉维克、威克兰德和菲什所提出的框架的第三个阶段要求对所能实现的变化有明确的定义。但是一个作家通常是按照时间顺序进行创作，除非他或她有意地创造出一个连环的结构——就好像鲁迅在很多小说中所做的那样——或是为了特定的目的设计了另一种表达形式。据我所知，在鲁迅的很多小说中，以及在所有描写了治疗过程的小说中，在治愈之前所展示的治疗阶段是明确的。因此，我会先讨论第四阶段，而在本章稍后再讨论第三阶段。

第四阶段：产生变化的计划之构想与实行

在为治疗过程和治愈提供了模式的四篇小说——《一件小事》《故乡》《肥皂》《弟兄》——中，影子的存在和行动促使自我面对新的思维方式或新的生存方式。如荣格所言，"这是潜意识的组成部分能够和意识知觉团结在一起，以制造出一个完整的新观念"[65]。这一过程的开始方式和那些糟糕结束的对话一样。但是相反的是，在影子造成或导致道德危机的时刻，自我不会逃避，而是会进入富有建设性的对话之中。在这个关键节点，治疗的过程开始了，并且最终自我会接受而不是拒绝影子的知识。这种知识所出现的形式可能是影子所提出的明确观念，就好像《肥皂》和《弟兄》中那样；或者是影子所无意间引发的自我反省，就好像《一件小事》和《故乡》中那样。不管它是怎么发生的，影子都会以某种方式促进或导致自我获得知识的可能性增加，自我会认识到他自己残忍、盲目或是可耻的行为。鲁迅提炼出当自我加入对话后所出现的回应的顺序：整个顺序由五个阶段组成：

1）抗拒通过外部行为所表达的道德挑战；

2）抗拒内部所表达的道德挑战；

3）抗拒的打破； 217

4）自省，有时候只是通过文中的空白暗示；

5）加于自我部分之上的外部行动，它意味着内部的变化。

---

[65] J. Miller, *Transcendent Function*, 3.

每一篇小说并不一定需要阐述所有阶段，但是每一篇都阐明了抗拒、内省和最终转变的关键特性。

《一件小事》体现了所有五个阶段。当人力车夫明确表明他要帮助受伤的妇人时，叙述者（1）回应以虚假的劝告，催着车夫继续赶车，接着还生了气。抗拒（2）则是通过生理反应来表现的："异样的感觉。"叙述者意识到车夫变得越来越大，而他自己则在缩小，这标志着抗拒的打破（3）。他坐在那里"有些凝滞了"，直到巡警的到来，这是自省的阶段（4）。当他要把钱给车夫时则出现了外部的行动（5）。

产生变化的过程在《故乡》中被缩减了，它全部出现在叙述者的心理之中。不过依然有着很多的迹象。叙述者回顾性地讲述了他的"外部"抗拒（1），那就是他因闰土忠于旧生活方式而产生了傲慢之感。内部的抗拒（2）则以害怕的方式得到了体会："我想到希望，忽然害怕起来了。"鲁迅没有详细描述抗拒的打破或是表达自省的阶段。并且因为转化的过程是全然属于思想层面的，所以并没有关于变化的外部显示。

《肥皂》详细地描写了治疗的过程。当四铭太太反对虐待并还击时（1），她的丈夫支吾着不断地否认，这一场面持续了若干段落。[66]鲁迅通过描写他出汗暗示了四铭的内在抗拒（2），并接着马上加了一句"但大约大半也因为吃了太热的饭"[67]——又一次心理和生理原因的巧妙结合——来削弱其言外之意。如果我们的理解正确，那么四铭通过宣称乞丐不需要会写诗歌意味着其抗拒的打破（3）。反思的阶段（4）则出现在文本的空白之处，在四铭决定不走进房间和第二天早晨之间。他给他太太买了奢侈的肥皂则标志着外在的显示（5）。

在《弟兄》中，在意识和潜意识知觉间的整个交易都出现于内部。在大夫到达以前，最初梦一样的状态就为人所知了，但是苏醒后的沛君并没有反思他的梦，也没有表现出受到影响的证据。只有在大

---

[66]《鲁迅全集》，卷2，页52；*Complete Stories*, 200-201。

[67]《鲁迅全集》，卷2，页52；*Complete Stories*, 200-201。

夫离开之后，鲁迅展现了他的内在回应（2）："周围都很平安，心里倒是空空洞洞的模样。"[68] 抗拒的打破（3）是通过清醒和做梦之间扩展了的变化来呈现的，每一个梦的片段都产生于紧张和残暴之中。同样的打破显示在沛君的身体上，鲁迅用不同的词来描写它："不能动弹""四肢无力""许多汗"，最后则是"很疲劳"。沛君想要压制梦境的积极尝试失败了，"像搅在水里的鹅毛一般"，非浮上来不可。[69] 反思的阶段（4）是通过文中的空白来暗示的，在描述沛君和其弟弟的对话场景与描述次日在办公室场景之间。外部的变化（5）是由其同事和沛君自己指明的，前者注意到其外表的变化，而后者则观察到办公室有点两样，而且他现在表现得更加仁义。

在这些情况下，为什么意识会同意经历精神的折磨，以接受来自潜意识的智慧呢？四个自我角色中的三个都和影子角色有着优先的关爱关系。从微妙的层面上他们认识到了这种纽带：叙述者在儿时爱着闰土，四铭和太太是夫妻，沛君爱着他弟弟。只有在《一件小事》中自我与影子角色先前没有什么关联。但是，许多其他小说显示亲近的关系并不足够。优先的亲近关系可能提高自我接受的可能性，但这并不是板上钉钉的。

第三阶段：定义所期望达到的变化——治愈阶段　　219

《一件小事》的叙述者最为清楚地把变化了的状态定义为通过拓展了的道德反思拥有更显著的自我意识：反复的思索——"时时记起"；自我反思和谦恭——"要想到我自己"；加强了的记忆——"有时反更分明"；其行为的变化——"催我自新"；以及积极的感受——"增长我的勇气和希望"[70]。《故乡》的叙述者用著名的意象来总结他的故事，提供了一个开放的未来，既不是充满希望的也不是令人绝望的。《肥皂》中的叙述声反映了四铭的性快感得以增加，而他后来还买了

---

[68]《鲁迅全集》，卷2，页141；*Complete Stories*, 280。
[69]《鲁迅全集》，卷2，页143；*Complete Stories*, 281-282。
[70]《鲁迅全集》，卷1，页482—483；*Complete Stories*, 37-38。

昂贵的檀香皂。和《一件小事》与《故乡》中的叙述者相似，沛君回应以更多的谦恭和更大的热情。

《狂人日记》以狂人的警句（"救救孩子"）为结尾，详细讲述了应该从哪里将孩子拯救出来。《弟兄》则显示了鲁迅对治愈状态的观点，指明他们需要被拯救是为了什么。张梦阳认为在最基本的层面，鲁迅对人类如何可能一起生活在一个非暴力的未来有着他的幻想。张梦阳指出鲁迅写于 1919 年的杂文《我们现在怎样做父亲》精彩地讲述了生存的意义，而他终其一身都继续坚持着这个观念，即使到 20 世纪 30 年代也是如此。张梦阳剖析了鲁迅在文中的名言，他认为它抓住了鲁迅对治愈状态所想象的本质，这就是"幸福的度日，合理的做人"。这一名言所出现的语境是鲁迅经常被引用的一个意象，他指出父亲应该挡住闸门，让子女去宽阔光明的地方，在那里他们能够过上这种乌托邦的生活。[71] 张梦阳指出，和他在杂文中常用修辞手法相反，在这篇文章中鲁迅重复了这句话两次，这意味着这种观念在鲁迅的思想中占据着中心的地位。[72]

220　　在瓦茨拉维克、威克兰德和菲什所提出的框架中，在治疗过程能够被启动之前，治愈的定义就出现了。因此，鲁迅在开始其近八年的现代短篇小说创作生涯时，也恰好差不多设想了治愈后的状态。他的小说处女作就谈到了这种状态，并且在一年后写那篇关于父亲的杂文时，用不同的语句再次做了阐述。其所创作的小说本身一直在明确所尝试的办法和治疗的过程。

对鲁迅来说，治愈——就家庭中个人生活层面上以及自性内部——表现在细微的举动之中，体现在更大的希望、快乐、平静和安逸之中。事实上，狂人并没有期待更多的东西。他说过，当这种施虐受虐的困境结束和不再吃人肉时，人们能够"放心做事走路吃饭睡觉"。

---

[71] 张梦阳在《鲁迅的科学思维》中将其表述为"幸福的度日，合理的做人"（页 191）。杨宪益和戴乃迭把整个意象翻译如下："Burdened as a man may be with the weight of tradition, he can yet prop open the gate of darkness with his shoulder to let the children through to the bright wide-open spaces, to lead happy lives henceforward as rational human beings"（*Selected Works*, 2:57, 71；《鲁迅全集》，卷 1，页 135、页 145）。

[72] 张梦阳在《鲁迅的科学思维》（页 190—205）中发展了对鲁迅核心观念的这种理解。

总 结

作为以兄弟为题材的小说而被放在一起探讨，鲁迅的小说处女作《狂人日记》与他的倒数第二篇小说《弟兄》为其现代短篇小说作家的生涯打下了深深的烙印。它们象征性地衡量了他在小说创作中所旅行的距离，从讲述问题描写病症，到书写解决方法并勾勒出治愈状态的愿景。《狂人日记》提供了诊断和病因;《弟兄》是一篇相对简单得多的小说，它略述了治疗的过程和痊愈的状态。鲁迅的成就并不仅仅在于坚持这个给人以启示的功能失调社会模式，这种模式一旦被确定就可能被改变；他的成就也在于用象征的形式来表达转化的过程和精神疾病问题的解决方法。他的小说表明在家庭和个人的环境内实现治愈尽管很罕见，但却是可能的。从其所有的短篇小说中浮现出来的模式表明了鲁迅对人类灵魂理解的深度和敏感度。如果这种理解能够完全地规模化，并且适用于多种层面的社会相互交往之中，那么它可能会减少人们所遭受的不必要的苦难，并为如何停止苦难这个问题提供一部分答案，看起来鲁迅的大部分作品都是以这个问题为基础的。鲁迅所谓的绝望可能部分源于一个事实，那就 221 是他探索了问题，并找到了至少一种解决办法，最终就治愈状态的性质得出了一个具有说服力的观点，但是却没有办法在现实社会中实践。

因此，对他来说，一颗在心理层面的万能灵药是完全无用的，是根本无法满足需求的。在这种情况下，鲁迅在政治上"左"倾是完全符合逻辑的。社会性的影子需要更多的力量以克服压迫的力量。在当时，看上去在国家层面可以让局面变得好起来的唯一力量就是共产党，他们大多数距离遥远而不为人所知。鲁迅对革命力量的暴力并不陌生，要做出根本的改变，这些力量是必需的；但是他无法预测流血和悲惨的程度，这个场景在接下来的几十年里都会出现。

鲁迅并不期望用剧烈的社会变革——即使是文化层面的革命——

来解决人们内心的问题。[73] 他的小说表达了他的观点，那就是在外部世界持续发生意外事件的情况下，即使一个人能够治愈在家庭和自我领域意识和潜意识之间的分歧，这些领域也会完全与大环境牵扯在一起，而永不可能从本质上与大环境隔绝。举例来说，《伤逝》很清楚地说明了这一点。激进的社会转型可能会改变外部世界，并改进政治、社会和经济条件。来自鲁迅小说——特别是那些暗藏着治愈的小说——的证据表明，只在社会世界进行激进的变革，对解决来自人们内心的冲突来说是不够的。必须要做得更多。

鲁迅可能在认识到瓦茨拉维克、威克兰德和菲什所概述的心理变化过程时找到了些许安慰。他们指出，首要的挑战是正确地识别问题：鲁迅在这方面可谓成就显赫。他的小说也当然对第二阶段做出了贡献，确定了所尝试的解决方法。尽管看起来他无法想象第三和第四阶段会发生在社会层面，他也许会从荣格写于同一时期的著作中获得慰藉。

如前所述，从其对《苦闷的象征》的翻译中，鲁迅知道了荣格的著作《潜意识心理学》。他肯定不知道的，而且绝不会相信的，是1918年10月——约《狂人日记》面世的半年后——荣格在该书第二版序言中所写的话。荣格所言可能会让鲁迅消除对其成就的价值所具有的疑虑。荣格在反思一战所带来的人类灾难时写道（当时一战正接近尾声）：

> 太多人依然向外观望，有一些相信胜利和胜利者的假象，其他人相信条约和法律，还有人再次相信推翻现存的秩序。但是依然太少人会向内观望，向着他们自己，而更少人会问他们自己如果每一个人都尝试摧毁他自己的旧秩序，从他本人与他自己的内心来实践那些戒律，那些他在每一个街角所宣扬的胜利，而不

---

[73] 胡志德在《将世界带回家》中推测鲁迅即使在政治领域都很少期望真正的变革。胡志德指出"鲁迅故意拖延的重要原因之一可能是深植于一种感觉，那就是考虑到改革者与其反对者各具个性的性格，即使胜利真的可以达到，变革也可以出现，最终胜利也会证明是代价惨重的，而变得与所期望的相去甚远"（页253）。

是总是期望他的同胞们这么做，那么人类社会的末日是不是就可能不会出现。每一个个人都需要革命，需要内在分歧，需要推翻现存的秩序和重生……个人的自我反思，带着其个人与社会的命运，使个人回归到人性之基础，到自己最深处的存在——这是治愈现时占据着主导地位的盲目的开端。[74]

荣格对内在生命的推荐和关注——即使它已经获得了重视——当然并不能阻止《凡尔赛和约》后在欧洲和中国出现的问题。人们也不会事后诸葛亮地想象任何这种来自个人的心理融合会对历史的推动力产生众多的影响，它们导致了二战和中华人民共和国的建立。然而，当学者评价鲁迅在其所处时代的价值并找寻其在今天的意义时，他们会发 223 现作为全方位的评价，把他的观点置于心理治疗之内是有帮助的。

　　实际上——与本章开头所引荣格的话相呼应——在其对中国困境所作的多方位评估中，鲁迅"触动了潜意识的边缘"。对很多中国人来说，他的小说可以产生共鸣，即使在解读受到约束的毛泽东时代也是如此。这证明其小说有着生根发芽的深厚土壤。如今早已进入了后毛泽东时代，在这个时代鲁迅的小说不再像之前那样为社会问题提供答案，他对于人类心灵所了解的深度也许能被赋予新的声音。

---

[74] Jung, "Preface to the Second Edition (1918)" of "On the Psychology of the Unconscious" (7:5).

结　语
内在性的掌控、预言性的视野

　　鲁迅的小说回应了其所处历史时期人们所感到的迫切任务。他的回应是否可以作为学术文献？在多大的程度上可以作为学术文献？对于这些问题，早有广泛的讨论。我的分析关注的是符号性结构的层面。我认为他的两个小说集《呐喊》和《彷徨》中大部分短篇小说的文本都包含了自传体的色彩；这种范式构成了《呐喊》的《自序》中的四个关键意象，并贯穿于这些作品之中；而在把卡尔·荣格关于意识和潜意识之间动态相互作用的分析简化成一个完整自性中的自我与影子间的相互作用后，就不但可以提供一个有用的模式，用来命名鲁迅对中国社会分析中的抽象术语，而且表明鲁迅对于疾病具有一个内在的心理模式：诊断、病因、治疗过程和治愈。

　　鲁迅和卡尔·荣格都寻求阐明客观的心理与社会现象；都把他们自己置身于他们的研究之中，进行了深度的个人反思；他们用自己的方式所触及的人之内心世界即使不是普遍的，至少也是共通的。对两人来说，在他们对知识的探索中融入了对道德的追求。[1] 两人也都致力于治疗，对荣格来说主要是个人的，而对鲁迅来说则是国家和社会的。但是，尽管他们都用直觉了解到个人和国家之间的连续性，没有人在思考其中一方的主要领域时会将另一方排除在外，荣格担心的是潜意识力量对国家的塑造，而鲁迅关注的则是同样的力量在家庭和个人层面的影响。

---

[1] 对荣格来说，知道一个人自己的心理可以使他免于受到潜意识力量的诅咒，获得自由，因而使得真正的道德选择成为可能。

鲁迅也为这些问题而感到困惑，以至于在其脑海中反复地思量，并用象征性的手法在小说中来解决它。正如其对《呐喊》的描述那样，这些小说是他无法忘记的梦。与为人所熟知的社会责任感不同，究竟是什么样的内在责任感推动了他？为什么他需要写下这些小说？

请让我暂时抛开此前正式的分析程序，而是提出一些假设性的答案。我会提供两个截然不同的思考答案，每一个根据的都是心理学，而不是历史或者传记。第一个来自弗洛伊德主义的精神分析，它将艺术家的作品视为个人内在生活（弗洛伊德可能会说神经症，但我拒绝这种称呼）的表达。第二个则来自荣格（他承认了弗洛伊德方法的有效性，但也发现了它的局限），他的理论认为伟大的艺术从根本来说是客观的，而不是像弗洛伊德那样是主观的，最好的艺术是从艺术家所反映的集体观念到人们的外在集体来表达的。

精神分析学：个人的使命

弗洛伊德学派精神分析学家吉尔伯特·罗斯的著作打开了一扇门，让我们可以窥视可能是什么样的灵感产生了鲁迅对这一模式的多重反复叙述。在《生活和艺术中的创伤和控制》中，罗斯将注意力放在了作者的心理创伤和文学创作的联系之上，探寻了艺术家用美学的手段来获得对内在精神困境的掌控。[2]

罗斯将创伤定义为严重的情绪伤害，一般而言就是过分的刺激，它可能会由两种方式产生：由外部世界刺激所造成的切实的大量精神 231 冲击，或是由于个人对刺激的过于敏感。他认为，相同的事件对敏感的人所造成的创伤可能远远大于对那些不太敏感的人所造成的创伤。创伤的主要影响是精神分裂现象。他认为这指的是将感情从知觉和思想之中分离出来。当一件事情过于痛苦，让人无法抵挡，精神就会分

---

[2] 接下来的讨论主要基于 Rose's "Introduction" (vii-xv), chapter 2, the beginning of chapter 3, and chapter 9, in *Trauma and Mastery in Life and Art*。

离出感情。感觉会被抹掉，或者变得麻木。在生活中，思想和知觉最初都和感情相关联。通过日常的生活，对创伤的正常或是神经质的防御以及其带来的期望会"淡化"这种"感情色彩"[3]，并断开感觉与思想、知觉间的关联。深层的心理学家（弗洛伊德学派、荣格学派以及他人）在某些程度上将这一过程视为成长过程中不可避免的。对罗斯来说，精神分析和艺术都修复了"思想和知觉最初的感受之源"[4]。他补充道："精神分析通过语言的表达会去除压抑，艺术通过感性的形式抵消克制。"[5] 两者都恢复了感觉，扩大了个人用来回应这个世界的资源范围，对掌控内在和外在现实的不间断过程做出贡献。例如，我之前对鲁迅著名的《呐喊》的《自序》所作的讨论指出，诗歌和叙述，情感和散漫的语言相携手，造成了罗斯所言的"带着感情地了解"。

"对富有创意的作家来说，"罗斯指出，"虚构的角色……象征着被分裂和替换至外部世界的自我的各个方面。"[6] 创作的过程"遵循了基本的精神原则，那就是通过积极的重复以试图被动地掌控所遭遇到的创伤……"[7] 艺术家通过有意识地替换进行创作，给予这些替换公开地阐述。这些"生活"于作家内部分裂之外的角色既与作家一致，又与作家保持着距离。例如罗斯指出，我们知道角色会通过出人意料的行为和动机让他们的作者感到惊讶，这证明他们有着"分裂"了的独立性（鲁迅观察到了同一现象）。[8] 对艺术家来说，所完成的作品带来的荣耀会令人失去再现创伤的念头。通过象征性的表述，艺术家"开阔了读者同情地理解人物角色和经历的广度，远远超过了自己的日常生活空间"[9]。罗斯认为，艺术和精神分析（也许他可能会更为广义地

232

---

[3] Rose, *Trauma and Mastery*, xi.

[4] 同上。

[5] 同上。

[6] 同上，21。

[7] 同上，44。

[8] 同上，21-22。在《我怎么做起小说来》中，鲁迅写道："一气写下去，这人物就逐渐活动起来，尽了他的任务。但倘有什么分心的事情来一打岔，放下许久之后再来写，性格也许就变了样，情景也会和先前所豫想的不同起来。"见《鲁迅全集》，卷 4，页 527；*Selected Works*, 3:264。

[9] Rose, *Trauma and Mastery*, 45.

认为任何深度的精神治疗——我怀疑对此荣格会持不同意见）通过让感情回到生活之中而走向"治愈"，对此罗斯用了"掌控"（mastery）这一术语；而这个过程可能包括了创伤经历的象征性再现。罗斯在对陀思妥耶夫斯基《罪与罚》中的一个场景所作的分析中找到了自己的艺术理论，他效仿了弗洛伊德的步骤，试图在这部小说的一个特定场景中探寻到早期童年的经历。

　　鲁迅的生平充分地表明其早年的一些经历可能——就罗斯所用术语的特殊意义来说——真的是一种创伤。[10]鲁迅的小说中充斥着看起来遭受了创伤并且麻木的角色，这意味着对于这一话题他非常熟悉，而且感同身受。他在《呐喊》的《自序》中所说的"有谁从小康人家而坠入困顿的么，我以为在这途路中，大概可以看见世人的真面目"暗示着这样的一种经历，正如他决定一些事情他"不愿追怀，甘心使他们和我的脑一同消灭在泥土里的"[11]。如罗斯和其他讨论受创伤后的谨慎的学者所述，即使如此，事件和人对事件的回应结合在一起，才会滋生出精神创伤，而事件本身并不会自动地造成精神创伤。

　　有一种长期以来的观点认为艺术家的传记常常会找到艺术化的表述，荣格认为弗洛伊德学派的方法令这种理解更加深入而复杂。荣格警告说，这一过程中的危险在于它会轻易地导致一种无法保证的简化性，它通过让艺术变成仅仅是作家神经症的一种体现，来在一定程度上为艺术做辩护，但是最终无法解释是什么使得有的艺术伟大。[12]艺术家们不可避免地会凭借他们自己的外在和内在经历来创作。与其说有趣的在于经历本身，不如说在于他们如何来诠释它。重要的是内在的处理、再形成以及随之产生的表述，它们现在被转化成一种前进的 233 能力，超越了个人的经历，转变成了一种由其而来的艺术。

　　罗斯的方法的确在一定程度上有助于支持一个假设，那就是鲁迅

---

[10] 柯德席是少数使用弗洛伊德概念，并通过其作品分析鲁迅的评论家之一。在《中国散文诗》中，他思考了鲁迅生命中的创伤经历对其文学创作的影响（页18—25）。刘彦荣在《文学与回忆》中用弗洛伊德来诠释《呐喊》的《自序》，将其视为鲁迅对童年创伤的一种表述，并用弗洛伊德的理论来研究鲁迅在一些文学作品中潜意识的表示（页49—54）。

[11] 分别见《鲁迅全集》，卷1，页437、页440；*Complete Stories*, v, viii respectively。

[12] Jung, "On the Relation of Analytical Psychology to Poetry," 15:67-71.

短篇小说中的叙述模式与他内部的心理需求相关。当在《呐喊》的《自序》中鲁迅把创作小说的动机和难以忘怀的梦联系起来时，他做了很多的暗示（鲁迅可能从两重意义上来理解梦：一个年轻人对其生活的希望，以及在晚上对潜意识的表达）。荣格可能会指出，这意味着梦为潜意识提供了出口，为内在的"事实"进入有意识的觉悟提供了载体。其他人采取了危险的行动，试图在小说的内容和传记性的细节之间画一条虚线。例如赖威廉就极力主张鲁迅的生活和小说中的事件之间有着极大的相似性，鲁迅的弟弟周作人的情况也是如此。[13] 我的研究从根本上和这样的方法存在着差异。我的研究更想考察的是鲁迅对事实的重新塑造，把其作为心理治愈的一条通途，对于这一课题来说，罗斯的著作是大有帮助的。

首先，鲁迅看起来用直觉就知道了罗斯在艺术和治愈之间所找到的关联。关于在幻灯片放映场景时的中国人，困扰着他的是魁梧的身躯和麻木的感情之间的对比。其所谓的反应表明了他想重新把感情与知识、知觉团结起来的意图，以及他认为文学能够起到这一作用的信念。事实上，鲁迅最好的作品重新用某种方式构建了对中国社会的理解，以至于通过语言的象征让读者感受到其他人的痛苦。安敏成认为鲁迅担心文学所引发的感情会有释放作用，这种由"充满感情的知觉"所引发的紧张气氛会通过艺术得以经历和释放，从而削弱了其唤起读者去行动的目的。[14]

如果跟随的是罗斯的思想脉络而不是安敏成的全部逻辑，那么我们可能会认为鲁迅有效地利用了文学的力量，将知识、知觉与感情重234 新合在一起，为的是开辟一条新的看世界之路，提供一个新的感受世界的基础。尽管这个研究没有凸显鲁迅对意象使用的本身，但可以切实地看到，如前所述，《呐喊》的《自序》中的松散叙述提供了"知识"，而意象或是"诗歌"则重新加强了感情，除此之外，很多小说中令人无法忘怀的意象和（事实上）有的小说一起，表明它们自身就以这种激动人心的方式发挥作用。考虑到其生活的混乱时势，鲁迅自

---

[13] 周作人：《鲁迅小说里的人物》和《鲁迅的故家》。

[14] Anderson, *The Limits of Realism*, 89-91.

然地感到了在公共空间立刻采取行动的使命。在小说中，他提供了一个新的理解框架，它对于他给自己安排的任务来说是必要的，但还不够充分。荣格在一次访谈中指出一旦一个人获得了洞察，他就必须决定要对它做什么。[15]毫无疑问，鲁迅对文学所能发挥的作用有着太多的期望。

罗斯的著作也暗示艺术可能帮助作家治愈自己的分裂。虽然鲁迅没有提出他的小说能够发挥这样的功能，但是其小说中的证据表明它们可能具有这样的功能。或者可以更为准确地说，文本表明他在其想象中转换了影子的问题，写出了解决方法。当然，我们不可能知道小说究竟激发还是加快了这一转变的过程，抑或只不过起到了微不足道的作用。但是，的确看起来通过在《呐喊》的《自序》和小说中对深层结构一而再再而三的叙述，鲁迅把自己投射为所有角色的总和，通过象征性的形式在一系列领域里排演并解决了自我与影子相关联的问题，而且在它们最佳之时，这些形式，这些短篇小说能使他的读者们"带着感情地了解"，并将对长期以来社会和人类问题的新理解与充满感情的反应融为一体。[16]

不过，鲁迅的抱负超过了罗斯的构想。他的目的在于改变社会秩序，而不仅仅是使个人的精神重新合为一体。因此最终他对这一策略的效力产生了怀疑。在这种情况下，荣格对艺术家、艺术作品和他们赖以涌现的世界之间的关系的思考就提供了额外的有用观点。

鲁迅和公共道德使命　235

荣格的两篇论文《论分析心理学与诗歌的关系》和《心理学和文

---

[15] 荣格在 1990 年的纪录片《内在的世界——荣格在他自己的话语中》（The World Within-C. G. Jung in His Own Words）的第 31 分 30 秒至 58 秒阐述了这一观点。导演：苏珊·瓦格纳（Suzanne Wagner），制片人：乔治·瓦格纳（George Wagner）。1959 年由理查德·埃文斯（Richard Evans）在得克萨斯大学做采访，1955 年由斯蒂芬·布莱克（Stephen Black）在英国广播公司（BBC）做采访。https://www.youtube.com/watch?v=HcWOUV77m24.

[16] Anderson in "The Morality of Form," in *Lu Xun and His Legacy*, ed. 李欧梵认为在写作小说的过程中，鲁迅尝试将其记忆"客观化"（安敏成之语），因此和它们保持了情感的距离（页 38）。我的分析则是这种观念的进一步深化。

学》表明荣格并没有那么关注艺术家的经历是如何在艺术作品中得以表现的，而是更为关注创作的过程，以及对源于人类心理原型层面的艺术社会的影响。[17] 荣格的方法建议了第二个可以作为补充的假设，在我看来，它可以更有力地说明为什么鲁迅可能用八年时间来冥想自我与影子之间的动态。这种假设和罗斯在更为弗洛伊德式的方法下，用来诠释陀思妥耶夫斯基的个人病理建议毫不相干。

荣格指出艺术在社会中所扮演的角色和潜意识在个人中所扮演的角色相仿。"因此，正如个人的意识态度的单一性会被来自潜意识的反动纠正那样，艺术代表了在国家和时代的生命中一个自我管理的过程。"[18] 这就是说，艺术可能通过阐述潜意识的力量或角色来回应深层的社会需求，而这些力量或角色极力想获得认可和表现，而当它们被接受后，就会带来对整体更为完整的意识，也会具有更强的适应现实的力量。荣格在现代性和科技爆炸中看到精神需求已被取代；而他把心理学的声名鹊起理解为一种自发出现的产物，为的是达到平衡；同时也是一种自然出现的补偿性文化反应和一种探寻这些需求的方法。[19]

在《论分析心理学与诗歌的关系》中荣格提出艺术通常会产生于艺术家内部两个不同创造模式的其中一个。第一个是人格化的模式，艺术家有意识地控制素材，想要达到特定的结果。[20] 素材要服从于他的艺术目的。另一个是原型的模式，艺术家在其中"只能听从明显外在于他的冲动，对它亦步亦趋，感到他的作品比他自己更伟大……在此艺术家和创作的过程是不同一的"[21]。更确切地说，他允许"艺术通

236

---

[17] "On the Relation of Analytical Psychology to Poetry" 和 "Psychology and Literature" 都见于 Jung, *The Spirit in Man, Art, and Literature*, 65-83 and 84-105, respectively。

[18] Jung, "On the Relation of Analytical Psychology to Poetry," 15:83.

[19] 荣格在《潜意识的角色》（见《文明的变迁》）中指出社会条件可能使得潜意识力量走上台前："我们在我们的时代开始谈论潜意识，这一事实本身简直就证明了任何事物都不是有序的。"（10:15）

[20] 在使用"人格化的"（personalistic）和"原型的"（archetypal）这两个术语时，我采用了《心理学和文学》[Psychology and Literature (15:89)] 一文的编辑所提倡的术语。亦见"On the Relation of Analytical Psychology to Poetry," 15:72。

[21] Jung, "On the Relation of Analytical Psychology to Poetry," 15:73.

过他意识到它的目的"[22]。荣格注意到同一个艺术家可能在不同时期采用不同的模式，他用歌德的《浮士德》的第一和第二部分作为例子。在它们的创造冲动中，第一部分是个人化的，而第二部分则是原型化的。荣格也指出这种区分不是严格的非此即彼。当他认为尼采的《查拉图斯特拉如是说》是极端的原型模式时，他暗示歌德《浮士德》的第二部分尽管从本质来说是原型化的创造，但是却有着更多有意识的塑造。因此，他进一步暗示从理论上讲，至少创作的冲动可以被定位于个人化和原型化这两极所组成的一条轴线旁，倾向于其中的一个或另一个方向而已。

根据荣格的理解，这两部日耳曼语系的著作来源于集体潜意识。就原型来说，它是潜能的普遍模式，在被激活时则会呈现出特点的色彩。这些原型是普遍的，但是其展现却总是因它的时间和地点而各具特色。进一步来说，"一个时代就好像一个个体；它有着它自己意识观点的局限，因此需要调节以作为补充。当一个诗人或是预言家把其所处时代未曾说出口的欲求用某种方式表达出来，并通过言语或是行为展示了满足它的方法时，集体潜意识就会影响到这种情况"[23]。因此，艺术可以在特定的时刻对全社会起到补偿性的功能。荣格举例说，歌德和尼采的观点是如此深植于德国根源之中，以至于我们无法想象其中任何一个会出现于另一种不同的文化语境之中。[24]

荣格进一步把那些从原生经历中获取创作源泉的艺术家设想成允许"对来自尚未出生和尚未形成的事物的深不可测的深渊做管窥"的人，而不是阐述已知或是熟悉的事物。实际上，这样一位艺术家所获取的素材之源，与预言者和先知所获取的是一样的。[25]艺术家的知觉来自集体潜意识，他不是在个人化的模式中进行创作，而是根据文化的模式或是人类的集体潜意识。对荣格来说，伟大艺术的秘密和它的影响在于它的创作过程：

---

[22] Jung, "Psychology and Literature," 15:101.

[23] 同上，15:98。

[24] 同上，15:103。

[25] 同上，15:95。

237 以对一个原型化意象中潜意识的激活为要素，以在所完成的作品中阐述并塑造这种意象为要素。通过塑造这种意象，艺术家把它翻译成了当今的语言，于是就让我们可能发现回到生命最深之源的道路。在此蕴含着艺术的社会意义：它总是发挥着教育时代精神的作用，魔术般地创造出这个时代最缺乏的形式。[26]

荣格的论断能够很好地描述鲁迅在其时空中所起到的作用：尽管他的小说必然利用了他的个人经历，但是却回答了一个集体的诉求；他笔下来自社会的影子的多重人物需要被带到光亮处，被认可，被融合，这样整个社会才可能被治愈，而它复兴了的能量为的是适应这个现代社会。

在此我们能够如果至因地倒着阅读。作家茅盾在仅仅读了《阿Q正传》的四个部分后，在并不知道作者是谁的情况下，声称"阿Q相"是中国人行为的形象化产物。[27] 尽管鲁迅在其同侪中的盛名只有部分源于其短篇小说，但从参加他葬礼的人数之众和他棺木上覆盖着的"民族魂"的大旗可以看出他的小说影响巨大。即使在毛泽东思想诠释方式盛行的年代，对鲁迅短篇小说做了规范式的解读，它们仍然能够打动读者。[28] 即使在过去的这些年里有一点减弱，这些小说中的杰作依然继续散发着无尽的魅力，这证明他打动了中国人灵魂深处的心弦。说鲁迅"教育了时代精神"，甚至给他更高的赞誉，都是恰如其分的。

荣格也为鲁迅为什么具有这样的能力提供了解释。根据荣格，鲁迅对自我审查的执着来自他对中国人困境细微而敏锐的观察。荣格写道：

我们通过自我认知变得对我们自己越了解，并且行为也越相应地做出改变，个人潜意识的层面……就会消失得越多。以此出

---

[26] Jung, "On the Relation of Analytical Psychology to Poetry," 15:82.

[27] 张梦阳，《鲁迅学》，页 204。

[28] Chou, *Memory, Violence, Queues*, 6.

现了一种意识，它不再囿于自我这个细小、过分敏感的个人世界　238
之中，而是自由地参与到客观利益的广阔世界中。这个扩大了的
意识一般会把个人带到与世界具有绝对的、必须遵守而牢不可破
的交融之中……在这个阶段，它从本质来说是一个关于集体性问
题的议题，这些问题已经激活了集体潜意识，因为它们需要集体
的而不是个人的补偿。现在我们可以看到潜意识所产生的内容，
它们不但对所关注的个人有效，而且对其他人也一样，事实上对
很多人都有效，甚至可能是所有人。[29]

换言之，当一个人自己的潜意识内容不再渴求表达时，这是一个标
志，它表明精神是在一个相对融合的地位进行操控的，于是自性在展
现它自身之时也就更加开放地思考周围环境的现实情况。那些指明了
鲁迅的病态，认为他看起来关注怪人与死亡的评论家，可能是正在受
到洞察力的影响。这种洞察力源于自省，而伴随着自省的则是他在道
德上拒绝逃避那些呈现于他眼前和心中的苦难。

　　如果一个人离开了精神范畴而思考历史时代本身，那么他可以想
象鲁迅希望的是把那些未曾言说的、无法看到的和不为所知的人们包
容在内，他们是思想和社会的底层。在随后的数十年中，这些他希望
发生在社会层面的变化的确在一定程度上出现了。无论一个人对中国
革命有何评价，它都显然极大地调节了统治阶级和被统治阶级之间的
平衡，它将潜意识中未被认可的力量带到了台前，它令百姓被忽视的
不满和惨况浮出了水面。尽管革命也给身处于漩涡之中的人们带来了
苦难，但是观望 21 世纪初的中国，我们依然能够说对于那些追随革
命几十年的人来说，它减轻了他们的苦难。在一个层面上，鲁迅短篇
小说的场景和角色可以被理解为对于这种吸收需求的象征性表达，它
们展示了原型力量，展示了集体诉求中的潜意识元素，这些集体诉求
包括获得认可，以及融入他们所处世界的自我意识之中。文学对一个　239
国家的影响是有限的，而在这有限的程度上，鲁迅也许用他的方法象

---

[29] Jung, "The Relations Between the Ego and the Unconscious," 7:178.

征了其时代的迫切使命，并且促进了社会影子的吸收。

我将进一步推断在有些情况下，鲁迅的小说确实触及了荣格所指的深度。这些小说以达到极致的微妙性和复杂性呈现了问题，正如顾明栋指出，它们对于多重的解读报以最大的"开放性"。它们的素材来自原型层面，同时又具有中国本土特色。张梦阳特别选出了一些小说，认为它们具有自己的研究脉络，这些小说依然让人感到困惑，并赢得了来自众多角度的多重诠释。[30] 当然，《狂人日记》和《阿Q正传》属于这一类别，也许还有《祝福》。[31] 其他的评论家们可能会把别的小说归于这一类，但是这么做就很难划一条明确的界限。[32] 所有触及范式的小说都展现了原型的特性，尽管只有一些特定的篇目看起来对人心中的"深渊"做了"管窥"。在有的篇目中，一个特定故事里一代人所引发的冲动可能会倾向于荣格所指层次中个人化的一端。事实上，那些最为清楚地暗含了治疗方法的小说看上去是通过更为完整的有意识目的来实现的（就《故乡》来说，这一点可能没有那么准确，就治愈来说这篇小说是最不明晰的）。暗含了治疗方法的小说也是那些显而易见构思最为精巧的，有着最为严谨的艺术掌控，《肥皂》和《弟兄》尤为明显。

荣格认为艺术家能够从某种深度进行创作，就好像有人在偏僻小路和黑暗场所行走，选取先知和预言家所用的同样素材，并写下远超过他所知的内容。在此我想起了鲁迅的担忧，他担心《阿Q正传》会真的成为预言，我还想起了鲁迅的期望，他希望将来的读者会用意想不到的方式来理解这个故事。看起来艺术家成为一种更为广泛而非个人性事物的载体，正如赖威廉和白培德所论证的那样，尽管他们用了不同的方式，有着不同的影响。对荣格来说，当艺术家的作品满足了社会的精神需求时，艺术家事实上变成了这件作品的一个工具，需

240

[30] 张梦阳在《鲁迅学》中指出关于《阿Q正传》和《狂人日记》的研究都在鲁迅研究的内部构成了分支领域（分别在页202与页209）。

[31] 在概述近八十年来对《阿Q正传》和《狂人日记》所作的批评讨论时，张梦阳指出了那些为每一篇小说的"普遍性"而进行争论的评论家们。

[32] 陈漱渝在《鲁迅风波》中认为以下的小说是鲁迅作品中最为重要的:《狂人日记》《伤逝》《一件小事》《孔乙己》《祝福》《在酒楼上》《药》《阿Q正传》。

要服从于它。"一件伟大的作品就好像一个梦；对于所有显而易见之处，它自己都没有解释，并且总是模棱两可的。"[33] 荣格对这一种创作过程的阐述与鲁迅在《呐喊》的《自序》中留下的线索相呼应，鲁迅暗示《呐喊》中的小说之所以出现看起来是因为它们自己独立的力量，"这便是最初的一篇《狂人日记》。从此以后，便一发而不可收……"[34]——就好像是它们在写他，而不是他写了它们。这种荣格所期望的高度原型性质当然只出现于一些小说。但是，我们可以断言鲁迅的文本暗藏了他最为个人的关注点和自传性的编码，而且也自发地抓住了其时代的多重脉搏。看起来，与其时空的共鸣可以完全地与其最为个人的表述相呼应，因此他所设想的精神治疗方法尽管是在个人领域中塑造的，却可能对整个社会都有着借鉴意义。

荣格期望潜意识和有意识的心灵一样，能够"思考"他所谓的"重要概念"，可以输入更广泛的社会之中。荣格把他自己从根本上视为一个科学工作者，寻求的是描述精神在客观方面的功能，和他一样，鲁迅在回答其内在的使命感和社会需求时也是如此。正如胡志德所如此巧妙察觉的那样，鲁迅和他同时代的很多人不同，并不用过度的自我表达来为其个体性发声，而是通过道德信念和历史使命的视角，对其自身世界进行灵巧而"客观"的观察，来为其个体性发声。[35] 鲁迅回应的是深植于自我、家庭、社群和国家领域的需求，这些领域是持续而互相关联的。荣格指出了精神的潜意识意象和"艺术家的视野"之间的相似性：

> 对于一个道德的人来说，伦理问题是一个满怀激情的问题，241它根植于最深的本能过程与其最理想主义的抱负之中。对他来说，问题是极其真实的。因此，意料之中的是答案同样来自其本性的深处……更为敦厚宽容的天性可以合理地对非个人的问题感兴趣，在这样的情况下，它们的潜意识能够在同样的方式下进行

---

[33] Jung, "Psychology and Literature," 15:104.

[34]《鲁迅全集》，卷1，页441；*Selected Stories*, 24。

[35] Huters in "Blossoms in the Snow" (55-57).

回答。[36]

　　当然，鲁迅具有这样宽厚的天性，而现代中国的问题对他来说是"极其真实的"。

　　铁屋意象的过人之处与其在小说中所产生的反响和启示，在于它对洞察力的完美阐述。无论是知性的还是情感的，集体的还是个体的，个人的还是国家的，洞察力都提供了其时代所需的"带有感情的知识"。历史的危机为创作打开了大门，而社会崩溃的痛苦则打开了激情的大门——这是希望世界更美好的激情，否则就有可能夭折而无法实现。这种灾难性的局面打开了大门，使得那些没有被看到的变得被看到，那些潜意识变成了意识；尽管并不是必然的，甚至可能性也不大，但是它使狂人可能疯狂地想象出一个世界，在那里人们可以"放心做事走路吃饭睡觉"[37]，即使这样的想象是短暂的。

---

[36] Jung, "The Relations Between the Ego and the Unconscious," 7:183.

[37]《鲁迅全集》，卷 1，页 451；*Complete Stories*, 9。

后 记

　　随着这一研究的完成，我已经写出了我解决这个在前言中所提出的问题的方法。正是该问题促使我去理解鲁迅的名篇《祝福》对年轻时的自己在情感上的影响。为什么这篇小说的结局能让我受到发自内心的震撼？为什么几十年过去了我会一次又一次地回到鲁迅的小说中，并且开始研究它们？为什么如今我感到随着这一工作的完结，我终于能够平息推动着我进行这项研究的内在使命感？

　　卡尔·荣格在描绘伟大的艺术和梦境的相似性时曾提出了一个答案：

　　　　它展现了这样的一个意象……它由我们来决定得出结论……当我们让一件艺术作品对我们产生效用，就好像它对艺术家本人所产生的效用一样时，我们就意识到了它。为了掌握它的意义，我们必须允许它像塑造他（艺术家）那样来塑造我们。于是我们也会理解其原始经验的性质。他投身于集体心理的治愈和拯救的深处，在那里个人不会迷失于孤立的意识及其错误和痛苦之中，在那里所有的人都会面对共同的规律，它允许个人向作为整体的全人类交流他的情感和奋斗。[1]

　　我试图理解鲁迅小说为何对我来说有着如此动人心弦的能力，在

---

[1] Jung, "Psychology and Literature," 15:104-105.

这一研究中我关注的是文本本身，而不是作者其人。当然，我始终没有忘记鲁迅是生活在一个特定时期的特定个人，他针对特定的读者写了这些小说。在研究中有时候我跳出了短篇小说文本本身，为的是阐明它们所提出的一个特定话题，但是在大多数时候我置身于文本所创造的世界之内。

246　　出人意料的是，这个过程使得我将个人的学术方法和荣格的科学探索精神联系在一起。看起来，荣格并没有那么在意艺术所具有的表达个人对这个世界所做的私人而怪异的回应的能力，相反，他更感兴趣的是就普遍而客观的维度来说艺术所具有的力量。同样，鲁迅拒绝揭示其生活中亲身体验的个人经历。比如他从未描述和他弟弟周作人的决裂，他们曾经是多年亲密的战友，而他们的决裂也绝对是非常难堪的。因此，我用近乎冷酷的方法，训练自己把注意力放在了小说的范式结构之中，放在了它们与荣格所指出的原型特征的相似性之中。我有意地忽略了鲁迅的私人生活，或是这位谦虚的巨人对当代中国知识界的巨大影响。在一定程度上，我所寻求的是对鲁迅文本的客观考察，正如认为自己首先是科学家的荣格寻求的是给正常人类心理的研究带来客观性，或者如鲁迅那样，在其自我反省和对中国社会的分析中，寻求破解中国精神疾病的复杂性。

　　近年来，北美的学者经常强调鲁迅对语言局限性的关注，探寻他对自己小说被误读的合理担忧，以及他对文学不能成为社会变革的有效工具的惧怕，而这种惧怕在其生命的最后十年中尤为显著。这些学者的观点有帮助地指出了语言在透明地传达意义这方面的局限性，而且通过这些研究给阅读和诠释这样的批判行为增加了复杂性。

　　然而，我希望相背而行，和荣格一起来肯定一般文学的交流的可能性，以及具体到鲁迅的短篇小说的交流的可能性。鲁迅小说中的最佳作品展现了它们的力量，即使对于那些相隔着巨大时空和文化差异
247 的人来说，都能够引发有意义的回应。这一现象也需要解释。在霍华德大学的文学课上有学生在对阿Q的行为感到困惑后，颇具洞见地提醒我说：阿Q具有一种智慧，他有"小聪明"。阿Q将失败转化成胜利的能力引起了这位年轻的黑人小伙子的共鸣，在种族歧视极为严重

的美国社会中他也经常被迫体验到他自己的失败和无力。其他很多熟悉鲁迅笔下的历史和文化环境的人也证明他的作品有着替他们开阔视野的能力，让他们用不同的眼睛来观察这个世界，甚至在艰难时世中给他们以慰藉。[2]

现在看起来，当我最初读《祝福》之时，即使通过有着隔膜的译文，它的语言依然传达了小说原有的洞察深度，那就是鲁迅通过他的能力自豪地"带着感情"去"认识"他自己和他的世界。尽管有着巨大的文化差异，年轻的我有着不自觉的开放性，不知为何就能够体会到这种洞察，并且从我的内心深处，能够认识到某个无法用言语表达的真理，它只能通过小说中所隐藏的部分来交流。关于祥林嫂苦难一生的心酸描述和叙述者对从道德上吸收和回应其意义的拒绝之间有着一道鸿沟，这也许与我自身的双重性产生了共鸣。我现在觉得，不知为何我年轻的自我允许那篇小说"对（我）产生效用，就好像它对艺术家本人所产生的效用一样"，并且"像塑造他（艺术家）那样来塑造（我）"。我早年的心理学任务之一是开始重新让我自己的影子变得完整，以实现一个更具有整体性、更为完整的自性，而看起来这篇小说中的范式结构以与梦境相同的方式，早已提出了我需要去理解并面对的挑战。

另外，将潜意识与意识相融合，以使其生机勃勃的能量能让更为完整的自性得以扩展并充满生机，这对我来说既是一个个人的问题，也是一个文化话题，我觉得对鲁迅来说可能也是如此。作为一个在美国长大的年轻黑人女性，我被迫通过一次又一次的痛苦经历认识到就我的社会角色而言，其他人将我视为社会的影子，他们找到了微妙而248
直接的方式，来让我知道我并不是主流社会的完整一员，也不被主流社会欢迎。在当时几乎每一个美国文化媒体都宣扬白人的审美标准，它告诉处于豆蔻年华的我永远都不要希望有人会觉得我有魅力。被迫进入美国人心灵中隐秘之处而被视为不受欢迎的是如此之多，更为完

[2] 例如，见王晓明为其所著《鲁迅传》写的前言。周姗在《记忆、暴力和辫子》中将王晓明视为少数自身被鲁迅的作品打动过的人之一，即使政治上强制对他表示赞扬（页6—7）。

整的国家自性中不被认可的特性是如此之多，它们被投射到了非洲裔美国人之中，他们被认为是无知的、像动物一样的、暴力的，诸如此类。埃利希·诺伊曼在作于 20 世纪 40 年代晚期的《深度心理学与新道德》中描绘了在他所谓的"原始"社会和大众社会中影子投射操作的相似性。两者都将"局外人"视为寻找替罪羊的目标。"在一个国家内部，提供了（影子）投射对象的局外人是少数族裔……以前扮演了局外人角色的是战争中的战俘或是遇到海难的水手，而现在则是由华人、黑人和犹太人来扮演。"[3] 在我掌握充分的概念性语言以向我自己——并令我满意地——解释这个道理前，我就感受到了这一切。

与此同时，我的家庭把我抚养成了精英知识分子的一部分，成为"黑人"社会 W. E. B. 杜波伊斯（W. E. B. Du Bois）"十里挑一的天才"（The Talented Tenth）项目中的一员。[4] 我父亲于 20 世纪 20 年代毕业于常春藤盟校，我的母亲则优雅、精致而充满艺术修养，在他们的教导下，我获得了用精英的眼睛来观察的能量，甚至有时候把自己伪装成主流社会的一员。我的父母鼓励这种技能，至少就我所知，在他们的黑人女儿注册了中文课程并宣称她要以亚洲研究为专业的时候，他们连眼都没有眨一下。他们谁都没有问："你学这个毕业之后能干啥？"反抗世界需要保护盔甲，而发展我的智慧则是盔甲的一部分，我猜想研究中国看起来就像其他学科一样，与这个目标是相符的。

249　　任何能够观察社会的人，无论身处什么社会，无论是从社会的底部仰视还是从高处俯瞰，都不可避免地受到来自更为广博而复杂的视野的正面影响。这样的禀赋不仅仅局限于非洲裔美国人，对任何种类中的"他者"来说，对任何具有在文化"自我"内部成功发挥作用能力的人来说，这种禀赋都是一种触手可及的优势。杜波伊斯把这种能力称为"双重意识"。在我的生活中，我遭受了磨难，也有着付出，而最终被赐予了从社会自我与社会影子这两方面来观察世界并在这个

---

[3] Neumann, 52.

[4] 杜波伊斯（W. E. B. Du Bois, 1868—1963），第一位从哈佛大学获得博士学位的非洲裔美国人，社会学家、历史学家、人权活动家、泛非主义者，也是《黑人民族之魂》（1903）的作者。该书介绍了"十里挑一的天才"与"双重意识"等概念。

世界中生存的方法。

我怀疑鲁迅的世界观中也蕴含着一种"双重意识"。在《呐喊》的《自序》中他写道当一户人家从小康坠入困顿时，家里人就可以看见世人的真面目。我也总是想象他赴日留学进一步使他身处他的文化框架之外，从而当他回到中国之时，便能够自发地用受到西方以及日本（西方的替代品）文化熏陶的双眼来观察他的祖国，同时他又具有执着的中国爱国者和知识分子所拥有的双眼，因此他能够同时用外在者和内在者的触觉去体验。我想象这些家道中落和外国视野的经历开启了他从上下两方面理解这个世界的潜能，而这种自然浮现的视野的二元性会促使一种拓宽了的视野、一种更为丰富的双重性的出现成为可能，尽管这当然并不是必然的。

正如鲁迅的小说表明他采用了"一以贯之"的范式以解决渗透于其所处社会各个层面的精神分析模式，在我为一个更为完整的内在自我而作的长达数十年的原型旅程中，他的小说也成为我的同伴和指引。回头看看那个年轻时的自己，我相信我是在最原始的层面被鲁迅的语言符号——短篇小说——感动的，他的短篇小说包含了自我／影子的原型模式，以及影子以治愈完整个人为目的论的"希望"。也许我年轻时的希望也与鲁迅对这世界预言性的观点相呼应，在那里不会 250 再有同类相食，在那里兄长和弟弟、男人和女人、知识分子和农民、精英和大众都会认识到他们是更为广义的中国整体的必要组成部分。也许通过"投身于（其自身和集体心理的）治愈和拯救的深度"，通过培养文学技巧以阐述他的发现，鲁迅为我们所有人——而不仅仅是为他的中国同胞——准备了一份礼物，那就是通向精神治愈的视野和道路。

参考文献

Abbs, Peter. "Autobiography and Poetry." In *Encyclopedia of Life Writing*, edited by Margaretta Jolly, vol. 1:81-83. 2 vols. London: Fitzroy Dearborn Publishers, 2001.

Abrams, Jeremiah, and Connie Zweig, eds. *Meeting the Shadow: The Hidden Power of the Dark Side of Human Nature*. Los Angeles: Jeremy P. Tarcher, Inc., 1991.

Abstracts of The Collected Works of C.G. Jung: A Guide to The Collected Works, Volumes I-XVII, Bollingen Series XX, Princeton University Press. Rockville, Maryland: Information Planning Associates, Inc., 1976.

Anderson, Marston. *The Limits of Realism: Chinese Fiction in the Revolutionary Period*. Berkeley: University of California Press, 1990.

Asia for Educators. "The Meiji Restoration and Modernization." Columbia University, 2009, http://afe.easia.columbia.edu/special/japan_1750_meiji.htm

Braester, Yomi. *Witness Against History: Literature, Film, and Public Discourse in Twentieth-Century China*. Stanford, California: Stanford University Press, 2003.

Brown, Carolyn T. "The Paradigm of the Iron House: Shouting and Silence in Lu Hsün's Short Stories." *Chinese Literature: Essays, Articles, Reviews (CLEAR)*6, no.1/2(July 1984), 101-119.

——., ed. *Psycho-Sinology: The Universe of Dreams in Chinese Culture (A Conference Report)*. Lanham, Maryland: University Press of America, 1988.

——. "Woman as Trope: Gender and Power in Lu Xun's 'Soap.'" In *Gender Politics in Modern China: Writing and Feminism*, edited by Tani Barlow, 74-89. Durham: Duke University Press, 1993.

Burket, Walter, René Girard, and Jonathan Z. Smith, *Violent Origins: Ritual Killing and Cultural Formation*. Stanford, California: Stanford University Press, 1987.

Butler, Judith. "Performative Acts and Gender Constitution: An Essay in Phenomenology and Feminist Theory." *Theater Journal* 10, no. 4 (December 1988), 519-531, https://www.jstor.org/stable/3207893.

Button, Peter. *Configurations of the Real in Chinese Literary and Aesthetic Modernity*. Leiden: Brill, 2009.

Campbell, Joseph. "Editor's Introduction." *The Portable Jung*. New York: Viking Penguin, 1971.

Chan, Ching-kiu Stephen. "The Language of Despair: Ideological Representations of the 'New Woman' by May Fourth Writers." In *Gender Politics in Modern China: Writing and Feminism*, edited by Tani Barlow, 13-32. Durham: Duke University Press, 1993.

Chan, Wing-Tsit. *A Source Book of Chinese Philosophy*. Princeton, New Jersey: Princeton University Press, 1963.

Chang, Hao. "Confucian Cosmological Myth and Neo-Confucian Transcendence." In *Cosmology, Ontology, and Human Efficacy: Essays in Chinese Thought*, edited by Richard J. Smith and D.W.Y. Kwok, 11-34. Honolulu: University of Hawaii Press, 1993.

Chang, Shuei-may. *Casting Off the Shackles of Family: Ibsen's Nora Figure in Modern Chinese Literature, 1918-1942*. New York: Peter Lang, 2004.

Chen, Jing 陈 静, author and editor. *Lu Xun de panghuang yu nahan* 鲁迅的彷徨与呐喊 [Lu Xun's *Wandering* and *Call to Arms*]. Beijing: Dongfang chubanshe, 2006.

Chen, Shuyu 陈漱渝, ed. *Lu Xun fengbo* 鲁迅风波 [Disputes regarding Lu Xun]. Beijing: Dazhong wenyi chubanshe, 2001.

Cheng, Eileen J. "Gendered Spectacles: Lu Xun on Gazing at Women and Other Pleasures." *Modern Chinese Literature and Culture* 16, no. 1, (Spring 2004): 1-36, https://www.jstor.org/stable/41490912.

——. "'In Search of New Voices from Alien Lands': Lu Xun, Cultural Exchange, and the Myth of Sino-Japanese Friendship." *The Journal of Asian Studies* 73, no. 3(August 2014): 589-618, https://doi.org/10.1017/S0021911814000977.

——. *Literary Remains: Death, Trauma, and Lu Xun's Refusal to Mourn*.

Honolulu: University of Hawai'i Press, 2013.

——. "Recycling the Scholar-Beauty Narrative: Lu Xun on Love in an Age of Mechanical Reproductions." *Modern Chinese Literature and Culture*. 18, no. 2(Fall, 2006): 1-38, https://www.jstor.org/stable/41490962.

Cheung, Chiu-yee. *Lu Xun: The Chinese "Gentle" Nietzsche*. Frankfort am Main: Peter Lang, 2001.

Chinnery, J.D. "The Influence of Western Literature on Lu Xun's 'Diary of a Madman.'" *Bulletin of the School of Oriental and African Studies* 23, no. 2(1960): 309-322.

Chou, Eva Shan. "A 'Story about Hair': A Curious Mirror of Lu Xun's Pre-Republican Years." *The Journal of Asian Studies* 66, no. 2(May 2007): 421-459.

——. "Learning to Read Lu Xun, 1918-1923: The Emergence of a Readership." *The China Quarterly* 172(December 2002): 1042-1064, https://www.jstor.org/stable/4618817.

——. "Literary Evidence of Continuities from Zhou Shuren to Lu Xun." *Rocky Mountain Review of Language and Literature* 59, no. 2(2005): 49-66, https://www.jstor.org/stable/3655047.

——. *Memories, Violence, Queues: Lu Xun Interprets China*. Ann Arbor, Michigan: Association for Asian Studies, 2012.

——. "The Political Martyr in Lu Xun's Writings." *Asia Major* 12, no. 2(1999): 139- 162, https://www.jstor.org/stable/41645550.

Chow, Rey. *Woman and Chinese Modernity: The Politics of Reading between West and East*. Minneapolis: University of Minnesota Press, 1991.

——. *Primitive Passions: Visuality, Sexuality, Ethnography, and Contemporary Chinese Cinema*. New York: Columbia University Press, 1996.

Cockshut, A. O. J. "Autobiography and Biography: Their Relationship." In *Encyclopedia of Life Writing*, edited by Margaretta Jolly, vol. 1:78-79. 2 vols. London: Fitzroy Dearborn Publishers, 2001.

Davies, Gloria. *Lu Xun's Revolution: Writing in a Time of Violence*. Cambridge, MA: Harvard University Press, 2013.

——. "The Problematic Modernity of Ah Q." *Chinese Literature: Essays, Articles, Reviews(CLEAR)* 13 (Dec. 1991): 57-76, https://www.jstor.org/stable/495053.

Davis, A. R., and A. D. Stefanowska, eds. *Austrina: Essays in Commemoration of the 25th Anniversary of the Founding of the Oriental Society of Australia.* Marrickville: Oriental Society of Australia, 1982.

De Bary, William Theodore, Wing-tsit Chan, and Burton Watson. *Sources of Chinese Tradition.* New York: Columbia University Press, 1963.

Denton, Kirk, ed. *Modern Chinese Literary Thought: Writings on Literature.* Stanford, California: Stanford University Press, 1996.

Eide, Elisabeth. *China's Ibsen: From Ibsen to Ibsenism.* Copenhagen: Curzon Press, 1987.

Ellenberger, Henri F. *The Discovery of the Unconscious: The History and Evolution of Dynamic Psychiatry.* New York: Basic Books, 1970.

Fakundiny, Lydia. "Autobiography and the Essay." In *Encyclopedia of Life Writing*, edited by Margaretta Jolly, vol. 1:79-81. 2 vols. London: Fitzroy Dearborn Publishers, 2001.

Feng, Jin. *The New Woman in Early Twentieth-Century Chinese Fiction.* West Lafayette, Indiana: Purdue University Press, 2004.

Findeisen, Raoul D., and Robert H. Gassmann, eds. *Autumn Floods: Essays in Honor of Marián Gálik.* Bern: Peter Lang, 1998.

Foley, Todd. "Between Human and Animal: A Study of *New Year's Sacrifice, Kong Yiji*, and *Diary of a Madman*." *Frontiers of Literary Studies in China* 6, no. 3 (2012), 374-392, http://booksandjournals.brillonline.com/content/journals/10.3868/s010-001-012-0022-5.

Foster, Paul. B. *Ah Q Archaeology: Lu Xun, Ah Q, Ah Q Progeny and the National Character Discourse in Twentieth-Century China.* Lanham, MD: Lexington Books, 2006.

——. "The Ironic Inflation of Chinese National Character: Lu Xun's International Reputation, Roman Rolland's Critique of 'The True Story of Ah Q,' and the Nobel Prize." *Modern Chinese Literature and Culture* 13, no. 1(Spring 2001): 140-168, https://www.jstor.org/stable/41490846.

Fromm, Erich. *Escape From Freedom.* New York, Toronto: Rinehart & Company, Inc., 1941.

Gálik, Marián. *The Genesis of Modern Chinese Literary Criticism.* Translated by Peter Tkáč. London: Curzon Press, 1980.

Gao, Xudong 高旭东, ed. *Shijimo de Lu Xun lunzheng* 世纪末的鲁迅论争

[Controversies about Lu Xun at the end of the century]. Beijing: Dongfang chubanshe, 2001.

Gao, Yuandong 高 沅 东 . *Xiandai ruhe "nalai": Lu Xun de sixiang yu wenxue lunji* 现代如何 "拿来"：鲁迅的思想与文学论集 ['Grabbism' in modern times: a collection of essays on Lu Xun's thought and literature]. Shanghai: Fudan daxue chubanshe, 2009.

Girard, René. *The Scapegoat*. Translated by Yvonne Freccero. Baltimore: The Johns Hopkins University Press, 1986.

——. *Things Hidden Since the Foundation of the World*. Translated by Stephen Bann and Michael Metteer. Stanford, California: Stanford University Press, 1987.

——.*Violence and the Sacred*. Translated by Patrick Gregory. Baltimore: The Johns Hopkins University Press, 1977.

Goldman, Merle, ed. *Modern Chinese Literature in the May Fourth Era*. Cambridge, MA: Harvard University Press, 1977.

Gu, Ming Dong. *Chinese Theories of Fiction: A Non-Western Narrative System*. Albany: State University of New York Press, 2006.

——. "Lu Xun and Modernism/Postmodernism." *Modern Language Quarterly* 69, No. 1 (March 2008), 29-44, https://doi.org/10.1215/00267929-2007-023.

——. "Lu Xun, Jameson, and Multiple Polysemia." *Canadian Review of Comparative Literature* 24, no. 4 (December 2001): 434-453, https://doi. org/10.1086/683541.

Gunzenhauser, Bonnie J. "Autobiography: General Survey." In *Encyclopedia of Life Writing*, edited by Margaretta Jolly, vol. 1:75-78. 2 vols. London: Fitzroy Dearborn Publishers, 2001.

Haar, Barend J. ter. *Telling Stories: Witchcraft and Scapegoating in Chinese History*. Leiden: Brill, 2006.

Hanan, Patrick. "The Technique of Lu Xun's Fiction." *Harvard Journal of Asian Studies* 34 (1974): 53-96, https://www.jstor.org.stable/2718696.

Hauke, Christopher. "The Unconscious: Personal and Collective." In *The Handbook of Jungian Psychology: Theory, Practice, and Applications*, edited by Renos K. Papadopoulous, 54-73. London: Routledge, 2006.

Henderson, John B. "Cosmology and Concepts of Nature in Traditional China." In *Concepts of Nature: A Chinese-European Cross-Cultural Perspective*, edited by Hans Ulrich Vogel and Günter Dux, 181-197. Leiden: Brill, 2010.

Herdman, John. *The Double in Nineteenth-Century Fiction: The Shadow Life*. New York: St. Martin's Press, 1991.

Hillman, James. *Healing Fictions*. Barrytown, New York: Station Hill Publisher, 1983.

Hockx, Michel. "Mad Women and Madmen: Intraliterary Contact in Early Republican China." In *Autumn Floods: Essays in Honor of Marián Gálik*, edited by Raoul D. Findeisen and Robert H. Gassmann, 307-322. Bern: Peter Lang, 1998.

Hollis, James. *Why Good People Do Bad Things: Understanding Our Darker Selves*. New York: Gotham/Penguin, 2007.

Hopcke, Robert H. *A Guided Tour of the Collected Works of C. G. Jung*. Boston, Shaftesbury: Shambhala, 1989.

Hsia, Chih-tsing. *A History of Modern Chinese Fiction*. New Haven, CT: Yale University Press, 1971.

Hsia, Tsi-an. *The Gate of Darkness: Studies on the Leftist Literary Movement in China*. Seattle: University of Washington Press, 1968.

Hsü, Immanuel, C. Y. *The Rise of Modern China*, 4th edition. New York: Oxford University Press, 1990.

Huang, Jian 黄健. "Fuluoyidezhuyi yu wusi xin wenxue" 弗洛伊德主义与五四新文学 [Freudianism and the new literature of May 4th]. Xuzhou shifan daxue xuebao (zhexue shehui kexueban) 徐州师范大学学报（哲学社会科学版）36, no. 5 (September 2010): 43-48, http://www.cqvip.com/QK/91354X/201005/35571172.html.

Huang, Martin Weizong. "The Inescapable Predicament: The Narrator and His Discourse in 'The True Story of Ah Q.'" *Modern China* 16:4(October 1990): 430-449, https://www.jstor.org/stable/189209.

Huskinson, Lucy. *Nietzsche and Jung: The Whole Self in the Union of Opposites*. London: Routledge, 2004.

Huters, Theodore. "Blossoms in the Snow: Lu Xun and the Dilemma of Modern Chinese Literature." *Modern China* 10, no. 1(January 1984): 49-77, https://www.jstor.org/stable/188898.

——. *Bringing the World Home: Appropriating the West in Late Qing and Early Republican China*. Honolulu: University of Hawai'i Press, 2005.

Jiang, Tao, and Philip J. Ivanhoe, eds. *The Reception and Rendition of Freud in China: China's Freudian Slip*. London: Routledge, 2013.

Jones, Andrew F. *Developmental Fairy Tales: Evolutionary Thinking and Modern Chinese Culture*. Cambridge, MA: Harvard University Press, 2011.

Jung, Carl Gustav. *Aion: Researches into the Phenomenology of the Self*. Edited by Sir Herbert Read, Michael Fordham, and Gerhard Adler. Edited by Executive Editor William McGuire. Translated by R. F. C. Hull. Vol. 9. Part 2 of *The Collected Works of C. G. Jung*. Princeton, NJ: Princeton University Press, 1975.

——. *Analytical Psychology: Its Theory and Practice: The Tavistock Lectures*. New York: Pantheon Books, 1968.

——. *The Archetypes and the Collective Unconscious*. Edited by Sir Herbert Read, Michael Fordham, and Gerhard Adler. Edited by Executive Editor William McGuire. Translated by R. F. C. Hull. Vol. 9. Part 1 of *The Collected Works of C. G. Jung*. Princeton, NJ: Princeton University Press, 1975.

——. *Civilization in Transition*. Edited by Sir Herbert Read, Michael Fordham, and Gerhard Adler. Edited by Executive Editor William McGuire. Translated by R. F. C. Hull. Vol. 10 of *The Collected Works of C. G. Jung*. Princeton, NJ: Princeton University Press, 1978.

——. *The Development of the Personality*. Edited by Sir Herbert Read, Michael Fordham, and Gerhard Adler. Edited by Executive Editor William McGuire. Translated by R. F. C. Hull. Vol. 17 of *The Collected Works of C. G. Jung*. Princeton, NJ: Princeton University Press, 1977.

——. *Memories, Dreams, Reflections*. Translated by Richard and Clara Winston. New York: Vintage Books, 1965.

——. "Psychology and Literature." In *The Spirit in Man, Art, and Literature*. Edited by Sir Herbert Read, Michael Fordham, and Gerhard Adler. Edited by Executive Editor William McGuire. Translated by R. F. C. Hull. Vol.15 of *The Collected Works of C. G. Jung*, 84-105. Princeton, NJ: Princeton University Press, 1978.

——. "On the Psychology of the Unconscious." In *Two Essays in Analytical Psychology*. Edited by Sir Herbert Read, Michael Fordham, and Gerhard Adler. Edited by Executive Editor William McGuire. Translated by R. F. C. Hull. Vol. 7 of *The Collected Works of C. G. Jung*, 1-119. Princeton, NJ: Princeton University Press, 1970.

———. "The Relations Between the Ego and the Unconscious." In *Two Essays in Analytical Psychology*. Edited by Sir Herbert Read, Michael Fordham, and Gerhard Adler. Edited by Executive Editor William McGuire. Translated by R. F. C. Hull. Vol. 7 of *The Collected Works of C. G. Jung*, 121-241. Princeton, NJ: Princeton University Press, 1970.

———. "On the Relation of Analytical Psychology to Poetry." In *The Spirit in Man, Art, and Literature*. Edited by Sir Herbert Read, Michael Fordham, and Gerhard Adler. Edited by Executive Editor William McGuire. Translated by R. F. C. Hull. Vol. 15 of *The Collected Works of C. G. Jung*, 65-83. Princeton, NJ: Princeton University Press, 1978.

———. "The Role of the Unconscious." In *Civilization in Transition*. Edited by Sir Herbert Read, Michael Fordham, and Gerhard Adler. Edited by Executive Editor William McGuire. Translated by R. F. C. Hull. Vol. 10 of *The Collected Works of C. G. Jung*, 2-28. Princeton, NJ: Princeton University Press, 1978.

———. *The Spirit in Man, Art, and Literature*. Edited by Sir Herbert Read, Michael Fordham, and Gerhard Adler. Edited by Executive Editor William McGuire. Translated by R. F. C. Hull. Vol. 15 of *The Collected Works of C. G. Jung*. Princeton, NJ: Princeton University Press, 1978.

———. *The Structure and Dynamics of the Psyche*. Edited by Sir Herbert Read, Michael Fordham, and Gerhard Adler. Edited by Executive Editor William McGuire. Translated by R. F. C. Hull. Vol.8 of *The Collected Works of C. G. Jung*. Princeton, NJ: Princeton University Press, 1975.

———. *Two Essays on Analytical Psychology*. Edited by Sir Herbert Read, Michael Fordham, and Gerhard Adler. Edited by Executive Editor William McGuire. Translated by R. F. C. Hull. Vol. 7 of *The Collected Works of C. G. Jung*. Princeton, NJ: Princeton University Press, 1970.

———. "The World Within-C. G. Jung in His Own Words." 1990 documentary. Suzanne Wagner, director. George Wagner, producer. Interviews by Richard Evans, University of Texas, 1959, and Stephen Black, British Broadcasting Company, 1955. 1:02:19, https://www.youtube.com/watch?v=HcWOUV77m24.

Kaldis, Nicholas A. *The Chinese Prose Poem: A Study of Lu Xun's "Wild Grass" (Yecao)*. Amherst, New York: Cambria Press, 2014.

Keppler, Carl F. *The Literature of the Second Self*. Tucson, Arizona: University of Arizona Press, 1972.

Kirwan, Michael. "Girard, Religion, Violence, and Modern Martyrdom." In *The*

Oxford Handbook of The Sociology of Religion, edited by Peter B. Clarke, 909-923. Oxford: Oxford University Press, 2009.

Korchin, Sheldon J. *Modern Clinical Psychology: Principles of Intervention in the Clinic and Community.* New York: Basic Books, 1976.

Kowallis, Jon Eugene von. *The Lyrical Lu Xun: A Study of His Classical-Style Verse.* Honolulu: University of Hawai'i Press, 1996.

——. "Rethinking China, Confucianism and the World from the Late Qing: A Special Issue on Zhang Taiyan and Lu Xun." *Frontiers of Literary Studies in China* 7, no. 3(2013):325-332.

Kubin, Wolfgang. "The Unfinished Text or Literature as Palimpsest towards Lu Xun and His Relevance to the Present." *Frontiers of Literary Studies in China* 7, no. 4(2013):541-550, https://doi.org/10.3868/s010-002-013-0035-7.

——., ed. *Symbols of Anguish: In Search of Melancholy in China.* Bern: Peter Lang, 2001.

Larson, Wendy. *Literary Authority and the Modern Chinese Writer: Ambivalence and Autobiography.* Durham: Duke University Press, 1991.

——. *From Ah Q to Lei Feng: Freud and Revolutionary Spirit in 20th Century China.* Stanford: Stanford University Press, 2009.

Lee, Leo Oufan, ed. *Lu Xun and His Legacy.* Berkeley: University of California Press, 1985.

——. *Voices from the Iron House: A Study of Lu Xun.* Bloomington: Indiana University Press, 1987.

Li, Dian. "Lu Xun." In *Encyclopedia of Life Writing,* edited by Margaretta Jolly, vol. 2:573-574. 2 vols. London: Fitzroy Dearborn Publishers, 2001.

Li, Xia 立夏 . "Moran huishou: na xie shanghai zhizao de feizao" 蓦然回首：那些上海制造的肥皂 [Recollections: the soaps manufactured in Shanghai]. *Laodongbao* 劳动报 , August 28, 2014, http://www.labour-daily.com/ldb/node38/node29974/u1ai203552.html.

Li, Yanjun 历彦军 . "Qiantan fuluoyide xueshuo dui Lu Xun xiaoshuo chuangzuo de yingxiang" 浅谈弗洛伊德学说对鲁迅小说创作的影响 [Brief discussion of the influence of Freudian theory on the creativity of Lun Xun's short stories]. *Hunan diyi shifan xuebao* 湖南第一师范学报 7, no. 1 (March 2007): 85-86, http://d.wanfangdata.com.cn/Periodical/hndysfxb200701034.

Lin, Shuen-fu. "Chia-Pao-yü's First Visit to the Land of Illusion: An Analysis of a Literary Dream in Interdisciplinary Perspective." *Chinese Literature: Essays, Articles, Reviews (CLEAR)* 14 (December 1992): 77-106, https://www.jstor.org/stable/495399.

Lin Yü-sheng. *The Crisis of Chinese Consciousness: Radical Antitraditionalism in the May Fourth Era.* Madison: University of Wisconsin Press, 1979.

Liu, Baijun 刘柏君. "Lu Xun xiaoshuo zhong de jiti wuyishi" 鲁迅小说中的集体无意识 [The collective unconscious in Lu Xun's short stories]. *Xinyu xueyuan xuebao* 新余学院学报 20, no. 1 (February 2015): 103-104, https://doi.org/10.3969/j.issn.2095-3054.2015.01.031.

Liu, Lydia. "Life as Form: How Biomimesis Encountered Buddhism in Lu Xun." *The Journal of the Association for Asian Studies* 68, no. 1 (February 2009): 21-54, https://doi.org/10.1017/S0021911809000047.

——. *Translingual Practice: Literature, National Culture, and Translingual Modernity-China, 1900-1937.* Durham, NC: Duke University Press, 1995.

Liu, Yanrong 刘彦荣. "Wenxue yu huiyi: wuyishi suo yanshi de Lu Xun de chun wenxue chuangzuo" 文学与回忆: 无意识所演示的鲁迅的纯文学创作 [Literature and memory: the representation of the unconscious in Lu Xun's literary creations]. *Jiangxi shifan daxue xuebao (zhexue shehui kexueban)* 江西师范大学学报 (哲学社会科学版) 45, no. 4 (August 2012): 49-58, https://doi.org/10.3969/j.issn.1000-579X.2012.04.008.

Lu, Xun 鲁迅. *A Brief History of Chinese Fiction*, 3rd edition. Translated by Yang Xianyi and Gladys Yang. Beijing: Foreign Languages Press, 1976.

——. *The Complete Stories of Lu Xun.* Translated by Yang Xianyi and Gladys Yang. Bloomington, Indiana: Indiana University Press, 1981.

——. *Dawn Blossoms Plucked at Dusk.* Translated by Yang Xianyi and Gladys Yang. Beijing: Foreign Languages Press, 1976.

——. *Diary of a Madman, and Other Stories.* Translated by William A. Lyell, Jr. Honolulu: University of Hawai'i Press, 1990.

——. *Lu Xun Quan Ji* 鲁迅全集 [*Complete Works of Lu Xun*]. Beijing: Renmin wenxue chubanshe, [1973] 2005.

——. *Lu Xun: Selected Works.* 4 Vols. Translated by Yang Xianyi and Gladys Yang. Beijing: Foreign Languages Press, 1980.

——. *The Real Story of Ah-Q, and Other Tales of China: The Complete Fiction of Lu Xun.* Translated by Julia Lovell. London: Penguin Classics, 2009.

——. *Selected Stories of Lu Xun*, 2nd edition. Translated by Yang Xianyi and Gladys Yang. Beijing: Foreign Languages Press, 1963.

——. *Wild Grass*. Peking: Foreign Languages Press, 1974.

Lyell, William A. Jr. *Lu Hsün's Vision of Reality*. Berkeley: University of California Press, 1976.

Mattson, Mark E., Frederick J. Wertz, Harry Fogarty, Margaret Klenck, and Beverley Zabriskie, eds. *Jung in the Academy and Beyond: The Fordham Lectures 100 Years Later*. New Orleans, Louisiana: Spring Journal Books, 2015.

McDougall, Bonnie S. *The Introduction of Western Literary Theories into Modern China*. Tokyo: The Center for East Asian Cultural Studies, 1971.

——. and Kam Louie. *The Literature of China in the Twentieth Century*. New York: Columbia University Press, 1998.

McMahon, Keith. "The Classic 'Beauty-Scholar' Romance and the Superiority of the Talented Woman." In *Body, Subject, and Power in China*, edited by Angelo Zito and Tani E. Barlow, 227-252. Chicago: University of Chicago Press, 1994.

Miller, Jeffrey C. *The Transcendent Function: Jung's Model of Psychological Growth through Dialogue with the Unconscious*. Albany, New York: State University of New York Press, 2014.

Miller, Karl. *Doubles: Studies in Literary History*. Oxford: Oxford University Press, 1985.

Miyoshi, Masao. *The Divided Self: A Perspective on the Literature of the Victorians*. New York: New York University Press, 1969.

Murthy, Viren. *The Political Philosophy of Zhang Taiyan: The Resistance of Consciousness*. Leiden: Brill, 2011.

Ng, Janet. *The Experience of Modernity: Chinese Autobiography of the Early Twentieth Century*. Ann Arbor: University of Michigan Press, 2003.

Neumann, Erich. *Depth Psychology and a New Ethic*. Translated by Eugene Rolfe. Boston & Shaftesbury: Shambhala, 1990.

Ong, Roberto. *The Interpretation of Dreams in Ancient China*. Bochum: Brockmeyer, 1985.

Papadopoulos, Renos K. *The Handbook of Jungian Psychology: Theory,*

Practice, and Applications. New York: Routledge, 2006.

Perera, Sylvia Brinton. *The Scapegoat Complex: Toward a Mythology of Shadow and Guilt.* Toronto: Inner City Books, 1986.

Plaks, Andrew, with Kenneth J. DeWoskin. *Chinese Narrative: Critical and Theoretical Essays.* Princeton, NJ: Princeton University Press, 1977.

Pollard, David E. *The True Story of Lu Xun.* Hong Kong: The Chinese University of Hong Kong Press, 2002.

Průšek, Jaroslav. *The Lyrical and the Epic: Studies of Modern Chinese Literature.* Edited by Leo Ou-fan Lee. Bloomington: Indiana University Press, 1980.

Qian, Liqun. "The Historical Fate of Lu Xun in Today's China." *Frontiers of Literary Studies in China* 7, no. 4 (2013): 529-540, https://doi.org/10.3868/s010-002-013-0034-0.

Rank, Otto. *The Double: A Psychoanalytic Study.* Edited and translated by Harry Tucker, Jr. Chapel Hill: University of North Carolina Press, 1971.

Rogers, Robert. *A Psychoanalytic Study of The Double in Literature.* Detroit: Wayne State University Press, 1979.

Rojas, Carlos. "Of Canons and Cannibalism: A Psycho-Immunological Reading of 'Diary of a Madman.'" *Modern Chinese Literature and Culture* 23, no. 1 (Spring 2011): 47-76, https://www.jstor.org/stable/41491040.

Rose, Gilbert J. *Trauma and Mastery in Life and Art.* New Haven: Yale University Press, 1987.

Shao, Dongfang. "China: 19th Century to 1949." In *Encyclopedia of Life Writing,* edited by Margaretta Jolly, vol. 1:208-209. 2 vols. London: Fitzroy Dearborn Publishers, 2001.

Spence, Jonathan. *The Search for Modern China.* 3rd ed. New York: W. W. Norton &Company, 2013.

Strassberg, Richard E. "Introduction." In *Wandering Spirits: Chen Shiyuan's Encyclopedia of Dreams.* Berkeley: University of California Press, 2008.

Strickmann, Michel. "Dreamwok of Psycho-Sinologist: Doctors, Taoists, Monks." In *Psycho-Sinology: The Universe of Dreams in Chinese Culture (A Conference Report),* ed. Carolyn T. Brown, 25-46. Lanham, Maryland: University Press of America.

Sun, Lung-Kee 孙隆基 . "Qing ji 'shiji mo sichao' zhi tanwei" 清季 "世纪末思

潮"之探微 [Discerning the Fin de Siècle in Late Qing China]. Zhongyang yanjiuyuan jindai shih yanjiusuo jikan 台湾"中研院"近代史研究所集 刊 [Bulletin of the Institute of Modern History, Academia Sinica] 90 (December 2004): 143-177, http://www.mh.sinica.edu.tw/MHDocument/PublicationDetail/PublicationDetail_1891.pdf.

Sun, Naixiu 孫乃修. Foluoyide yu Zhongguo xiandai zuojia 佛洛伊德與中國現代作家 [Freud and modern Chinese writers]. Taipei: Yeqiang chubanshe, 1995.

Tan, Guilin. "Buddhist Literature and Progressive Thinking in Late Qing and Early Republican China." *Frontiers of Literary Studies in China* 5, no. 2 (2011): 159-178, https://doi.org/10.1007/s11702-011-0123-0.

Tang, Xiaobing. "'Diary of a Madman' and a Chinese Modernism." *PMLA* 107, No. 3 (October 1992), 1222-1234, https://www.jstor.org/stable/462876.

——. *Chinese Modern: The Heroic and the Quotidian*. Durham: Duke University Press, 2000.

Tong, Q. S., Wang Shouren, and Douglass Kerr, eds. *Chinese Critical Zone 2: A Forum of Chinese and Western Knowledge*. Hong Kong: Hong Kong University Press, 2006.

Tsu, Jing. *Failure, Nationalism, and Literature: The Making of Modern Chinese Identity, 1895-1937*. Stanford, California: Stanford University Press, 2005.

Tu, Weiming. "Confucianism." In *Our Religions*, edited by Arvind Sharma, 139-227. San Francisco: Harper Collins, 1993.

Tymms, Ralph. *Doubles in Literary Psychology*. Cambridge: Bowes & Bowes, 1949.

Watzlawick, Paul, John H. Weakland, and Richard Fisch. *Change: Principles of Problem Formation and Problem Resolution*. New York: W. W. Norton, 1974.

Wang, David Der-wei. *Fictional Realism in Twentieth-Century China: Mao Dun, Lao She, Shen Congwen*. New York: Columbia University Press, 1992.

——. *The Monster That is History: History, Violence, and Fictional Writing in Twentieth-Century China*. Berkeley: University of California Press, 2004.

Wang, Hui 汪晖. *Ah Q shengming zhong de liuge shunjian* 阿Q生命中的六个瞬间 [Six moments in the life of Ah Q]. Shanghai: Huadong shifan daxue chubanshe, 2014.

——. *Fankang juewang: Lu Xun ji qi wenxue shijie* 反抗绝望：鲁迅及其文学

世界 [Resisting despair: Lu Xun and his literary world]. Hebei: Hebei jiaoyu chubanshe, 2000.

Wang, Ning. "Freudianism and Twentieth-Century Chinese Literature." In *The Reception and Rendition of Freud in China: China's Freudian Slip*, edited by Tao Jiang and Philip J. Ivanhoe, 3-23. New York: Routledge, 2013.

Wang, Xiaoming 王曉明. Wufa zhimian de rensheng: Lu Xun zhuan 無法直面的人生：魯迅傳 [A life that cannot be confronted: a biography of Lu Xun]. Taipei: Yeqiang chubanshe, 1992.

Widmer, Ellen, and David Der-wei Wang, eds. *From May Fourth to June Fourth: Fiction and Film in Twentieth-Century China*. Cambridge, MA: Harvard University, 1993.

Xu, Jian. "The Will to the Transaesthetic: The Truth Content of Lu Xun's Fiction." *Modern Chinese Literature and Culture* 11, no. 1 (Spring 1999): 61-92, https://www.jstor.org/stable/41490791.

Yang, Yongming 杨永明. "*Wuyishi zhong de zhenshi shijie tanxun: jiedu 'Kuangren riji'*" 无意识中的真实世界探寻：解读'狂人日记' [Seeking out the real world in the unconscious: decoding 'A Madman's Diary']. *Changcheng* 长城 4 (2013): 89-90, http://cnki.net.

Zarrow, Peter. *Creating Chinese Modernity: Knowledge and Everyday Life, 1900- 1940*. New York: Peter Lang, 2006.

Zhang, Hong 张闳. "*Yecao de wuyishi benwen jiqi jiaolü*" 野草的无意识本文及其焦虑 [Anxieties reflected in the unconscious textual structures of *Wild Grass*]. *Wenyi lilun yanjiu* 文艺理论研究 (February 15, 1996): 38-45, http://tr.oversea.cnki.net/kcms/detail/detail.aspx?QueryID=69&CurRec=12&dbCode=CJFD&filename=WYLL19961012&dbname=CJFD9697.

Zhang, Jingyuan. *Psychoanalysis in China: Literary Transformations 1919-1949*. Ithaca, New York: East Asia Program, Cornell University, 1992.

Zhang, Longxi. "Out of the Cultural Ghetto: Theory, Politics, and the Study of Chinese Literature." *Modern China* 19, no. 1 (January 1993): 71-101, https: // www.jstor.org/stable/189329.

Zhang, Mengyang 张梦阳. *Lu Xun de kexue siwei: Zhang Mengyang lun Lu Xun* 鲁迅的科学思维：张梦阳论鲁迅 [Lu Xun's scientific thinking: Zhang Mengyang on Lu Xun]. Guilin: Lijiang chubanshe.

——. *Lu Xun xue: zai Zhongguo, zai Dong Ya* 鲁迅学：在中国，在东亚 [Lu Xun studies: In China and East Asia]. Guangzhou shi: Guangzhou jiaoyu chubanshe, 2007.

——. *Zhongguo Lu Xun xue tongshi: ershi shiji Zhongguo yizhong jingshen wenhua xianxiang de hongguan miaoshu, weiguan toushi yu lixing fansi* 中国鲁迅学通史：二十世纪中国一种精神文化现象的宏观描述，微观透视与理性反思 [A general history of Lu Xun studies in China: macro-descriptions, micro-perspectives, and rational reflections on a spiritual culture phenomenon in 20th century China]. Guangzhou: Guangdong jiaoyu chubanshe, 2001-2002.

Zhou, Haiying 周海婴. *Lu Xun yu wo qishi nian* 鲁迅與我七十年 [*Lu Xun and I seventy years*] Taipei: Lianjing chuban shiye gongsi, 2002.

Zhou, Zheng 周正. "Jiechu bingtai shehui de kutong: 'Ah Q Zhengzhuan' chuangzuo de wuyishi qingxiang" 揭出病态社会的苦痛：'阿 Q 正传' 创作的无意识倾向 [The suffering involved in exposing a morbid society: unconscious tendencies in creating 'The True Story of Ah Q']. Aba shifan gaodeng zhuanke xuexiao xuebao 阿坝师范高等专科学校学报, no. 1 (May 1999): 25-30, http://cnki.net.

Zhou, Zuoren 周作人. *Lu Xun xiaoshuo li de renwu* 鲁迅小说里的人物 [The characters in Lu Xun's short stories]. Beijing: Renmin wenxue chubanshe, 1957.

——. *Lu Xun de gujia* 鲁迅的故家 [Lu Xun's native place]. Beijing: Renmin wenxue chubanshe, 1962.

Zhu, Yaolong 朱耀龙. "Dui Lu Xun xiaoshuo zhong de minzu wuyishi de jiedu" 对鲁迅小说中的民族无意识的解读 [Decoding the national unconscious in Lu Xun's short stories]. Shaoyang xueyuan xuebao (shehui kexueban) 邵阳学院学报，社会科学版 7, no. 1 (February 2008): 124-127, https://doi.org/10.3969/j.issn.1672-1012.2008.01.034.

Živković, Milica. "The Double as the 'Unseen' of Culture: Toward a Definition of Doppelganger," in The Scientific Journal *Factiva Universitatis, Series: Linguistics and Literature* 2, no. 7(2000): 121-128.

索　引

（条目后面的数字为原书页码，即本书边码）

译后记

回头想来，2018 年师兄彭国翔问我愿不愿意翻译这本书的时候，脑子里也有两个我在打架。一个喜出望外地说"我愿意"，另一个嚷嚷着说"你能翻译得了吗？"用荣格的理论来说，不知道算不算自我和影子的对话。

之所以喜出望外，是因为鲁迅是我儿时的偶像。对"70 后"来说，语文课就是鲁迅的场域。更何况我是他的隔壁邻居，操着一口相近的方言，当年他要坐船去省城的话，必然要经过我家门前的渡口。当然，用像匕首、投枪一样的文字来改变社会，这也是很多文学少年的梦想。最重要的是，用荣格的理论来剖析鲁迅的小说——这种跨学科的研究模式正是我一直在尝试的。

能翻译得了吗？这首先是个关于精神状态的问题。那一年恰好是《狂人日记》发表百年。一个世纪过去了，鲁迅所面对的很多问题似乎依然存在，便会使人对文字的力量充满了怀疑。正如鲍凯琳在书中所说，鲁迅在北平绍兴会馆抄古碑的时候，就有着这样的心态。对自己所选之路的怀疑，容易导致自我躺平。鲁迅是我儿时的偶像。对于中年人来说，所有的偶像几乎都已走入黄昏，连同儿时的自己。改变社会？在国家、社群、家庭和个人四个场域，也许真的其实是连自己都无法改变。人到中年，就像《祝福》或是《故乡》中的"我"一样，懦弱地彷徨着。

能翻译得了吗？这也是一个学术能力的问题。现代文学并非我的专长，而荣格的心理学也只是略知一二。面对各种术语，我本能地有些胆怯。那一年我恰好准备学术休假半年，当时内子鼓励我用这段时间做好翻译，也为今后自己的研究梳理思路。于是我便忐忑地答应了，心里颇有些东施效颦地想：鲁迅抄古碑是和古人说话，我做翻译是和洋人说话，说不定最后能像他一样，说着说着话从围墙里走出来呢……

翻译的过程，也是一个"两极"的系统。一方面鲍凯琳的观点给人带来耳目一新的喜悦，而另一方面语句的斟酌则令人绞尽脑汁。这个译本应该说并不令自己满意，唯望读者能忍受译文的拙劣，享受到鲍凯琳给我们带来的精神愉悦。

所幸的是，翻译本身的确起到了良好的治疗功效。我于 2019 年底准时完成了初稿，2020 年开始陆续展开各项研究。荣格和鲁迅的心理学理论似乎在我身上得到了印证。因此，我要感谢鲍凯琳的洞见，要感谢师兄给我的机会，也要感谢当时内子的鼓励。另外需要说明的是，我当时的助教郭巧瑜老师对周氏兄弟的作品颇有研究，因此我曾请她就某些部分进行试译，并与她讨论过某些术语的使用，对此我也要表示感谢。

你不够努力，曾经的你这么说。你是自我，还是影子？如果你也有这样的疑问，那么希望在阅读的同时也或多或少享受了鲍凯琳带给我们的精神治疗过程。

是为记！

董铁柱
二〇二一年夏至于鬻轩